James Joyce

RETRATO DO ARTISTA QUANDO JOVEM

Tradução de GUILHERME DA SILVA BRAGA

www.lpm.com.br

L&PM POCKET

Coleção **L&PM** POCKET, vol. 1146

Texto de acordo com a nova ortografia.
Título original: *A Portrait of the Artist as a Young Man*

Primeira edição na Coleção **L&PM** POCKET: fevereiro de 2014

Tradução: Guilherme da Silva Braga
Capa: Ivan Pinheiro Machado
Preparação: Bianca Pasqualini
Revisão: Marianne Scholze

CIP-Brasil. Catalogação na Fonte
Sindicato Nacional dos Editores de Livros, RJ.

J79r

Joyce, James, 1882-1941
Retrato do artista quando jovem / James Joyce ; tradução Guilherme da Silva Braga. – 1. ed. – Porto Alegre, RS: L&PM, 2014.
320 p. ; 18 cm. (Coleção L&PM POCKET, v. 1146)

Tradução de: *A Portrait of the Artist as a Young Man*
ISBN 978-85-254-3080-9

1. Romance irlandês. I. Braga, Guilherme da Silva. II. Título.

13-07689 CDD: 828.99153
CDU: 821.111(415)-3

Este livro foi publicado originalmente em 1916

Rua Comendador Coruja, 314, loja 9 – Floresta – 90220-180
Porto Alegre – RS – Brasil / Fone: 51.3225.5777 – Fax: 51.3221.5380

Pedidos & Depto. Comercial: vendas@lpm.com.br
Fale conosco: info@lpm.com.br
www.lpm.com.br

Impresso no Brasil
Verão de 2014

James Joyce
(1882-1941)

James Augustine Aloysius Joyce nasceu em 2 de fevereiro de 1882 em Dublin, o mais velho de dez irmãos. Foi educado por jesuítas no Clongowes Wood College e posteriormente no Belvedere College. Diplomado em Letras pela Universidade de Dublin, foi para Paris com o objetivo de estudar medicina, mas voltou para a Irlanda em 1903 em função do adoecimento e a da posterior morte da mãe. Um ano depois conheceu Nora Barnacle, com quem se casou e teve dois filhos.

O casal se mudou para Trieste, na Itália, onde Joyce publicou artigos em jornais locais. Em 1914, com a ajuda de Ezra Pound, iniciou a publicação seriada de *Retrato do artista quando jovem* em uma revista londrina, mesmo ano em que publicou *Dublinenses.*

A Primeira Guerra fez com que a família se mudasse para Zurique, onde Joyce continuou escrevendo *Ulisses*, livro no qual trabalhava desde 1907. Após a guerra, o escritor se mudou com a família para Paris, onde permaneceu pelos próximos vinte anos. A publicação seriada de *Ulisses* na revista americana *The Little Review* foi interrompida em 1920, quando o livro foi banido por obscenidade. Com a ajuda de Sylvia Beach, dona da célebre livraria Shakespeare & Co., a obra foi finalmente publicada em 1922. Nos dezoito episódios do romance, Joyce imortalizou o dia 16 de junho de 1904 – o Bloomsday, comemorado no mundo inteiro. Com este livro, inovou também ao inaugurar a técnica do monólogo interior na literatura ocidental.

Nos anos 30, conheceu Paul Léon, um imigrante judeu russo que foi peça-chave na sua vida, tendo especial participação no acompanhamento do seu último livro, *Finnegans Wake*, e na preservação dos seus manuscritos durante a Segunda Guerra Mundial. Publicado em 1939, o romance revolucionou a concepção da narrativa moderna.

Joyce morreu em 13 de janeiro de 1941, em Zurique.

Livros do autor na Coleção **L**&**PM** POCKET

Dublinenses
Retrato do artista quando jovem

Et ignotas animum dimittit in artes.

Ovídio, *Metamorfoses*, VIII, 188

I

Era uma vez e na verdade uma ótima vez uma vacamu que vinha descendo a estrada e essa vacamu que estava descendo a estrada encontrou pelo caminho um menino divertchido chamado bebê tuco...

O pai contava aquela história: o pai o olhava através de uma lente: ele tinha o rosto peludo.

Ele era o bebê tuco. A vacamu desceu a estrada onde Betty Byrne morava: ela vendia balas de limão.

O, the wild rose blossoms
*On the little green place.**

Ele cantava essa canção. Era a canção dele.

*O, the green wothe botheth.***

Quando você molha a cama primeiro fica quente e depois fica frio. A mãe dele punha o oleado. Aquilo tinha um cheiro estranho.

A mãe tinha um cheiro melhor que o cheiro do pai. Ela tocava o *hornpipe* do marinheiro no piano para ele dançar. Ele dançava:

Tralalá lalá
Tralalá tralalari
Tralalá lalá
Tralalá lalá.

---

* Ah, a rosa selvagem floresce / No lugarzinho verde. (N.E.)

** Ah, a roja vede foleche. (N.E.)

O tio Charles e Dante batiam palmas. Eram mais velhos que o pai e a mãe, mas o tio Charles era mais velho que Dante.

Dante tinha duas escovas no armário. A escova decorada com veludo vermelho era em homenagem a Michael Davitt, e a escova com veludo verde era em homenagem a Parnell. Dante oferecia-lhe um *cachou* toda vez que ele alcançava a ela um lenço de papel.

Os Vance moravam no número 7. Tinham outro pai e outra mãe. Eram o pai e a mãe de Eileen. Quando os dois crescessem, ele se casaria com Eileen. Ele se escondia debaixo da mesa. A mãe dizia:

– Ah, o Stephen vai pedir desculpa.

Dante dizia:

– Ah, se não pedir, as águias vão aparecer e comer os olhos dele.

Aparecer,
Olhos comer,
Olhos comer,
Aparecer.

Olhos comer,
Aparecer,
Aparecer,
Olhos comer.

***

Os amplos pátios estavam tomados pelos garotos. Todos gritavam e os prefeitos incentivavam-nos aos brados. O ar do fim da tarde estava pálido e gelado e após cada carga e tombo dos jogadores de futebol irlandês a ensebada bola de couro voava como um pássaro ponderoso em meio à luz cinzenta. Ele continuava nos limites da linha, longe do olhar do prefeito, além do alcance daqueles pés embrutecidos, e fingia correr de vez em quando. Sentia o corpo pequeno e fraco em meio à multidão de jogadores, e tinha os olhos úmidos e fracos. Rody Kickham não era assim: todo mundo dizia que ainda seria capitão da terceira linha.

Rody Kickham era um sujeito decente, mas Nasty Roche era um nojento. Rody Kickham tinha caneleiras no armário e uma cesta no refeitório. Nasty Roche tinha mãos grandes. Chamava a sobremesa de sexta-feira de cachorro enrolado. E um dia perguntou:

– Qual é o seu nome?

Stephen respondeu:

– Stephen Dedalus.

Então Nasty Roche disse:

– Que tipo de nome é esse?

E quando Stephen não conseguiu responder Nasty Roche perguntou:

– O que o seu pai é?

Stephen respondeu:

– Um cavalheiro.

Então Nasty Roche perguntou:

– Ele é magistrado?

Ele se arrastava de um lado para o outro nos limites da linha, correndo pequenos trechos de vez em quando. Porém as mãos estavam azuladas de frio. Ele mantinha as mãos nos bolsos laterais do terno cinza com cinto. Era um cinto o que tinha ao redor do bolso. E o cinto também servia para dar cintadas. Um dia alguém disse a Cantwell:

– Eu bateria em você com um cinto agora mesmo.

Cantwell respondeu:

– Vá brigar com alguém do seu tamanho. Dê um cinto para o Cecil Thunder. Eu queria ver. Ele te daria um merecido chute no traseiro.

Essa não era uma boa maneira de se expressar. A mãe tinha pedido que não falasse com os meninos grosseiros no colégio. Que excelente mãe! No primeiro dia, enquanto se despedia no saguão do castelo, ela pôs o véu dobrado em frente ao nariz para beijá-lo: e tinha o nariz e os olhos vermelhos. Mas ele fingiu não ver que ela ia chorar. Ela era uma excelente mãe mas não tanto assim quando chorava. E o pai tinha lhe dado duas moedas de cinco xelins para gastar. E o pai tinha dito para escrever caso precisasse de alguma coisa e, acima de tudo, para nunca dedurar um colega. Então na porta do castelo o reitor apertou as mãos do pai e da mãe, com a sotaina esvoaçando ao vento, e o coche se afastou levando o pai e a mãe dele. Do coche os dois gritaram para ele enquanto abanavam:

– Adeus, Stephen, adeus!

– Adeus, Stephen, adeus!

Ele foi atingido pelo furacão de um *scrimmage* e, temendo os olhares febris e as botas embarradas, se abaixou para olhar por entre as pernas. Os colegas estavam gemendo e se digladiando e roçando as pernas e chutando e batendo os pés. Então as botas amarelas de Jack Lawton desviaram a bola e todas as outras botas e pernas saíram correndo atrás. Ele correu um pouco e em seguida parou. Era inútil seguir correndo. Logo todos estariam indo para casa passar as férias. Depois do jantar no saguão de estudo trocaria o número colado dentro da carteira de setenta e sete para setenta e seis.

Seria melhor estar no saguão de estudo do que lá fora no frio. O céu estava pálido e frio mas havia luzes no castelo. Ele se indagou de que janela Hamilton Rowan teria atirado o chapéu sobre a muralha do jardim e também se havia canteiros de flores sob as janelas na época. Um dia em que o haviam chamado até o castelo o criado mostrou-lhe as marcas dos projéteis disparados pelos soldados na madeira da porta e ofereceu-lhe um dos biscoitos que alimentavam a comunidade. Era bom e aconchegante ver as luzes no castelo. Parecia uma visão saída de um livro. Talvez a Abadia de Leicester fosse daquele jeito. E havia frases muito boas no livro de ortografia do dr. Cornwell. Eram como poesia, mas na verdade eram apenas frases para ensinar ortografia.

Wolsey morreu na Abadia de Leicester
Onde os abades o enterraram.
O cancro é uma doença das plantas,
O câncer afeta os bichos.

Seria bom deitar-se no tapete em frente à lareira, com a cabeça repousando em cima das mãos, e pensar sobre essas frases. Ele estremeceu como se uma água fria e gosmenta houvesse lhe tocado a pele. Foi uma maldade de Wells empurrá-lo para dentro da fossa só porque ele não quis trocar o estojinho de rapé pela velha castanha de Wells, que havia derrotado quarenta. Como a água estava fria e gosmenta! Uma vez um colega tinha visto um rato enorme pular na espuma. A mãe estava sentada ao pé da lareira com Dante esperando que Brigid trouxesse o chá. Ela tinha os pés apoiados na grelha e as pantufas estavam bem quentinhas e tinham um cheiro muito agradável e aconchegante! Dante sabia de muita coisa. Tinha lhe ensinado onde ficava o Canal de Moçambique e qual era o rio mais comprido nos Estados Unidos e qual era o nome da mais alta montanha na lua. O padre Arnall sabia mais do que Dante porque era eclesiástico mas tanto o pai quanto o tio Charles diziam que Dante era uma mulher muito inteligente e com uma grande bagagem de leitura. E quando Dante fazia aquele barulho depois do jantar e colocava a mão na boca: aquilo era azia.

Uma voz gritou ao longe no pátio:

– Todos para dentro!

Então outras vozes gritaram da linha baixa e da terceira linha:

– Todos para dentro! Todos para dentro!

Os jogadores se amontoaram, com os rostos corados e o corpo enlameado, e ele estava no meio daquilo, feliz de ir para dentro. Rody Kickham segurava a bola pelos cadarços ensebados. Um colega pediu que desse um último: mas ele continuou andando sem nem ao menos responder. Simon Moonan pediu que não respondesse porque o prefeito estava olhando. O colega olhou para Simon Moonan e disse:

– Todo mundo sabe por que você fala. Você é o chupim do McGlade.

Chupim era uma palavra estranha. O aluno chamou Simon Moonan por esse nome porque Simon Moonan costumava atar as mangas falsas do prefeito nas costas dele e o prefeito costumava se fazer de bravo. Mas o som era feio. Uma vez ele lavou as mãos no lavabo do Wicklow Hotel e depois o pai abriu o ralo puxando a correntinha e a água suja desceu pelo buraco no fundo da pia. E quando tudo aquilo terminou de descer o buraco no fundo da pia fez um barulho assim: chup. Só que mais alto.

A lembrança desse episódio e do aspecto branco do lavabo fez com que sentisse frio e a seguir calor. Havia duas torneiras que você acionava para a água sair: a quente e a fria. Ele sentiu frio e a seguir calor: e viu os nomes gravados nas torneiras. Era uma coisa muito estranha.

E o ar no corredor também o enregelou. Era uma coisa estranha e úmida. Mas logo o gás seria acesso e ao queimar fazia um barulho como uma pequena canção. Sempre o mesmo: e quando os colegas paravam as conversas na sala de jogos dava para ouvir.

Era a hora das somas. O padre Arnall escrevia uma soma difícil na lousa e dizia:

– E então, quem vai ganhar? Vamos, York! Vamos, Lancaster!

Stephen se esforçou ao máximo, mas a soma era complicada demais e o deixou confuso. O pequeno emblema de seda com a rosa branca que trazia preso à lapela da jaqueta começou a esvoaçar. Ele não era bom com as somas, mas se esforçou ao máximo para que York não perdesse. O rosto do padre Arnall parecia muito preto, mas ele não estava bravo: estava rindo. Então Jack Lawton estalou os dedos e o padre Arnall consultou-lhe o caderno e disse:

– Muito bem. Bravo, Lancaster! Vitória da rosa vermelha. Vamos, York! Força!

Jack Lawton lançou um olhar de soslaio. O pequeno emblema com a rosa vermelha tinha ganhado um aspecto fabuloso porque ele vestia uma camisa azul de marinheiro. Stephen sentiu o próprio rosto enrubescer também ao pensar em todas as apostas feitas a respeito de quem tiraria o primeiro lugar na classe de elementos, Jack Lawton ou ele. Às vezes Jack Lawton ganhava o cartão de primeiro e às vezes ele ganhava o cartão de primeiro. O emblema de seda branca esvoaçava e esvoaçava enquanto Stephen tentava resolver a soma seguinte e ouvia a voz do padre Arnall. Logo toda a ansiedade passou e ele sentiu o rosto tranquilo e frio. Achou que o rosto devia estar branco ao senti-lo tão frio. Não conseguiu chegar ao resultado da soma mas isso não tinha importância. Rosas brancas e rosas vermelhas: eram cores lindas em que se pensar. E os cartões de primeiro e de segundo e de terceiro lugar tinham belas cores também: rosicler e creme e lavanda. Era bonito pensar em rosas lavanda e creme e rosicler. Talvez uma rosa selvagem pudesse ser como essas cores e ele se lembrou da canção sobre a rosa selvagem que desabrocha em um recanto verdejante. Mas não se podia ter uma rosa verde. Mas talvez fosse possível em algum lugar do mundo.

O sino tocou e as turmas começaram a sair em fila das salas e a andar pelos corredores em direção ao refeitório. Ele ficou sentado olhando para as duas porções de manteiga decorada no prato mas não conseguiu comer o pão úmido. A toalha de mesa estava úmida e mole. Mas ele bebeu do chá quente e fraco que o desastrado ajudante de cozinha, com a barriga cingida por um avental branco, serviu na xícara. Também pensou se o avental do ajudante de cozinha estava úmido ou se todas as coisas brancas seriam frias e úmidas. Nasty Roche e Saurin bebiam do chocolate que os pais tinham mandado em latas. Disseram que não dava para beber o chá; aquilo era lavagem. Os pais deles eram magistrados, diziam os colegas.

Todos os garotos pareciam achá-lo muito estranho. Todos tinham pais e mães e roupas e vozes diferentes. Ele ansiava por estar em casa e deitar a cabeça no colo da mãe. Mas não seria possível: então ansiava para que as brincadeiras e os estudos e as orações acabassem e assim pudesse ir para a cama.

Ele bebeu mais uma xícara de chá quente e Fleming disse:

– O que houve? Você está sentindo alguma dor ou qual é o problema?

– Não sei, disse Stephen.

– Você está doente do bucho, disse Fleming, porque o seu rosto está branco. Mas vai passar.

– Ah, claro, disse Stephen.

Mas o problema não era lá. Stephen achou que estaria doente do coração se fosse possível estar doente nesse lugar. Foi muita bondade de Fleming perguntar. Ele quis chorar. Apoiou os cotovelos na mesa e fechou e abriu a concha das orelhas. Ouvia o barulho do refeitório toda vez que abria as conchas das orelhas. Era um rugido como o de um trem noturno. E quando fechava as conchas o rugido era abafado como um trem ao entrar no túnel. Naquela noite em Dalkey o trem tinha rugido da mesma forma e então, quando entrou no túnel, o rugido cessou. Stephen fechou os olhos e o trem continuou avançando, rugindo e depois parando; rugindo outra vez, parando. Era bom ouvi-lo rugir e parar e depois rugir outra vez na saída do túnel e depois parar.

Então os colegas da linhas alta começaram e descer pelo tapete no meio do refeitório, Paddy Rath e Jimmy Magee e o espanhol que tinha permissão para fumar charutos e o portuguesinho que usava uma boina de lã. E depois as mesas da linha baixa e as mesas da terceira linha. E cada um dos colegas tinha um jeito diferente de andar.

Ele sentou-se em um canto da sala de jogos fingindo assistir a uma partida de dominó e por uma ou duas vezes conseguiu ouvir por um instante a pequena canção do gás. O prefeito estava junto da porta com alguns garotos e Simon Moonan estava atando as mangas falsas. Estava dizendo alguma coisa sobre Tullabeg.

Então se afastou da porta e Wells se aproximou de Stephen e disse:

– Nos diga uma coisa, Dedalus, você beija a sua mãe antes de ir para a cama?

Stephen respondeu:

– Beijo.

Wells se virou para os outros colegas e disse:

– Ah, o nosso colega aqui disse que beija a mãe toda noite antes de ir para a cama.

Os outros colegas fizeram uma pausa no jogo e olharam para trás, rindo. Stephen enrubesceu sob aqueles olhares e disse:

– Não beijo.

Wells disse:

– Ah, o nosso colega aqui disse que não beija a mãe antes de ir para a cama.

Todos riram mais uma vez. Stephen tentou rir junto. Sentiu o corpo inteiro quente e confuso no instante seguinte. Qual seria a resposta certa para aquela pergunta? Tinha oferecido duas respostas diferentes e mesmo assim Wells tinha rido. Mas Wells devia saber a resposta certa porque estava na terceira classe de gramática. Tentou pensar na mãe de Wells, mas não se atreveu a encarar o rosto de Wells. Não gostava do rosto de Wells. Wells o havia empurrado para dentro da fossa no dia anterior porque ele não quis trocar o estojinho de rapé pela velha castanha de Wells, que havia derrotado quarenta. Foi uma maldade; todos os colegas disseram que tinha sido. E como a água estava fria e gosmenta! E uma vez um colega tinha visto um rato enorme pular na espuma.

A gosma fria da fossa havia coberto todo o corpo dele; e, quando o sino tocou para chamar todos de volta aos estudos e as linhas saíram em fileira das salas de jogo, ele sentiu o ar frio do corredor e da escada no interior das roupas. Ainda estava pensando em qual seria a resposta certa. Seria certo beijar a mãe ou seria errado beijar a mãe? O que significava um beijo? Ele erguia o rosto para dizer boa-noite e a mãe abaixava o rosto. Isso era um beijo. A mãe pousava os lábios na bochecha do filho; os lábios dela eram macios e umedeciam-lhe a bochecha; e então ouvia-se um pequeno ruído: um beijo. Por que as pessoas faziam aquilo com dois rostos?

Sentado na sala de estudo ele abriu a carteira e mudou o número colado lá dentro de setenta e sete para setenta e seis. Mas as férias de Natal estavam muito distantes: mas chegariam um dia porque a Terra nunca para de girar.

Havia uma ilustração da Terra na primeira página do livro de geografia: uma grande esfera em meio às nuvens. Fleming tinha uma caixa de giz de cera e certa noite durante o período de estudos coloriu a Terra de verde e as nuvens de bordô. Aquilo parecia as duas escovas na cômoda de Dante, a escova com veludo verde em homenagem a Parnell e a escova com veludo vermelho em homenagem a Michael Davitt. Mas ele não tinha pedido a Fleming para usar essas cores. O próprio Fleming tinha feito tudo por conta própria.

Stephen abriu o livro de geografia para estudar a lição, mas não conseguia aprender o nome dos lugares nos Estados Unidos. Mesmo assim, eram todos lugares diferentes que tinham nomes diferentes. Estavam todos em países diferentes e os países estavam nos continentes e os continentes estavam no mundo e o mundo estava no universo.

Ele abriu na página de rosto do livro de geografia e leu o que havia escrito lá: ele mesmo, o nome dele e o lugar onde estava.

Stephen Dedalus
Classe de Elementos
Clongowes Wood College
Sallins
Condado de Kildare
Irlanda
Europa
Mundo
Universo

Tudo escrito em sua própria caligrafia: mas certa noite Fleming tinha escrito de brincadeira na página oposta:

Stephen Dedalus é meu nome,
A Irlanda, minha nação;
Clongowes é a minha morada
E o céu, minha aspiração

Stephen leu os versos de trás para frente mas assim deixavam de ser poesia. A seguir leu a página de rosto do fim para o início até chegar de volta ao próprio nome. Aquele era ele: e então tornou a ler a página mais uma vez do início para o fim. O que havia além do universo? Nada. Mas será que havia outra coisa em volta do universo para marcar o ponto onde ele acabava e o nada começava? Não podia ser um muro mas podia ser uma linha muito muito fina ao redor de tudo. Era muito grande pensar sobre tudo e todos os lugares. Somente Deus poderia fazer uma coisa assim. Ele tentou pensar que pensamento grande seria esse mas conseguiu pensar somente em Deus. Deus era o nome de Deus assim como o nome dele era Stephen. *Dieu* era a palavra francesa para Deus e também o nome de Deus; e quando alguém rezava a Deus e dizia *Dieu* então Deus sabia no mesmo instante que a pessoa que estava rezando era francesa. Mas embora houvesse diferentes nomes para Deus em todas as diferentes línguas do mundo e Deus entendesse o que todas as pessoas que rezavam diziam nas diferentes línguas Deus permanecia sempre o mesmo Deus e o verdadeiro nome de Deus era Deus.

Era muito cansativo pensar dessa forma. Fazia com que sentisse a cabeça enorme. Ele virou a folha de rosto e lançou um olhar cansado para a Terra redonda e verde em meio às nuvens bordô. Pensou o que seria certo, apoiar o verde ou o vermelho, porque um belo dia Dante arrancou o veludo verde da escova que homenageava Parnell com uma tesoura e disse a ele que Parnell era um homem ruim. Ele se perguntou se em casa estariam discutindo o assunto. Era o que se chamava de política. Havia dois lados: Dante estava de um lado e o pai e o sr. Casey estavam do outro lado mas a mãe e o tio Charles não estavam em lado nenhum. Todo dia saía alguma coisa a respeito no jornal.

Era doloroso não saber ao certo o que a política significava e não saber onde o universo acabava. Ele sentia-se pequeno e fraco. Quando poderia ser como os colegas nas aulas de poesia e retórica? Eles tinham grandes vozes e grandes botas e estudavam trigonometria. Tudo isso parecia muito distante. Primeiro vieram as férias e depois o semestre seguinte e depois as férias outra vez e depois mais um semestre e depois outra vez as férias. Era como um trem entrando e saindo de túneis que era como o barulho dos garotos comendo no refeitório quando você abria e fechava as conchas das orelhas. Semestre, férias; túnel, saída; barulho, silêncio. Como tudo era distante! Seria melhor ir para a cama dormir. Apenas as orações na capela e depois cama. Ele estremeceu e bocejou. A cama estaria uma delícia depois que os lençóis esquentassem um pouco. No início eram muito frios. Ele estremeceu ao pensar em como estariam no início. Mas depois esquentavam e então ele poderia dormir. Era uma delícia estar cansado. Ele bocejou mais uma vez. Orações noturnas e depois cama: ele estremeceu e quis bocejar. Tudo estaria uma delícia em poucos minutos. Ele sentiu um brilho quente subir desde as cobertas frias e trêmulas, cada vez mais quente até que sentisse o corpo inteiro quente, cada vez mais quente; cada vez mais quente, porém mesmo assim ele estremeceu e quis bocejar.

O sino tocou para as orações noturnas e ele saiu da sala de estudo depois dos outros e desceu a escada e atravessou os corredores que iam até a capela. Os corredores estavam na penumbra e a capela estava na penumbra. Logo tudo estaria às escuras e dormindo. A capela estava repleta do gélido ar noturno e os mármores tinham a cor que o oceano tinha à noite. O mar era frio dia e noite: mas era ainda mais frio à noite. Era frio e escuro sob o molhe ao lado da casa do pai. Mas a chaleira estaria junto ao fogo para fazer ponche.

O prefeito da capela rezava acima da cabeça dele e a memória sabia os responsos:

Abri os meus lábios, ó Senhor
E minha boca anunciará Vosso louvor.
Vinde, ó Deus, em meu auxílio!
Socorrei-me sem demora!

Havia um estranho cheiro noturno na capela. Mas era um cheiro sagrado. Não era como o cheiro de velhos camponeses que se ajoelhavam nos fundos da capela durante a missa de domingo. Era um cheiro de ar e de chuva e de grama e de veludo. Mas os camponeses eram muito sagrados. Respiravam logo atrás em cima da nuca dele e suspiravam no meio das orações. Moravam em Clane, segundo um colega: havia casinhas por lá e ele tinha visto uma mulher de pé na meia-porta de uma cabana com uma criança nos braços enquanto os coches chegavam de Salinns. Seria delicioso passar uma noite naquela cabana em frente ao fogo de turfa, na escuridão iluminada pelo fogo, na escuridão quente, sentindo o cheiro dos camponeses, do ar e da chuva e da turfa e do veludo. Mas, ah, a estrada em meio às árvores era escura! Qualquer um acabaria perdido no escuro. Ele ficou com medo de pensar como seria.

Ouviu a voz do prefeito da capela fazendo a última oração. Ele também rezou contra a escuridão sob as árvores lá fora.

Visitai, Senhor, esta casa, e afastai as ciladas do inimigo. Nela habitem Vossos santos Anjos, para nos guardar na paz, e a Vossa bênção fique sempre conosco por Cristo, nosso Senhor. Amém.

Os dedos tremiam enquanto se despia no dormitório. Pediu aos dedos que se apressassem. Ainda tinha que se despir e se ajoelhar e rezar as próprias orações e estar na cama antes que o gás fosse desligado para não ir para o inferno quando morresse. Enrolou e tirou as meias e vestiu o pijama depressa e se ajoelhou tremendo ao lado da cama e repetiu as orações muito muito depressa, temendo que o gás se apagasse. Sentiu os ombros estremecerem ao murmurar:

Deus abençoe o meu pai e a minha mãe e os guarde para mim!
Deus abençoe meus irmãos e minhas irmãs e os guarde para mim!
Deus abençoe Dante e o Tio Charles e os guarde para mim!

Então fez o sinal da cruz e deslizou em silêncio para dentro da cama e, depois de dobrar a barra do pijama para baixo dos pés, se encolheu sob as cobertas brancas, tiritando e tremendo. Mas não iria para o inferno quando morresse; e logo os tremores passariam. Uma voz desejou boa noite aos garotos no dormitório. Ele espiou por cima do cobertor por um instante e viu as cortinas amarelas em frente e ao redor da cama que o cercavam por todos os lados. A luz se apagou em silêncio.

Os sapatos do prefeito foram embora. Para onde? Teriam descido as escadas e percorrido os corredores ou seguido até o quarto dele mais no fundo? Ele viu a escuridão. Seria verdadeira a história sobre um cachorro preto que andava por lá à noite com olhos grandes como os lampiões das carruagens? Diziam que era o fantasma de um assassino. Ele sentiu um longo tremor de medo fluir por todo o corpo. Viu o escuro saguão de entrada do castelo. Velhos criados com velhas roupas estavam na sala de passar acima do fosso da escada. Foi muito tempo atrás. Os velhos criados estavam em silêncio. Havia um fogo aceso mas o saguão continuava às escuras. Um vulto subiu a escada vindo do saguão. Usava o manto branco de um marechal; tinha o rosto pálido e estranho; e trazia a mão de encontro ao corpo. Observava os velhos criados com um olhar estranho. Eles o observaram e viram o rosto do patrão e souberam que naquele instante tinha recebido um ferimento mortal. Mas havia somente escuridão para onde olhavam: apenas o ar silencioso e escuro. O senhor tinha recebido um ferimento mortal no campo de batalha na longínqua Praga do outro lado do mar. Estava de pé no campo de batalha; trazia a mão de encontro ao corpo; tinha o rosto pálido e estranho e usava o manto branco de um marechal.

Ah, como era frio e estranho pensar nessas coisas! Toda a escuridão era fria e estranha. Havia rostos estranhos e pálidos por lá, com olhos grandes como os lampiões das carruagens. Eram os fantasmas de assassinos, os vultos de marechais que haviam recebido ferimentos mortais em terras longínquas do outro lado do mar. O que desejavam dizer para que tivessem rostos tão estranhos?

Visitai, Senhor, esta casa, e afastai as ciladas...

Voltar para casa nas férias! Seria uma delícia: os colegas lhe haviam dito. Subir nos coches no raiar da manhã de inverno em frente à porta do castelo. Os coches andavam pelo cascalho. Um viva para o reitor!

Viva! Viva! Viva!

Os coches passavam em frente à capela e todos os chapéus eram levantados. Avançavam com alegria em meio às estradas do campo. Os cocheiros apontavam os chicotes em direção a Bodenstown. Os colegas celebravam. Passaram em frente à propriedade do Fazendeiro Alegre. Viva atrás de viva atrás de viva. Passaram por Clane, com vivas e mais vivas. As camponesas estavam nas meias-portas, os homens estavam aqui e acolá. Havia um cheiro delicioso no ar invernal: o cheiro de Clane: chuva e ar invernal e turfa queimada e veludo.

O trem estava cheio de colegas: um trem muito muito longo de chocolate com revestimento creme. Os guardas iam de um lado para o outro abrindo, fechando, trancando e destrancando as portas. Eram homens com trajes azul-escuro e prata; tinham apitos sibilantes e as chaves que traziam tocavam uma música apressada: clique, clique: clique, clique.

E o trem seguiu pelas planícies e atravessou a Hill of Allen. Os postes de telégrafo passavam e passavam. O trem avançava e avançava. O trem sabia. Havia lanternas coloridas no saguão da casa do pai e festões de galhos verdes. Havia azevinho e hera ao redor do espelho e azevinho e hera, verde e vermelho, enlaçados ao redor dos lustres. Havia azevinho vermelho e hera verde ao redor dos antigos retratos nas paredes. Azevinho e hera para ele e para o Natal.

Lindo...

Todo mundo lá. Seja bem-vindo, Stephen! Barulhos de boas-vindas. A mãe o beijou. Seria o certo a fazer?

O pai agora era marechal: um posto mais alto que o de magistrado. Seja bem-vindo, Stephen!

Barulhos...

Havia o barulho dos anéis das cortinas correndo ao longo dos varões, da água chapinhando nas bacias. Havia o barulho de gente se levantando e se vestindo e se lavando no dormitório: um barulho de palmas enquanto o prefeito andava para cima e para baixo pedindo aos meninos que cuidassem da aparência. A luz de um sol pálido revelou as cortinas abertas, as camas desarrumadas. A cama de Stephen estava muito quente e o corpo e o rosto dele estavam muito quentes.

Ele se levantou e sentou na beira da cama. Sentia-se fraco. Tentou pôr a meia. A textura era terrivelmente áspera. A luz do sol era estranha e fria.

Fleming disse:

– Você não está bem?

Ele não sabia; e Fleming disse:

– Volte para a cama. Vou avisar o McGlade que você não está bem.

– Ele está doente.

– Quem?

– Avise o McGlade.

– Volte para a cama.

– Ele está doente?

Um colega segurou-lhe os braços enquanto ele soltava a meia ainda pendurada ao pé e voltava para a cama quente.

Ficou encolhido no meio das cobertas, feliz com aquela cintilação tépida. Ouviu os colegas falarem entre si a respeito dele enquanto se vestiam para a missa. Estavam dizendo que tinha sido uma maldade empurrá-lo para dentro da fossa.

Depois as vozes se calaram; tinham desaparecido. Uma voz ao pé da cama disse:

– Dedalus, não nos entregue, está bem?

O rosto de Wells estava lá. Stephen olhou para Wells e viu que ele estava com medo.

– Foi sem querer. Não nos entregue, está bem?

O pai tinha lhe dito para, acima de tudo, nunca dedurar um colega. Ele balançou a cabeça e respondeu que não e sentiu-se feliz. Wells disse:

– Eu não tive a intenção, palavra de honra. Quis apenas fazer uma brincadeira. Peço desculpa.

E o rosto e a voz foram embora. Desculpa só porque ele estava com medo. Com medo de que fosse alguma doença. O cancro é uma doença das plantas e o câncer afeta os bichos: ou então outra doença. Tinha acontecido muito tempo atrás e depois outra vez nos pátios à luz do entardecer, se arrastando de um ponto ao outro nos limites da linha onde estava, um pássaro ponderoso voando baixo em meio à luz cinzenta. A Abadia de Leicester se acendeu. Wolsey morreu lá dentro. Os próprios abades o enterraram.

Se não era o rosto de Wells, era o do prefeito. Ele não estava tapeando. Não, não: estava doente de verdade. Ele não estava tapeando. Então sentiu a mão do prefeito na testa; e sentiu a própria testa quente e úmida contra a mão fria e úmida do prefeito. Era assim que um rato se sentia, gosmento e úmido e frio. Todo rato tem dois olhos para enxergar. Uma pelagem lisa e gosmenta, pezinhos miúdos para saltar, olhos pretos e brilhosos para enxergar. Os ratos sabiam como saltar. Mas o cérebro dos ratos não era capaz de compreender a trigonometria. Ao morrer eles ficavam de lado. A pelagem secava. Tornavam-se apenas uma coisa morta.

O prefeito estava lá mais uma vez e era a voz dele pedindo que Stephen se levantasse, porque o padre ministro havia solicitado que se levantasse e se vestisse e fosse até a enfermaria. E enquanto ele se vestia o mais depressa possível o prefeito disse:

– Temos que ir ver o irmão Michael porque estamos com desarranjo! O desarranjo é uma coisa terrível! Como ficamos mal-arranjados quando temos um desarranjo!

Foi muita bondade dizer aquilo. Tudo para fazer com que desse uma risada. Mas ele não podia rir porque as bochechas e os lábios estavam trêmulos: então o prefeito teve que rir sozinho.

O prefeito gritou:

– Marcha rápida! Pé do feno! Pé da palha!

Eles desceram as escadas juntos e atravessaram o corredor e passaram em frente ao banheiro. Ao cruzar a porta Stephen relembrou com um medo difuso a água quente e pantanosa da cor de turfa, o ar quente e úmido, o barulho dos mergulhos, o cheiro das toalhas, como o de remédio.

O irmão Michael estava em frente à porta da enfermaria e da porta do armário escuro à direita vinha um cheiro como o de remédio. Era o cheiro dos vidros nas prateleiras. O prefeito falou com o irmão Michael e o irmão Michael respondeu e chamou o prefeito de senhor. Ele tinha cabelos ruivos misturados com cinza e um jeito estranho. Era estranho pensar que seria sempre um irmão. Era estranho porque não dava para chamá-lo de senhor porque ele era um irmão e tinha um jeito diferente. Será que não era sagrado o suficiente para acompanhar os outros?

Havia duas camas no recinto e em uma delas havia um colega: e na chegada ele disse:

– Olá! É o jovem Dedalus! O que houve?

– Couve, disse o irmão Michael.

Ele era um colega da terceira classe de gramática e, enquanto Stephen se despia, pediu ao irmão Michael que trouxesse uma porção de torradas com manteiga.

– Ah, por favor!, disse.

– Assim meu coração de manteiga se derrete!, disse o irmão Michael. Você vai receber os papéis da dispensa amanhã pela manhã quando o doutor vier.

– É mesmo?, disse o colega. Eu ainda não estou bem.

O irmão Michael repetiu:

– Estou dizendo, você vai receber os papéis.

Ele se abaixou para raspar as brasas. Tinha o dorso comprido como o dorso comprido dos cavalos que puxam os bondes. Agitou o atiçador com uma expressão grave e acenou a cabeça para o colega da terceira classe de gramática.

Então o irmão Michael foi embora e passado certo tempo o colega da terceira classe de gramática se virou em direção à parede e adormeceu.

Essa era a enfermaria. Ele estava doente. Será que teriam escrito para casa e dado a notícia a seu pai e a sua mãe? Seria mais rápido se um dos padres fosse pessoalmente contar. Ou ele mesmo escreveria uma carta para o padre levar.

Minha querida mãe
Estou doente. Quero ir para casa. Por favor venham e me levem para casa. Estou na enfermaria.

Do filho que te ama,
Stephen

Como estavam longe! Do outro lado da janela estava a fria luz do sol. Ele se perguntou se ia morrer. As pessoas também morriam em dias ensolarados. Ele podia morrer antes que a mãe chegasse. Nesse caso haveria uma missa de corpo presente na capela bem como os colegas tinham dito que acontecera quando Little morreu. Todos os colegas estariam na missa, vestidos de preto, todos com uma expressão triste. Wells também estaria lá mas nenhum colega olharia para ele. O reitor estaria usando um pluvial preto e dourado e haveria altas velas amarelas no altar e ao redor do catafalco. E levariam o caixão para fora da capela devagar e ele seria enterrado no pequeno cemitério da comunidade próximo à avenida principal ladeada por tílias. E Wells estaria arrependido do que fez. E o sino repicaria devagar.

Ele podia ouvir os repiques. Disse para si mesmo a canção que Brigid lhe havia ensinado.

Dingdong! The castle bell!
Farewell, my mother!
Bury me in the old churchyard
Beside my eldest brother,
My coffin shall be black,
Six angels at my back,
Two to sing and two to pray
*And two to carry my soul away.**

Como era bonita e triste! Como as palavras eram bonitas quando diziam *Bury me in the old churchyard!* Um tremor varou-lhe o corpo. Como era triste e como era bonita! Ele quis chorar baixinho mas não pelo que estava acontecendo: pelas palavras, tão bonitas e tão tristes, como música. O sino! O sino! Adeus! Ah, adeus!

A fria luz do sol estava mais fraca e o irmão Michael estava postado ao lado da cama com uma tigela de canja. Ele gostou porque estava com a boca seca e quente. Conseguia ouvir os colegas jogando no pátio. E o dia continuava no colégio como se estivesse lá.

A seguir o irmão Michael fez menção de ir embora e o colega da terceira classe de gramática pediu que

* Blim-blom! O sino do castelo! / Adeus, minha mãe. / Enterrem-me no antigo cemitério, /Ao lado do meu irmão mais velho. / Meu caixão há de ser preto, / Com seis anjos atrás – / Dois para cantar e dois para rezar / E dois para levar minh'alma embora. (N.E.)

voltasse para contar todas as notícias do jornal. Ele disse a Stephen que se chamava Athy e que o pai tinha vários cavalos de corrida que eram saltadores esplêndidos e que o pai daria uma boa gorjeta para o irmão Michael a qualquer momento porque o irmão Michael era um sujeito muito bom e sempre voltava para contar as notícias do jornal que entregavam todos os dias no castelo. Havia todo tipo de notícia no jornal: acidentes, naufrágios, esportes e política.

– Agora só estão falando de política no jornal, disse ele. Os seus pais também falam a respeito?

– Falam, disse Stephen.

– Os meus também, disse ele.

Então pensou por um instante e acrescentou:

– Você tem um nome esquisito, Dedalus, e eu tenho um nome esquisito também, Athy. O meu nome é o nome de uma cidade. O seu nome parece latim.

A seguir perguntou:

– Você é bom em resolver charadas?

Stephen respondeu:

– Não muito.

Então ele disse:

– Você saberia responder essa? Por que o condado de Kildare parece a perna de uma calça?

Stephen pensou em qual poderia ser a resposta e disse:

– Desisto.

– Porque em Kildare tem uma coxa... Athy! Você entendeu a piada? Athy é a cidade no condado de Kildare e também a coxa.

– Ah, entendi, disse Stephen.

– É uma velha charada, disse ele.

Passado um instante emendou:

– Sabe de uma coisa?

– O quê?, perguntou Stephen.

– Você pode fazer essa mesma charada de outro jeito.

– É mesmo?, disse Stephen.

– Essa mesma charada, disse. Você sabe como fazê-la de outro jeito?

– Não, disse Stephen.

– Não consegue pensar em outro jeito?, perguntou. Ele olhou para Stephen por cima das cobertas enquanto falava. Então mais uma vez deitou a cabeça no travesseiro e disse:

– Existe outro jeito mas eu não vou contar para você.

Por que ele não contou? O pai, que tinha os cavalos de corrida, também devia ser um magistrado como o pai de Saurin e o pai de Nasty Roche. Stephen pensou no próprio pai, que gostava de cantar canções enquanto a mãe tocava o acompanhamento e que sempre lhe dava um xelim quando ele pedia seis *pence* e lamentou que não fosse um magistrado como o pai dos outros meninos. Mas então por que o haviam mandado para aquele lugar? Mas o pai havia dito que ele não se sentiria deslocado porque o tio-avô havia feito um discurso para o Libertador cinquenta anos atrás no colégio. Você conhecia as pessoas daquela época pelas roupas antigas. Parecia uma época solene: e ele se perguntou se aquela seria a época em que os alunos de Clongowes usavam casacos azuis com botões de latão e coletes amarelos e chapéus de pele de coelho e bebiam cerveja como adultos e tinham galgos para caçar lebres.

Ele olhou para a janela e viu que a luz do dia tinha enfraquecido. Uma luz cinzenta tomaria conta dos pátios. Não havia barulho nos pátios. A classe devia estar fazendo temas ou talvez o padre Arnall estivesse lendo a história de um santo.

Parecia estranho que ninguém tivesse lhe dado qualquer remédio. Talvez o irmão Michael trouxesse alguma coisa ao voltar. Diziam que os alunos na enfermaria ganhavam coisas fedorentas para beber. Mas Stephen já estava melhor do que antes. Seria bom melhorar aos poucos. Assim poderia ganhar um livro. Na biblioteca havia um livro sobre a Holanda. O livro tinha incríveis nomes estrangeiros e gravuras de estranhas cidades e embarcações. Era um livro capaz de alegrar o coração.

Como a luz estava pálida na janela! Mas era bom assim. O fogo subia e descia na parede. Como as ondas. Alguém tinha posto mais carvão e logo Stephen ouviu vozes. Estavam conversando. Era o som das ondas. Ou as ondas estavam falando entre si enquanto subiam e desciam.

Ele viu o mar de ondas, longas ondas escuras que subiam e desciam, escuras sob a noite sem lua. Uma luzinha minúscula cintilava na extremidade do farol no ponto onde o navio estava chegando: e ele viu uma multidão de pessoas reunidas à beira d'água para ver o navio que chegava ao porto. Um homem alto estava postado no convés, olhando em direção à terra plana e escura: e sob a luz do farol Stephen viu um rosto, o rosto triste do irmão Michael.

Ele o viu erguer a mão em direção às pessoas e ouviu-o dizer em uma voz repleta de tristeza sobre as águas:

– Ele morreu. Nós o vimos deitado no catafalco.

Um uivo de dor ergueu-se da multidão.

– Parnell! Parnell! Ele morreu!

Todos caíram de joelhos, gemendo de tristeza.

E Stephen viu Dante com um vestido de veludo vermelho e um manto de veludo verde pendurado no ombro passando orgulhosa e em silêncio pela multidão que se ajoelhava à beira d'água.

***

Um fogo bonito, alto e vermelho queimava na lareira, e sob os braços do lustre ornado com hera a mesa de Natal estava posta. Tinham chegado em casa um pouco atrasados e mesmo assim a ceia não estava pronta: mas estaria em dois toques, disse a mãe. Estavam aguardando que a porta se abrisse e os criados entrassem, segurando os grandes pratos cobertos com as pesadas tampas de metal.

Todos estavam aguardando: o tio Charles, sentado ao longe na sombra da janela, Dante e o sr. Casey, sentados nas poltronas de ambos os lados da lareira, e Stephen, sentado em uma cadeira entre os dois, com os pés apoiados em um pufe. O sr. Dedalus se olhou no espelho acima do consolo da lareira, encerou as pontas do bigode e então, depois de abrir as abas do fraque, postou-se de costas para o fogo: e mesmo assim, de tempos em tempos, afastava a mão das abas do fraque para encerar uma das pontas do bigode. O sr. Casey tinha a cabeça inclinada para um lado e, sorrindo, tamborilava os dedos sobre a glândula do pescoço. E Stephen também sorriu porque naquele momento soube que não era verdade que o sr. Casey tinha uma bolsa de prata na garganta. Sorriu ao pensar em como o barulho argênteo que o sr. Casey tinha o hábito de produzir o havia enganado. E quando tentou abrir a mão do sr. Casey para ver se não escondia a bolsa de prata percebeu que os dedos não podiam ser esticados: e o sr. Casey explicou que tinha ficado com os três dedos atrofiados fazendo um presente de aniversário para a rainha Vitória.

O sr. Casey tamborilou com os dedos sobre a glândula do pescoço e sorriu para Stephen com olhos sonolentos: e o sr. Dedalus disse:

– É. Enfim, acho que está tudo bem. Ah, nós demos uma bela caminhada, não demos, John? É... Queria saber se existe alguma chance de um jantar agora à noite. É...

Enfim, demos uma bela mudada de ares indo até Bray Head hoje. Ah, se demos.

Ele se virou para Dante e disse:

– A senhora não saiu de casa, sra. Riordan?

Dante franziu a testa e disse apenas:

– Não.

O sr. Dedalus largou as abas do fraque e caminhou até o aparador. Trouxe um enorme recipiente de uísque da cristaleira e encheu a garrafa decorativa aos poucos, inclinando-se de vez em quando para ver quanto havia servido. Depois de recolocar o recipiente de volta na cristaleira, serviu pequenas doses de uísque em dois copos, acrescentou um pouco d'água e voltou para junto da lareira.

– Só um golinho, John, disse ele, para abrir o apetite.

O sr. Casey pegou o copo, bebeu e colocou-o no consolo próximo a si. Então disse:

– Escute, eu não consigo parar de imaginar o nosso amigo Christopher fabricando...

Explodiu em um acesso de riso e tosse e acrescentou:

– ...fabricando o champanhe para aqueles sujeitos!

O sr. Dedalus deu uma sonora risada.

– Christy?, perguntou. Uma única verruga daquela careca tem mais astúcia do que uma matilha inteira de raposas.

Inclinou a cabeça, fechou os olhos e, depois de muito lamber os lábios, começou a falar com a voz do zelador do hotel.

– E ele tem uma boca mole quando fala com você, sabia? Fica todo úmido e molhado ao redor do papo, que Deus o abençoe.

O sr. Casey ainda estava se recuperando do acesso de tosse e de riso. Stephen, ao ver e ao ouvir o zelador do hotel através do rosto e da voz do pai, também riu.

O sr. Dedalus pôs os óculos e, encarando-o, disse com uma voz baixa e afetuosa:

– Do que você está rindo, pequeno? Hein?

A criadagem entrou e colocou os pratos em cima da mesa. A sra. Dedalus veio logo atrás e os lugares foram preparados.

– Sentem-se, pediu.

O sr. Dedalus foi até a extremidade da mesa e disse:

– Agora, sra. Riordan, pode sentar. John, querido, sente.

Olhou ao redor para o lugar onde o tio Charles estava sentado e disse:

– Muito bem, parece que temos um pássaro aqui esperando o senhor.

Quando todos haviam tomado os respectivos lugares ele postou a mão sobre a tampa e disse ao retirá-la:

– Agora, Stephen.

Stephen ergueu-se da cadeira para fazer a oração antes das refeições:

Abençoai, Senhor, os alimentos que vamos tomar; que eles renovem as nossas forças para melhor Vos servir e amar. Amém.

Todos fizeram o sinal da cruz e o sr. Dedalus com um suspiro de alívio retirou do prato a pesada tampa perolada de gotículas brilhantes por toda a borda.

Stephen olhou para o gordo peru que tinha visto amarrado e espetado na mesa da cozinha. Sabia que o pai havia pagado um guinéu pela ave no Dunn's da D'Olier Street e que o homem havia cutucado repetidas vezes o osso do peito para mostrar como estava bom: e lembrou-se da voz do homem quando disse:

– Leve este, senhor. É o que há de melhor.

Por que o sr. Barrett em Clongowes chamava a palmatória de férula? Mas Clongowes estava longe: e o cheiro quente e pesado do peru e do presunto e do aipo ergueu-se das bandejas e dos pratos e o fogo estava alto e vermelho na lareira e a hera verde e o azevinho vermelho transmitiam uma intensa alegria e quando a ceia terminasse o grande pudim de ameixas seria trazido, cravejado de amêndoas descascadas e ramos de azevinho, com um fogo azulado queimando ao redor e uma bandeirinha verde tremulando no topo.

Era a primeira ceia de Natal de Stephen e ele pensou nos irmãozinhos e irmãzinhas que estavam no quarto, como ele mesmo tantas vezes havia esperado, até que o pudim chegasse. A gola muito baixa e a jaqueta à moda de Eton faziam com que se sentisse estranho e envelhecido: e naquela manhã, quando a mãe o acompanhou até a sala, vestido para a missa, o pai havia chorado. Isso porque estava pensando no próprio pai. E o tio Charles tinha dito a mesma coisa.

O sr. Dedalus tampou o prato e pôs-se a comer com gosto. Então disse:

– Pobre Christy! Hoje está quase entregue à velhacaria.

– Simon, disse a sra. Dedalus, você não serviu nenhum molho para a sra. Riordan.

O sr. Dedalus pegou a molheira.

– Não?, exclamou. Sra. Riordan, tenha piedade desse pobre cego.

Dante cobriu o prato com as mãos e disse:

– Não, obrigada.

O sr. Dedalus virou-se em direção ao tio Charles.

– Como está o senhor?

– Muito bem, obrigado, Simon.

– E você, John?

– Estou bem. Pode comer tranquilo.

– Mary? Tome, Stephen; isso vai deixar você de cabelos em pé.

Ele derramou o molho farto sobre o prato de Stephen e recolocou a molheira em cima da mesa. Então perguntou ao tio Charles se a carne estava macia. O tio Charles não pôde responder porque estava com a boca cheia, mas acenou com a cabeça para indicar que estava.

– Foi muito boa a resposta que o nosso amigo deu ao cônego. Não?, perguntou o sr. Dedalus.

– Eu não achei grande coisa, disse o sr. Casey.

– *Vou pagar o que lhe devo, padre, quando o senhor parar de transformar a casa de Deus em uma cabine de votação.*

– Uma ótima resposta, disse Dante, para qualquer um que se diga católico dar ao padre.

– A culpa é deles mesmos, disse o sr. Dedalus com ar cortês. Se tivessem um mínimo de bom senso não se ocupariam com nada além da religião.

– Mas isso é religião, disse Dante. Eles estão fazendo o papel deles avisando as pessoas.

– Frequentamos a casa de Deus, disse o sr. Casey, com toda a humildade a fim de rezar para o nosso Criador e não para ouvir um discurso eleitoral.

– Mas isso é religião, repetiu Dante. Eles têm razão. É preciso mostrar o rumo ao rebanho.

– Rezando política no altar?, perguntou o sr. Dedalus.

– Sem dúvida, respondeu Dante. É uma questão de moralidade pública. Um padre não seria um padre se não dissesse ao rebanho o que é certo e o que é errado.

A sra. Dedalus largou o garfo e a faca, dizendo:

– Por misericórdia será que podemos deixar a discussão política de lado nesse que é o mais importante dia do ano?

– Tudo bem, disse o tio Charles. Simon, já chega. Não diga mais uma palavra.

– Certo, certo, disse o sr. Dedalus às pressas.

Ele destampou o prato com um gesto audaz e perguntou:

– Então? Quem quer mais peru?

Ninguém respondeu. Dante disse:

– Que bela maneira de falar para um católico!

– Sra. Riordan, eu imploro, disse a sra. Dedalus, por favor deixe esse assunto de lado.

Dante virou-se em direção a ela e disse:

– Por acaso a senhora quer que eu fique aqui vendo os pastores da minha igreja sendo ridicularizados?

– Ninguém está dizendo nada contra, disse o sr. Dedalus, desde que não se metam na política.

– Os bispos e os padres da Irlanda falaram, disse Dante, e devem ser ouvidos.

– Que deixem a política de lado, disse o sr. Casey, ou as pessoas podem deixar a igreja de lado.

– Está vendo?, perguntou Dante virando-se para a sra. Dedalus.

– Sr. Casey! Simon!, exclamou a sra. Dedalus. Vamos parar com isso agora.

– Que vergonha! Que vergonha!, disse o tio Charles.

– O quê?, exclamou o sr. Dedalus. Por acaso vamos abandoná-lo só porque essa é a vontade dos ingleses?

– Ele já não tinha moral para ser um líder, disse Dante. Era um pecador público.

– Todos somos pecadores, e pecadores terríveis, disse o sr. Casey de maneira fria.

– *Ai do mundo por causa dos escândalos!*, disse a sra. Riordan. *Caso alguém escandalize um destes pequeninos que creem em mim, melhor seria que lhe pendurassem ao pescoço uma pesada mó e fosse precipitado nas profundezas do mar.* Essas são as palavras do Espírito Santo.

– Que na minha opinião são palavras totalmente inapropriadas, disse o sr. Dedalus com indiferença.

– Simon! Simon!, disse o tio Charles. O garoto.

– Está bem, está bem, disse o sr. Dedalus. Eu estava falando sobre... eu estava falando sobre as palavras inapropriadas daquele carregador da ferrovia. Enfim, acho que está tudo bem. Stephen, mostre-me esse prato, garoto. E agora trate de comer. Assim.

O sr. Dedalus empilhou a comida no prato de Stephen e serviu grandes pedaços de peru regado com molho para o tio Charles e o sr. Casey. A sra. Dedalus estava comendo pouco e Dante permanecia sentada com as mãos no colo. Ela tinha o rosto corado. O sr. Dedalus mexeu na ponta do prato com os talheres de trinchar e disse:

– Aqui tem um pedacinho delicioso que apelidamos de nariz do papa. Se uma dama ou um cavalheiro...

Ele segurou um corte da ave nos dentes do garfo de trinchar. Ninguém falou. Então colocou o pedaço no próprio prato, dizendo:

– Bem, depois não digam que eu não ofereci. Acho melhor comer eu mesmo porque não tenho estado muito bem de saúde nos últimos tempos.

Ele piscou o olho para Stephen e, depois de recolocar a tampa no prato, voltou a comer.

Fez-se silêncio enquanto comia. Então o sr. Dedalus disse:

– Bem, o dia continuou bonito. Apareceram vários forasteiros por aqui também.

Ninguém falou. Então tornou a dizer:

– Acho que tivemos mais forasteiros aqui do que no último Natal.

Olhou ao redor em direção aos outros, cujos rostos mantinham-se apontados em direção aos pratos e, ao ver que não haveria nenhuma resposta, aguardou um instante e disse em tom amargurado:

– Bem, de qualquer jeito estragaram a minha ceia de Natal.

– Não pode haver sorte nem graça, disse Dante, em uma casa onde não se respeitam os pastores da igreja.

O sr. Dedalus largou o garfo e a faca ruidosamente em cima do prato.

– Respeito!, exclamou. – Para Billy boca-grande ou para aquele rolha de poço em Armagh? Respeito!

– Os príncipes da igreja, disse o sr. Casey com um vagaroso tom de zombaria.

– Está mais para o cocheiro de Lord Leitrim, claro, disse o sr. Dedalus.

– Eles foram ungidos por Deus, disse Dante. São motivo de honra para esse país.

– Rolha de poço, disse o sr. Dedalus de maneira grosseira. Ele tem uma bela expressão quando está em repouso. Mas a senhora devia ver o sujeito chafurdando no repolho com toucinho em um dia frio de inverno. Ah, Johnny!

O sr. Dedalus contorceu o rosto em uma careta de bestialidade e fez um barulho chapinhante com os lábios.

– Simon, disse a sra. Dedalus, eu acho que você realmente não devia falar assim na frente do Stephen. Não é certo.

– Ah, ele vai se lembrar de tudo isso quando crescer, disse Dante – de ter ouvido acusações contra Deus e contra a religião e contra os padres dentro da própria casa.

– E tomara que também se lembre, gritou o sr. Casey do outro lado da mesa, das acusações com que os padres e os vassalos partiram o coração de Parnell e o perseguiram até a cova. Tomara que também se lembre disso.

– Filhos da puta!, exclamou o sr. Dedalus. Quando Parnell estava vulnerável, se viraram contra ele e o traíram e despedaçaram como se fossem ratos do esgoto. Bando de cães miseráveis! É isso o que são! Por Deus, é isso o que são!

– Eles se portaram de maneira justa, exclamou Dante. Obedeceram aos bispos e aos padres de então. Devemos honrá-los!

– Que horror, disse a sra. Dedalus, saber que não podemos esquecer essas disputas terríveis sequer por um dia no ano!

O tio Charles ergueu as mãos com um gesto delicado e disse:

– Vamos lá, vamos lá, vamos lá! Será que não podemos cada um ter a própria opinião sem expressar mau humor nem usar palavras ofensivas? Isso não traz nenhum bem.

A sra. Dedalus falou com Dante em voz baixa mas Dante respondeu em alto e bom som:

– Eu não vou dizer mais nada. Vou apenas defender a minha igreja e a minha religião quando forem insultadas e cuspidas por católicos renegados.

O sr. Casey empurrou o prato com um gesto rude em direção ao centro da mesa e, depois de plantar os cotovelos à frente do corpo, disse em uma voz irritada para o anfitrião:

– Me diga, eu já contei para você aquela história sobre um famoso cuspe?

– Não, John, respondeu o sr. Dedalus.

– Ora, disse o sr. Casey, é uma história muito instrutiva. Aconteceu há não muito tempo aqui mesmo no condado de Wicklow.

Então se interrompeu, virando-se em direção a Dante, e disse com uma indignação contida:

– E permita-me dizer, madame, que se a senhora estava se referindo a mim, eu não sou nenhum católico renegado. Sou tão católico quanto foram o meu pai e o meu avô e o meu bisavô quando preferimos sacrificar nossas vidas em vez de vender a nossa fé.

– Então o senhor devia se envergonhar ainda mais, disse Dante, por falar desse jeito.

– A história, John, disse o sr. Dedalus com um sorriso. Vamos ouvir a história.

– Que belo católico!, repetiu Dante em tom irônico. Nem o protestante mais ferrenho desse país falaria as coisas que ouvi hoje à noite.

O sr. Dedalus começou a balançar a cabeça de um lado para outro e a cantarolar no estilo dos camponeses.

– Eu já falei que não sou protestante coisa nenhuma, disse o sr. Casey com o rosto corado.

O sr. Dedalus, ainda cantarolando e balançando a cabeça, começou a cantar com uma voz anasalada e resmungona:

O, come all you Roman catholics
*That never went to mass.**

Então voltou a pegar o garfo e a faca de bom humor e pôs-se a comer, dizendo para o sr. Casey:

– Vamos ouvir a história, John. Vai nos ajudar na digestão.

Stephen olhou com afeto para o rosto do sr. Casey, que por cima das mãos enlaçadas tinha os olhos fixos no outro lado da mesa. Ele gostava de sentar perto da lareira e de olhar aquele rosto moreno e poderoso. Mas os olhos escuros nunca pareciam poderosos, e a voz mansa tinha um timbre muito agradável. Mas então por

---

* Ah, venham todos vocês, católicos romanos / Que nunca foram à missa. (N.E.)

que o sr. Casey era contra os padres? Porque nesse caso Dante devia estar certa. Mas ele tinha ouvido o pai dizer que Dante era uma freira mimada e que tinha saído do convento em Alleghanies quando o irmão recebeu dinheiro dos selvagens pelas correntinhas e traquitanas. Talvez esse fosse o motivo de tanta severidade em relação a Parnell. E Dante não gostava que ele brincasse com Eileen porque Eileen era protestante e durante a juventude ela tinha conhecido crianças que brincavam com protestantes e os protestantes costumavam zombar da litania da Virgem Maria. *Torre de Marfim,* costumavam dizer, *Casa de Ouro!* Como uma mulher poderia ser uma torre de marfim ou uma casa de ouro? Quem estava certo nesse caso? Então ele se lembrou da noite na enfermaria em Clongowes, das águas escuras, da luz no farol e do suspiro de tristeza que as pessoas soltaram ao receber a notícia.

Eileen tinha mãos longas e brancas. Certa noite durante uma brincadeira de pega-pega ela havia tapado os olhos dele com as mãos: longas e brancas e magras e frias e macias. Aquilo era marfim: uma coisa fria e branca. Aquele era o significado de *Torre de Marfim.*

– A história é bem curta e muito agradável, disse o sr. Casey. Aconteceu um dia em Arklow, um dia muito frio, pouco tempo antes do chefe morrer. Que Deus o tenha!

Ele fechou os olhos com uma expressão de cansaço e deteve-se. O sr. Dedalus pegou um osso do prato e arrancou um pouco de carne com os dentes, dizendo:

– Antes de ser morto, você quer dizer.

O sr. Casey abriu os olhos, suspirou e prosseguiu:

– Aconteceu um dia em Arklow. Fomos até lá para uma reunião e depois que a reunião acabou precisamos voltar para a estação ferroviária pelo meio da multidão. Recebemos vaias e insultos como você nunca viu. Nos chamaram de todos os nomes que você pode imaginar. Mas, enfim, havia uma senhora, e sem dúvida uma velha megera bêbada, que não parava de prestar atenção em mim. Ela ficou dançando ao meu lado no meio da lama e gritando na minha cara: *Perseguidor de padres! Os Fundos de Paris! O sr. Fox! Kitty O'Shea!*

– E o que você fez, John?, perguntou o sr. Dedalus.

– Deixei que berrasse, disse o sr. Casey. Era um dia frio e para aquecer o coração eu tinha (com todo o respeito, madame) um punhado de Tullamore na boca e não poderia dizer uma palavra sequer porque estava com a boca cheia de sumo de tabaco.

– E então, John?

– Bem... deixei que berrasse até se cansar, *Kitty O'Shea* e aquele monte de outra coisa até que por fim ela chamou essa senhora de um nome que não vou pronunciar em respeito a essa ceia de Natal e aos seus ouvidos, madame, e também aos meus próprios lábios.

O sr. Casey fez uma pausa. O sr. Dedalus, levantando um dedo do osso, perguntou:

– E o que você fez, John?

– O que fiz?, exclamou o sr. Casey. Ela enfiou a carantonha perto de mim enquanto falava essas coisas e eu estava com a boca cheia de sumo de tabaco. Simplesmente me inclinei e disse *Pft!*

Ele se virou de lado e fez o gesto de quem cospe.

– Eu disse *Pft!* bem no olho dela.

Ele cobriu o olho com a mão e soltou um grito rouco de dor.

– *Ah, Jesus, Maria e José!*, disse. *Estou cega! Estou cega e afogada!*

O sr. Casey se deteve em um acesso de tosse e de riso, repetindo:

– *Estou completamente cega.*

O sr. Dedalus riu em voz alta e se recostou na cadeira enquanto o tio Charles balançava a cabeça para frente e para trás.

Dante pareceu irritada ao extremo e repetiu enquanto os outros riam:

– Muito bem! Ha! Muito bem!

Não foi nada bonito cuspir no olho da mulher. Mas de que nome a mulher havia chamado Kitty O'Shea que o sr. Casey se recusava a repetir? Stephen imaginou o sr. Casey caminhando em meio a multidões de pessoas e fazendo discursos no alto de uma carruagem. Esse foi o motivo que o levou à cadeia e Stephen lembrou-se de uma noite em que o sargento O'Neill tinha ido até a casa da família e ficado no corredor, falando em voz baixa com o pai e mascando nervosamente a barbela do chapéu. E durante aquela noite o sr. Casey não tinha ido a Dublin de trem mas um carro apareceu na porta e ele tinha ouvido o pai dizer alguma coisa sobre a estrada para Cabinteely.

Ele era a favor da Irlanda e a favor de Parnell como o pai: e Dante também porque certa noite em que a banda tocou na esplanada ela acertou um cavalheiro na cabeça com a sombrinha por haver tirado o chapéu quando tocaram *Deus salve a rainha* no final. O sr. Dedalus conteve uma risada cheia de desprezo. – Ah, John, disse. Para eles é verdade. Somos e sempre fomos e sempre vamos ser uma raça infestada por padres até o final da história.

O tio Charles balançou a cabeça, dizendo:

– Que péssimo negócio! Que péssimo negócio!

O sr. Dedalus respondeu:

– Uma raça infestada por padres e abandonada por Deus!

Em seguida apontou para o retrato do avô na parede à direita.

– Está vendo aquele velho sujeito ali, John?, perguntou. Ele foi um bom irlandês mesmo quando não tinha nada a ganhar com isso. Foi condenado à morte por se vestir de branco e protestar contra os impostos cobrados pela igreja. E costumava dizer que nunca deixaria um dos nossos amigos eclesiásticos sentar-se à mesa na casa dele.

Dante o interrompeu muito irritada:

– Se somos uma raça infestada de padres devíamos ter orgulho! Os padres são as meninas dos olhos de Deus. *Quem vos toca,* disse Cristo, *toca na pupila de meu olho.*

– Então não podemos amar a nossa própria nação?, perguntou o sr. Casey. Não devemos seguir o homem que nasceu para ser o nosso líder?

– Um traidor da nação!, retrucou Dante. Um traidor, um adúltero! Os padres fizeram certo ao abandoná-lo. Os padres sempre foram os verdadeiros amigos da Irlanda.

– Jura?, disse o sr. Casey.

Então largou o punho cerrado em cima da mesa e, com uma expressão raivosa, abriu os dedos um depois do outro.

– Por acaso os bispos da Irlanda não nos traíram na época da união quando o bispo Lanigan fez um discurso jurando lealdade ao marquês Cornwallis? Por acaso os bispos e os padres não venderam as aspirações da nação em 1829 em troca da emancipação católica? Não denunciaram o movimento feniano no púlpito e no confessionário? E não desonraram as cinzas de Terence Bellew MacManus?

O semblante irradiava uma ira contida e Stephen sentiu essa irradiação no próprio rosto à medida que as palavras o comoviam. O sr. Dedalus soltou uma risada de zombaria grosseira.

– Ah, por Deus, gritou, me esqueci do velho Paul Cullen! Mais uma menina dos olhos de Deus!

Dante inclinou-se por cima da mesa e gritou para o sr. Casey:

– Muito bem. Muito bem! Os padres sempre tiveram razão! Deus e a moral vêm sempre em primeiro lugar.

A sra. Dedalus, ao perceber tamanha exaltação, disse:

– Sra. Riordan, não se exaspere nas respostas.

– Deus e a religião acima de tudo!, bradou Dante. Deus e religião acima do mundo!

O sr. Casey ergueu o punho cerrado e desferiu um murro em cima da mesa.

– Muito bem então, gritou com a voz rouca, se chegamos a esse ponto, então que Deus fique longe da Irlanda!

– John! John!, gritou o sr. Dedalus, segurando o convidado pela manga do casaco.

Dante olhou para o outro lado da mesa com as bochechas trêmulas. O sr. Casey pôs-se de pé e inclinou-se por cima da mesa em direção a ela, limpando o ar que tinha diante dos olhos com a mão como se estivesse rasgando uma teia de arranha.

– Que Deus fique longe da Irlanda!, gritou. Já chega de Deus aqui na Irlanda. Abaixo Deus!

– Herege! Demônio!, berrou Dante, colocando-se de pé com um sobressalto e quase cuspindo no rosto do convidado.

O tio Charles e o sr. Dedalus fizeram o sr. Casey sentar-se mais uma vez na cadeira à força enquanto tentavam chamá-lo à razão. Mas ele continuou a olhar para frente com os olhos escuros e flamejantes, repetindo:

– Abaixo Deus, é o que eu digo!

Dante empurrou a cadeira com violência para o lado e deixou a mesa, derrubando o anel do guardanapo que rolou devagar pelo tapete e parou junto ao pé de uma poltrona. A sra. Dedalus ergueu-se depressa e a seguiu em direção à porta. Na porta Dante virou-se com violência e gritou para todo o recinto, com as bochechas enrubescidas e trêmulas de raiva:

– Demônio do inferno! Nós vencemos! Nós o destruímos e o matamos! Maldito!

A porta bateu atrás dela.

O sr. Casey, depois de ter os braços soltos pelos amigos que o haviam contido, de repente enterrou a cabeça nas mãos com um suspiro de dor.

– Pobre Parnell!, gritou. Meu rei morto!

O choro era dolorido e amargo.

Stephen, depois de erguer o rosto aterrorizado, viu que o pai tinha os olhos rasos de lágrimas.

***

Os colegas falavam juntos em pequenos grupos.

Um colega disse:

– Flagraram os dois perto da Hill of Lyons.

– Quem os flagrou?

– O sr. Gleeson e o padre. Estavam num coche.

O mesmo colega acrescentou:

– Um colega da linha alta que me disse.

Fleming perguntou:

– Mas e por que eles fugiram? Explique melhor.

– Eu sei por quê, disse Cecil Thunder. Porque tinham surrupiado um dinheiro que estava na sala do reitor.

– Quem surrupiou?

– O irmão do Kickham. E depois dividiram tudo.

– Mas isso é roubo. Como puderam fazer uma coisa dessas?

– Muito que você sabe, Thunder!, exclamou Wells. – Eu sei por que fugiram com o rabo entre as pernas.

– Então fale.

– Me disseram pra não falar, disse Wells.

– Ah, vamos lá, Wells, disseram todos. – Conte para a gente. Não vamos dizer nada.

Stephen inclinou a cabeça à frente para ouvir. Wells olhou ao redor para ver se tinha mais alguém por perto. Então disse com ares de segredo:

– Sabem o vinho do altar, que fica guardado em um armário na sacristia?

– Sabemos.

– Bem, os dois beberam tudo e depois foram descobertos por causa do cheiro. E foi por isso que fugiram, se vocês querem saber.

Então o colega que tinha falado primeiro disse:

– É, foi isso que o colega da linha alta me disse.

Os colegas ficaram todos em silêncio. Stephen permanecia em meio a todos, escutando, com medo de falar. Um leve enjoo causado pelo espanto levou-o a sentir-se fraco. Como podiam ter feito uma coisa daquelas? Ele pensou na sacristia escura e silenciosa. Havia armários escuros onde as sobrepelizes pregueadas repousavam em silêncio. Não era a capela, porém mesmo assim você sentia que devia falar aos cochichos. Era um lugar sagrado. Ele se lembrou do entardecer de verão em que tinha ido até lá para que o vestissem de carregador da naveta, a noite da procissão até o pequeno altar no bosque. Um lugar estranho e sagrado. O menino que carregava o turíbulo balançava-o com movimentos suaves junto à porta, mantendo a tampa prateada erguida pela corrente central para que os carvões não se apagassem. Aquilo se chamava carvão: e queimou devagar enquanto o colega balançava o turíbulo com movimentos delicados e soltou um cheiro suave e azedo. E depois quando todos estavam paramentados ele estendeu a naveta para o reitor e o reitor pôs uma colher de incenso no turíbulo e o incenso chiou sobre os carvões vermelhos.

Os colegas estavam conversando juntos em pequenos grupos aqui e acolá no pátio. Os colegas pareciam estar menores: tudo porque um velocista o havia derrubado no dia anterior, um colega da segunda classe de gramática. Ele tinha sido jogado pela bicicleta do colega na estrada de cascalho e os óculos haviam se quebrado em três pedaços e a areia mais fina em meio ao cascalho tinha entrado em sua boca.

Por esse motivo os colegas pareciam menores e mais distantes e as traves do gol tão finas e distantes e o suave céu cinza tão distante. Mas não havia jogo no campo de futebol porque estava quase na hora do críquete: e houve quem dissesse que Barnes seria o capitão, enquanto outros disseram que seria Flowers. E por todo o pátio os colegas jogavam *rounders* e lançavam bolas curvas e altas. E por todo lado ouviam-se os sons dos tacos de críquete na suave atmosfera cinza. Diziam: pique, paque, poque, puque: como gotas d'água em uma fonte caindo aos poucos da bacia transbordante.

Athy, que havia permanecido em silêncio, disse a meia-voz:

– Vocês não sabem de nada.

Todos o encararam cheios de curiosidade.

– Por quê?

– Você sabe?

– Quem disse?

– Fale, Athy.

Athy estendeu o dedo em direção ao outro lado do pátio onde Simon Moonan caminhava sozinho chutando uma pedra.

– Perguntem a ele, disse.

Os colegas olharam para lá e disseram:

– Por quê?

– Ele tem alguma coisa a ver?

– Vamos, Athy, fale de uma vez. Se você sabe...

Athy baixou ainda mais a voz e disse:

– Sabem por que esses sujeitos fugiram com o rabo entre as pernas? Eu vou dizer mas vocês não podem espalhar.

Então se deteve por um instante e disse com ares de mistério:

– Eles foram flagrados com o Simon Moonan e o Paquiderme Boyle no banheiro uma noite dessas.

Os colegas o encararam e perguntaram:

– Flagrados?

– Fazendo o quê?

Athy disse:

– Se bolinando.

Todos os colegas ficaram em silêncio: e Athy disse:

– Foi por isso.

Stephen olhou para o rosto dos colegas mas todos estavam olhando para o outro lado do pátio. Quis fazer perguntas a respeito. Como assim, estavam se bolinando no banheiro? Por que os cinco colegas da linha alta fugiriam por esse motivo? Achou que devia ser uma piada. Simon Moonan tinha roupas boas e certa noite mostrou-lhe uma bola cheia de doces cremosos que a equipe de futebol tinha rolado para ele no tapete do refeitório quando estava junto à porta. Foi na noite da partida contra os Bective Rangers e a bola parecia uma maçã vermelha e verde só que se abria e estava cheia de doces cremosos. E um dia Boyle disse que os elefantes tinham dois paquidermes querendo dizer duas presas e por isso ganhou o apelido de Paquiderme Boyle mas outros colegas chamavam-no de Lady Boyle porque estava sempre às voltas com as unhas, aparando-as.

Eileen também tinha mãos longas magras frias e brancas porque era uma menina. Eram como marfim;

porém macias. Esse era o significado de *Torre de Marfim* mas os protestantes não conseguiam entender e debochavam. Um dia ele tinha ficado ao lado dela olhando para o pátio do hotel. Um garçom estava hasteando bandeiras no mastro e um fox terrier corria de um lado para o outro no gramado ao sol. Eileen tinha colocado a mão no bolso dele bem onde a mão dele estava e Stephen sentiu como a mão dela era fria e fina e macia. Ela disse que bolsos eram coisas esquisitas: e de repente puxou a mão e saiu correndo em meio a risadas pela curva do caminho. Os cabelos loiros ondulavam às costas como ouro ao sol. *Torre de Marfim. Casa de Ouro.* Pensando a respeito das coisas era possível entendê-las.

Mas por que no banheiro? As pessoas iam até lá quando queriam fazer alguma coisa. O lugar era feito de grossas placas de ardósia e a água passava o dia inteiro escorrendo de furinhos minúsculos e tudo tinha um estranho cheiro de água parada. E atrás da porta de uma das cabines havia um desenho a lápis vermelho de um homem barbado com vestes romanas e um tijolo em cada mão e logo abaixo lia-se o nome do desenho:

Balbus estava construindo um muro

Alguns colegas tinham feito o desenho como um gracejo. Tinha um rosto engraçado mas parecia muito com um homem barbado. E na parede de outra cabine via-se escrito em uma bela caligrafia:

Júlio César escreveu Que Bela Gálica.

Talvez fosse por isso que estavam lá, porque era um lugar onde certos colegas iam para escrever gracejos. Mesmo assim foi estranho o que Athy disse e o jeito como disse. Não era um gracejo porque eles tinham fugido. Stephen olhou para o outro lado do pátio enquanto os outros permaneciam em silêncio e começou a sentir medo.

Por fim Fleming disse:

– E vamos todos receber castigo pelo que outros colegas fizeram?

– Eu não volto mais, podem saber, disse Cecil Thunder. – Três dias em silêncio no refeitório e subindo para levar seis e oito a cada instante.

– É, disse Wells. – E o velho Barrett tem um novo jeito de dobrar o bilhete que não dá para abrir e dobrar outra vez para saber quantas feruladas você deve levar. Eu também não volto mais.

– É, disse Cecil Thunder, e o prefeito de estudos estava na segunda classe de gramática hoje de manhã.

– Vamos começar uma rebelião, disse Fleming. – O que vocês acham?

Todos os colegas permaneceram em silêncio. O ar estava muito silencioso e dava para ouvir os tacos de críquete um pouco mais lentos do que antes: pique, poque.

Wells perguntou:

– O que vai acontecer com eles?

– O Simon Moonan e o Paquiderme vão levar uma surra de bengala, disse Athy, e os colegas da linha alta podem escolher entre a surra e a expulsão.

– E o que vão escolher?, perguntou o colega que tinha falado primeiro.

– Todos vão escolher a expulsão menos Corrigan, disse Athy. Ele vai levar a surra do sr. Gleeson.

– O Corrigan é aquele sujeito grandalhão?, perguntou Fleming. Ora, ele acabaria com dois Gleeson!

– Eu sei por quê, disse Cecil Thunder. Ele está certo e os outros colegas estão errados porque a dor de uma surra passa depois de um tempo mas um aluno expulso do colégio fica marcado para o resto da vida. Além do mais Gleeson não vai bater muito forte.

– É melhor mesmo que não bata, disse Fleming.

– Eu não queria estar na pele do Simon Moonan e do Paquiderme, disse Cecil Thunder. – Mas eu não acredito que eles possam levar uma surra de vara. Talvez sejam mandados lá para cima para nove e nove.

– Não, não, disse Athy. Os dois vão levar no ponto vital.

Wells se esfregou e disse em uma voz chorosa:

– Por favor, senhor, me deixe ir embora!

Athy sorriu e dobrou as mangas da jaqueta, dizendo:

Não há o que fazer;
O momento é certeiro.
Então baixe as calças
E mostre o traseiro.

Os colegas riram; mas Stephen sentiu que estavam com um pouco de medo. No silêncio da suave atmosfera cinza ouviu os tacos de críquete por toda parte: poque. Era um som que você podia ouvir mas se o acertasse então você sentiria dor. A palmatória também fazia um som mas não daquele jeito. Os colegas diziam que era feita de barbas de baleia e couro com chumbo dentro: e Stephen tentou imaginar como seria a dor. Havia tipos diferentes de dor para os diferentes tipos de som. Uma vara fina e comprida faria um assovio agudo e ele tentou imaginar como seria essa dor. Começou a tremer ao pensar naquilo e a sentir frio: e a pensar também no que Athy tinha dito. Mas o que havia de engraçado na história toda? Começou a tremer: mas foi apenas porque você sente uma espécie de calafrio quando arria as calças. É a mesma coisa no banho quando você tira a roupa. Ele pensou em quem teria de arriá-las, se o professor ou o próprio menino. Ah, como podiam rir daquele jeito?

Stephen olhou para as mangas arregaçadas e para as mãos ossudas e sujas de tinta de Athy. Ele tinha arregaçado as mangas para mostrar como o sr. Gleeson arregaçaria as mangas. Mas o sr. Gleeson tinha punhos redondos e brilhosos e pulsos brancos e limpos e mãos brancas e gorduchas e as unhas eram longas e pontudas. Talvez as aparasse como Lady Boyle. Mas eram unhas terrivelmente longas e pontudas. Eram longas e cruéis embora as mãos brancas e gorduchas não fossem cruéis mas gentis. E mesmo que tremesse de frio e de medo ao pensar nas unhas longas e cruéis e no assovio agudo da vara e no arrepio que você sente na barra da camisa quando se despe Stephen teve um estranho sentimento de prazer silencioso ao pensar nas mãos gorduchas, limpas e fortes e gentis. E pensou no que Cecil Thunder havia dito; que o sr. Gleeson não bateria em Corrigan com muita força. E Fleming tinha dito que não bateria com muita força porque seria melhor assim. Mas esse não era o motivo.

Uma voz ao longe gritou no pátio:

– Todos para dentro!

E outras vozes gritaram:

– Todos para dentro! Todos para dentro!

Durante a aula de caligrafia, sentou-se de braços cruzados, escutando o lento rabiscar das canetas. O sr. Harford andava de um lado para o outro fazendo pequenos sinais com um lápis vermelho e às vezes sentando-se ao lado do menino para ensinar como segurar a caneta. Ele havia tentado decifrar o cabeçalho embora já soubesse qual era porque era o último do livro. *O zelo sem prudência é como um navio à deriva.* Mas as linhas das letras eram como fios diáfanos e invisíveis e era apenas fechando bem fechado o olho direito e fitando com o esquerdo que ele conseguia discernir todas as curvas da capitular.

Mas o sr. Harford era muito decente e nunca perdia as estribeiras. Todos os outros professores perdiam as estribeiras de maneira terrível. Mas por que tinham de sofrer pelo que os colegas da linha alta haviam feito? Wells tinha dito que haviam bebido um pouco do vinho do altar guardado no armário da sacristia e que descobriram quem era pelo cheiro. Talvez houvessem roubado um ostensório para levá-lo embora e vendê-lo em outro lugar. Devia ser um pecado terrível, entrar em silêncio à noite, abrir o armário escuro e roubar aquele objeto dourado e reluzente onde Deus era posto no altar em meio a flores e velas durante a bênção enquanto o incenso subia em nuvens de fumaça pelos dois lados enquanto o colega balançava o incensário e Dominic Kelly cantava a primeira parte sozinho no coro. Mas era claro que Deus não estava lá dentro no momento do roubo. Mesmo assim era um grande e estranho pecado até mesmo tocá-lo. Pensou naquele objeto com profunda reverência; um pecado terrível e estranho; e arrepiou-se com esses pensamentos em meio ao silêncio das canetas que rabiscavam de leve. Mas beber o vinho do altar retirado do armário e ser descoberto pelo cheiro também era um pecado: mas não um pecado terrível e estranho. Apenas fazia com que você se sentisse um pouco enjoado por causa do cheiro do vinho. Porque no dia da primeira sagrada comunhão na capela ele tinha fechado os olhos e aberto a boca e estendido a língua um pouco: e quando o reitor se curvou para dar-lhe a sagrada comunhão ele sentiu um leve cheiro avinagrado no hálito do reitor por causa do vinho da missa. A palavra era linda: vinho. Fazia você pensar em um profundo tom de púrpura porque tinham um profundo tom de púrpura as uvas que cresciam na Grécia no lado de fora de casas que pareciam templos brancos. Mas o leve cheiro no hálito do reitor fez com que ele se sentisse um pouco enjoado na manhã da primeira comunhão. O dia da primeira comunhão era o dia mais feliz da sua vida. E certa vez uns quantos generais perguntaram a Napoleão qual tinha sido o dia mais feliz da vida dele. Acharam que a resposta seria o dia em que havia ganhado uma batalha importante ou o dia em que foi coroado imperador. Mas ele disse:

– Cavalheiros, o dia mais feliz da minha vida foi o dia em que fiz a minha primeira sagrada comunhão.

O Padre Arnall entrou e a lição de latim começou e Stephen permaneceu sentado, escorado na carteira com os braços cruzados. O Padre Arnall entregou os livros de temas e disse que aquilo era um escândalo e que todos deveriam ser reescritos de imediato com as correções necessárias. Mas o pior de todos era o tema de Fleming porque as páginas haviam se grudado com um borrão de tinta: e o Padre Arnall segurou-o por uma ponta e disse que era um insulto para qualquer professor receber um tema naquelas condições. Então pediu a Jack Lawton que declinasse o substantivo *mare* e Jack Lawton parou no ablativo singular e não conseguiu prosseguir com o plural.

– Você devia se envergonhar, disse o Padre Arnall em tom severo. Você, o líder da classe!

Então repetiu a pergunta para o próximo e o próximo e o próximo menino. Ninguém sabia. O Padre Arnall falou em voz baixa, em uma voz cada vez mais e mais baixa à medida que cada menino tentava responder e não conseguia. Mas tinha o rosto negro e os olhos estavam vidrados mesmo que a voz estivesse baixa. Então perguntou a Fleming e Fleming disse que aquela palavra não tinha plural. O Padre Arnall de repente fechou o livro e gritou:

– Ajoelhe-se no meio da sala. Você é um dos meninos mais desleixados que eu já vi em toda a minha vida. Quanto a vocês todos, copiem os temas mais uma vez.

Fleming saiu do lugar com movimentos pesados e ajoelhou-se entre os últimos dois bancos. Os outros meninos debruçaram-se sobre os livros de tema e começaram a escrever. Um silêncio preencheu a sala e Stephen, lançando um olhar tímido em direção ao rosto lúgubre do Padre Arnall, viu que estava um pouco vermelho porque tinha perdido as estribeiras.

Seria um pecado para o Padre Arnall perder as estribeiras ou será que era permitido perder as estribeiras quando os garotos eram desleixados porque assim poderia levá-los a estudar mais ou será que estava apenas fingindo ter perdido as estribeiras? Devia ser permitido afinal um padre saberia o que era pecado e não o cometeria. Mas e se por engano um dia cometesse um pecado como faria para se confessar? Talvez se confessasse para o ministro. E se o ministro pecasse buscaria o reitor: e o reitor o provincial: e o provincial o general dos jesuítas. Era o que se chamava de ordem: e Stephen tinha ouvido o pai dizer que eram todos homens astutos. Todos poderiam ter se tornado pessoas importantes no mundo se não tivessem se tornado jesuítas. Então se perguntou o que o Padre Arnall e Paddy Barrett teriam se tornado e o que o sr. McGlade e o sr. Gleeson teriam se tornado se não tivessem se tornado jesuítas. Era difícil pensar o que porque você teria que imaginá-los de maneira diferente com casacos e calças de cores diferentes e com barbas e bigodes e diferentes tipos de chapéu.

A porta se abriu em silêncio e se fechou. Um sussurro discreto percorreu a classe: era o prefeito de estudos. Fez-se um instante de silêncio sepulcral e então veio o sonoro baque de uma palmatória na última carteira. O coração de Stephen deu um salto por conta do medo.

– Tem algum garoto querendo levar uma surra por aqui, Padre Arnall?, bradou o prefeito de estudos. – Tem algum vagabundo preguiçoso e desleixado querendo levar uma surra nessa classe?

Ele avançou até o meio da sala e viu Fleming de joelhos.

– Hoho!, exclamou. Quem é esse menino? Por que está de joelhos? Como você se chama, garoto?

– Fleming, senhor.

– Hoho, Fleming! Um desleixado, sem dúvida. Dá para ver nos seus olhos. Por que ele está de joelhos, Padre Arnall?

– Porque escreveu um tema ruim de latim, disse o Padre Arnall, e errou todas as questões de gramática.

– Ora, mas é claro!, gritou o prefeito de estudos. É claro! Um vagabundo nato! Eu vejo no canto dos olhos.

O Padre Arnall desferiu um golpe de palmatória em cima da carteira e disse:

– Fleming, de pé! De pé, garoto!

Fleming levantou-se devagar.

– Estenda a mão!, gritou o prefeito de estudos.

Fleming estendeu a mão. A palmatória desceu com o som alto de uma pancada: um, dois, três, quatro, cinco, seis.

– A outra!

A palmatória desceu mais uma vez em seis pancadas rápidas.

– Ajoelhe-se!, gritou o prefeito de estudos.

Fleming ajoelhou-se espremendo as mãos sob os braços, com o rosto desfigurado pela dor, mas Stephen sabia que ele tinha as mãos duras porque Fleming vivia passando breu nelas. Mas talvez estivesse sentindo muita dor porque o barulho dos bolos era terrível. O coração de Stephen palpitava e dava sobressaltos.

– Ao trabalho, todos vocês!, gritou o prefeito de estudos. – Não queremos saber de vagabundos desleixados e preguiçosos por aqui, nada de espertinhos desleixados e preguiçosos. Ao trabalho, vamos! O Padre Dolan vai fazer uma visita diária a esta classe. O Padre Dolan vai estar aqui amanhã.

Ele cutucou as costelas de um dos meninos com a palmatória, dizendo:

– Você, garoto! Quando o Padre Dolan vai fazer uma visita a esta classe?

– Amanhã, senhor, disse a voz de Tom Furlong.

– Amanhã e depois e depois, disse o prefeito de estudos. Então se preparem. Todo dia o Padre Dolan vem. Tratem de escrever. Você, garoto, quem é você?

O coração de Stephen deu um pulo.

– Dedalus, senhor.

– E por que você não está escrevendo como os outros?

– Eu... os meus...

Não conseguiu falar de medo.

– Por que ele não está escrevendo, Padre Arnall?

– Ele quebrou os óculos, disse o Padre Arnall, e eu o dispensei da tarefa.

– Quebrou os óculos? Será que ouvi direito? Como é mesmo o seu nome?, perguntou o prefeito de estudos.

– Dedalus, senhor.

– Venha cá, Dedalus. Seu espertinho preguiçoso. Você tem cara de espertinho. Onde você quebrou os óculos?

Stephen tropeçou no meio da sala, cegado pelo medo e pela pressa.

– Onde você quebrou os óculos?, repetiu o prefeito de estudos.

– Na estrada de cascalho, senhor.

– Hoho! Na estrada de cascalho!, gritou o prefeito de estudos. Eu conheço esse truque.

Stephen ergueu os olhos surpreso e por um instante viu o rosto branco-acinzentado e injovial do

Padre Dolan, a cabeça branco-acinzentada com caspas nas laterais, a armação metálica dos óculos e os olhos descoloridos encarando-o através dos óculos. Por que ele disse que conhecia aquele truque?

– Seu vagabundo desleixado e preguiçoso!, gritou o prefeito de estudos. Quebrou os óculos! Um velho truque escolar! Trate de estender a mão agora mesmo!

Stephen fechou os olhos e estendeu a mão trêmula com a palma voltada para cima. Sentiu o prefeito de estudos tocá-la por um instante a fim de endireitar os dedos e a seguir o roçar da manga da sotaina quando a palmatória se ergueu antes do golpe. Uma pancada quente ardida e dolorida como o estalar de um graveto quebrado fez a mão crispar-se como uma folha lançada às chamas: e com o som e a dor lágrimas escaldantes encheram-lhe os olhos. Todo o corpo estremeceu de temor, o braço começou a tremer e a mão crispada ardida e pálida tremia como uma folha solta no vento. Um grito subiu-lhe aos lábios, uma súplica para que fosse salvo. Mas ainda que as lágrimas escaldassem-lhe os olhos e os braços tremessem de dor e de medo ele conteve as lágrimas quentes e o grito que lhe escaldava a garganta.

– A outra mão!, gritou o prefeito de estudos.

Stephen recolheu o braço direito trêmulo e mutilado e estendeu a mão esquerda. A manga da sotaina roçou mais uma vez quando a palmatória se ergueu e o som de uma pancada seca e uma dor quente ardida e enlouquecedora fez a mão se encolher com as palmas e os dedos reduzidos a uma massa pálida e trêmula. A água escaldante derramou-se dos olhos e, queimando de vergonha e de agonia e de medo, Stephen recolheu aterrorizado o braço trêmulo e explodiu em um ganido de dor. O corpo foi varado por um medo paralisante e em meio à raiva e à vergonha ele sentiu o choro escaldante transbordar pela garganta e as lágrimas escaldantes escorrerem dos olhos pelo rosto esbraseado.

– Ajoelhe-se!, gritou o prefeito de estudos.

Stephen ajoelhou-se às pressas apertando as mãos feridas contra o corpo. Pensar naquelas mãos feridas e inchadas pela dor de repente fez com que sentisse pena delas como se não pertencessem a ele mas a outra pessoa que houvesse despertado um sentimento de pena. E enquanto permanecia de joelhos, acalmando os últimos soluços na garganta e sentindo a dor quente e ardida apertada contra o corpo, pensou nas mãos que havia estendido com as palmas voltadas para cima e no toque firme do prefeito de estudos depois que endireitou os dedos trêmulos e na massa ferida inchada e vermelha de palmas e dedos que tremia indefesa no ar.

– Ao trabalho, todos vocês!, gritou o prefeito de estudos junto à porta. – O Padre Dolan vai aparecer todo dia para ver se algum de vocês, algum vagabundo desleixado e preguiçoso quer umas chicotadas. Todo dia. Todo dia.

A porta fechou-se às costas dele.

A classe continuou a copiar os temas em silêncio. O Padre Arnall ergueu-se da cadeira e caminhou em meio à classe, ajudando os meninos com palavras gentis e explicando os erros que haviam cometido. Tinha uma voz muito gentil e mansa. Então voltou para a cadeira e disse para Fleming e para Stephen:

– Podem voltar para o lugar, vocês dois.

Fleming e Stephen se ergueram e, depois de caminhar até as carteiras, sentaram-se. Stephen, rubro de vergonha, abriu um livro às pressas com uma mão fraca e debruçou-se em cima dele, com o rosto próximo à página.

Era injusto e cruel porque o médico tinha pedido que não lesse sem os óculos e ele tinha mandado uma carta para o pai naquela manhã pedindo um novo par. E o Padre Arnall tinha dito que ele não precisaria estudar até que os novos óculos chegassem. E ser chamado de espertinho na frente de toda a classe e levar bolos quando ele sempre ganhava o cartão de primeiro ou de segundo e era o líder dos yorkistas! Como o prefeito de estudos poderia saber que era um truque? Ele sentiu o toque dos dedos do prefeito quando endireitaram sua mão e a princípio achou que era um aperto de mão porque os dedos eram macios e firmes: mas passado um instante ele ouviu o roçar da manga da sotaina e a pancada. Tinha sido cruel e injusto fazê-lo se ajoelhar no meio da classe: e o Padre Arnall tinha dito a ambos que podiam voltar para o lugar sem fazer nenhuma diferença entre os dois. Stephen escutou a voz grave e gentil do Padre Arnall durante a correção dos temas. Talvez estivesse arrependido e quisesse parecer decente. Mas tinha sido injusto e cruel. O prefeito de estudos era padre mas aquilo tinha sido cruel e injusto. E o rosto branco-acinzentado e os olhos descoloridos por trás dos óculos com armação metálica tinham um aspecto cruel porque ele tinha primeiro endireitado a mão com os dedos firmes e macios para bater melhor e com mais barulho.

– É uma maldade das brabas, nada mais, disse Fleming no corredor enquanto as classes saíam em fila para o refeitório, dar bolos em um colega por uma coisa que não é culpa dele.

– Você quebrou os óculos por acidente, não?, perguntou Nasty Roche.

Stephen sentiu o coração encher-se de coragem com as palavras de Fleming e não respondeu.

– É claro que foi por acidente!, disse Fleming. Eu não aceitaria. Eu faria uma queixa para o reitor.

– É, disse Cecil Thunder, cheio de entusiasmo, eu o vi levantar a palmatória acima do ombro e isso é proibido.

– Doeu muito?, perguntou Nasty Roche.

– Muito, disse Stephen.

– Eu não aceitaria, repetiu Fleming, nem desse Careca nem de nenhum outro Careca. É truque sujo e uma maldade das brabas, nada mais. Eu faria uma queixa para o reitor assim que terminasse o jantar.

– Você tem que fazer isso. Vamos, disse Cecil Thunder.

– Você tem que fazer isso. Faça uma queixa para o reitor, Dedalus, disse Nasty Roche, porque afinal ele disse que voltaria amanhã para dar mais bolos em você.

– Isso, isso. Conte para o reitor, disseram todos.

E alguns colegas da segunda classe de gramática tinham ouvido e um deles disse:

– O senado e o povo de Roma declararam que Dedalus recebeu um castigo injusto.

Foi errado; foi injusto e cruel; e, enquanto permanecia sentado no refeitório, Stephen continuou sofrendo aquela humilhação repetidas vezes na lembrança e por fim começou a pensar se não haveria mesmo alguma coisa no rosto que lhe desse um ar de espertinho e desejou ter um espelho para ver. Mas não era possível; aquilo tinha sido injusto e cruel e desleal.

Ele não conseguiu comer os bolinhos de peixe escuros que serviam nas quartas-feiras da Quaresma e algumas das batatas tinham a marca da pá. Sim, faria o que os colegas haviam sugerido. Contaria para o reitor que tinha recebido um castigo injusto. Uma coisa parecida já tinha sido perpetrada por alguém ao longo da história, por alguém importante cujo busto estava nos livros de história. E o reitor declararia que ele tinha recebido um castigo injusto porque o senado e o povo de Roma sempre declaravam que os homens que agiam assim tinham recebido um castigo injusto. Esses eram os grandes homens cujos nomes apareciam no livro de Richmal Magnall. Toda a história dizia respeito a esses homens e ao que faziam e era sobre esses homens que as histórias de Peter Parley sobre a Grécia e Roma versavam. O próprio Peter Parley aparecia em uma ilustração na primeira página. Havia uma estrada em meio a uma gandra com prados e arbustos na beira do caminho: e Peter Parley usava um chapéu de aba larga como um ministro protestante e uma enorme bengala e caminhava depressa em direção à Grécia e a Roma.

A tarefa era simples. Tudo o que tinha a fazer quando o jantar acabasse era sair e continuar caminhando não em direção ao corredor mas em direção à escada na direita que levava ao castelo. Não havia mais nada a fazer: virar à direita e caminhar depressa em direção à escada e em meio minuto ele estaria no estreito corredor escuro que atravessava o castelo e ia até a sala do reitor. E todos os colegas tinham dito que era uma injustiça, até o colega da segunda classe de gramática que tinha feito aquele comentário sobre o senado e o povo de Roma.

O que aconteceria? Ele ouviu os colegas da linha superior levantarem-se na ponta do refeitório e ouviu os passos enquanto desciam pelo tapete: Paddy Rath e Jimmy Magee e o espanhol e o português e o quinto era o grandalhão Corrigan que levaria uma surra de vara do sr. Gleeson. Foi por isso que o prefeito de estudos o havia chamado de espertinho e dado bolos a troco de nada: e, apertando os olhos fracos, cansados pelas lágrimas, Stephen observou os ombros largos e a grande cabeça preta de Corrigan passando na fila. Mas ele tinha feito alguma coisa e além do mais o sr. Gleeson não bateria com muita força: e Stephen lembrou-se de como Corrigan parecia grande na banheira. A pele tinha a mesma cor que a água pantanosa da cor de turfa na parte mais rasa da banheira e quando ele caminhava junto à borda os pés chapinhavam nos azulejos molhados e a cada passo as coxas dele tremiam um pouco porque ele era gordo.

A metade do refeitório estava vazia e os colegas continuavam saindo em fila. Ele poderia subir a escada porque nunca havia nenhum padre ou prefeito no lado de fora da porta do refeitório. Mas não conseguia ir. O reitor tomaria o partido do prefeito de estudos e acharia que era um truque escolar e então o prefeito de estudos apareceria todo dia mas seria pior ainda porque ele perderia totalmente as estribeiras ao saber que um aluno qualquer tinha feito uma queixa para o reitor. Os colegas tinham dito que fosse mas não iriam por conta própria. Tinham esquecido o assunto. Não, era melhor esquecer tudo e talvez o prefeito de estudos tivesse apenas dito que ia voltar. Não, era melhor se esconder e sair do caminho porque quando você é jovem e pequeno muitas vezes é assim que consegue escapar.

Os colegas da mesa se levantaram. Ele se levantou e passou em meio aos outros na fila. Tinha que decidir. Estava cada vez mais próximo da porta. Se entrasse com os colegas jamais poderia ir até o reitor porque não conseguiria sair do pátio por esse motivo. E se fosse e recebesse mais bolos mesmo assim os colegas debochariam e diriam que o jovem Dedalus tinha ido até o reitor para delatar o prefeito de estudos.

Ele estava caminhando ao longo do tapete e viu a porta logo à frente. Era impossível: não conseguiria. Stephen pensou na cabeça calva do prefeito de estudos a observá-lo com os cruéis olhos descoloridos e ouviu a voz do prefeito de estudos perguntando duas vezes qual era o nome dele. Por que não se lembraria do nome depois de ouvi-lo pela primeira vez? Será que não tinha prestado atenção na primeira vez ou era para debochar do nome? Os grandes homens da história tinham nomes assim e ninguém debochava. O prefeito de estudos devia ter debochado do próprio nome se queria debochar do nome de alguém. Dolan: parecia o nome de uma lavadeira.

Tinha chegado à porta e, depois de uma curva rápida à direita, subiu os degraus e, antes que pudesse se decidir a voltar atrás, já tinha adentrado o corredor estreito e escuro que ia até o castelo. E quando atravessou o limiar da porta do corredor ele viu, sem virar a cabeça para trás, que todos os colegas estavam olhando para ele enquanto avançavam em fila.

Ele continuou ao longo do corredor escuro e estreito, deixando para trás pequenas portas que eram as portas dos quartos da comunidade. Olhou para frente e para a esquerda e para a direita em meio à escuridão e pensou que deviam ser retratos. O lugar era escuro e silencioso e os olhos dele estavam fracos e cansados pelas lágrimas e assim ele não enxergava. Mas pensou que aqueles eram os retratos dos santos e dos grandes homens da ordem que o observavam em silêncio enquanto passava: Santo Inácio de Loyola segurando um livro e apontando para as palavras *Ad Majorem Dei Gloriam,* São Francisco Xavier apontando para o peito, Lorenzo Ricci como prefeito de linha com o barrete na cabeça, os três patronos da juventude sagrada, Santo Estanislau Kostka, Santo Aloísio Gonzaga e o abençoado John Berchmans, todos com rostos jovens porque tinham morrido jovens, e o Padre Peter Kenny sentado em uma cadeira e enrolado em um manto enorme.

Stephen chegou ao patamar acima do vestíbulo de entrada e olhou ao redor. Hamilton Rowan havia passado por aquele lugar e ainda se viam as marcas dos disparos feitos pelos soldados nas paredes. E foi naquele lugar que os antigos criados tinham visto o fantasma usando o manto branco de um marechal.

Um velho criado estava varrendo o patamar. Stephen perguntou qual era a sala do reitor e o velho criado apontou para a porta mais distante e observou-o enquanto caminhava até lá e batia.

Não houve resposta. Stephen bateu novamente com mais força e o coração deu um pulo quando ouviu uma voz abafada dizer:

– Pode entrar!

Então girou a maçaneta e abriu a porta e tateou à procura da maçaneta na porta interna de baeta verde. Depois de encontrá-la ele abriu-a e entrou.

Viu o reitor sentado em uma escrivaninha fazendo anotações. Havia uma caveira em cima da escrivaninha e um estranho cheiro solene no recinto como o couro de antigas poltronas.

O coração batia depressa em função do lugar solene em que se encontrava e do silêncio no recinto: e Stephen olhou para a caveira e para o rosto bondoso do reitor.

– Muito bem, meu rapaz, disse o reitor, o que houve?

Stephen engoliu a coisa que tinha presa na garganta e disse:

– Eu quebrei os meus óculos, senhor.

O reitor abriu a boca e disse:

– Ah!

Então sorriu e disse:

– Bem, se quebramos os nossos óculos temos que escrever para casa e pedir um novo par.

– Eu escrevi para casa, senhor, disse Stephen, e o Padre Arnall disse que eu não devia estudar enquanto os óculos novos não chegassem.

– Muito bem!, disse o reitor.

Stephen engoliu mais uma vez a coisa na garganta e tentou evitar os tremores nas pernas e na voz.

– Mas, senhor...

– Pois não?

– O Padre Dolan entrou na sala hoje e me deu bolos porque eu não estava escrevendo o meu tema.

O reitor encarou-o em silêncio e Stephen pôde sentir o sangue subir-lhe ao rosto e as lágrimas prestes a transbordarem nos olhos.

O reitor disse:

– O seu nome é Dedalus, não?

– Sim, senhor.

– E onde você quebrou os seus óculos?

– Na estrada de cascalho, senhor. Um colega estava saindo da casa das bicicletas e eu caí e os óculos se quebraram. Eu não sei o nome do colega.

O reitor tornou a encará-lo em silêncio. Então sorriu e disse:

– Bem, foi um engano; tenho certeza de que o Padre Dolan não sabia.

– Mas eu disse que os meus óculos tinham se quebrado, senhor, e ele me deu bolos mesmo assim.

– Você explicou que tinha escrito para casa e pedido um par novo?, perguntou o reitor.

– Não, senhor.

– Ah, então o Padre Dolan não entendeu, disse o reitor. Pode dizer para ele que eu o dispensei das aulas por alguns dias.

Stephen falou depressa por medo de que os tremores o impedissem:

– Mas, senhor, o Padre Dolan disse que ia voltar amanhã para me dar mais bolos.

– Muito bem, disse o reitor, foi um engano e eu mesmo vou falar pessoalmente com o Padre Dolan. Tudo bem assim?

Stephen sentiu as lágrimas umedecerem-lhe os olhos e murmurou:

– Claro, senhor; muito obrigado.

O reitor estendeu a mão por cima da escrivaninha onde a caveira repousava e Stephen, depois de tocá-la com a mão por um instante, sentiu uma palma fria e úmida.

– Um bom dia para você, disse o reitor, recolhendo a mão e fazendo uma mesura.

– Bom dia, senhor, disse Stephen.

Ele fez uma mesura e saiu em silêncio do recinto, fechando a porta devagar e com cuidado.

Mas quando passou pelo velho criado no patamar e se viu mais uma vez no corredor escuro e estreito começou a caminhar mais e mais depressa. Mais e mais depressa apressou-se entusiasmado em meio à escuridão. Bateu o cotovelo contra a porta no fim e, após se apressar escada abaixo, caminhou depressa pelos dois corredores e saiu para o ar livre.

Então pôde ouvir os gritos dos colegas no pátio. Pôs-se a correr e, correndo mais e mais depressa, correu pela estrada de cascalho e chegou ao pátio da terceira linha, resfolegando.

Os colegas tinham-no visto correr. Formaram um círculo ao redor dele, empurrando uns aos outros para ouvir.

– Conte! Conte!

– O que o reitor disse?

– Você foi até lá?

– O que ele disse?

– Conte! Conte!

Stephen contou o que tinha dito e o que o reitor tinha dito e, quando terminou de contar, todos os colegas atiraram os chapéus rodopiando para cima e gritaram:

– Viva!

Então apararam os chapéus e mais uma vez atiraram-nos rodopiando às alturas e tornaram a gritar:

– Viva! Viva!

Depois fizeram um apoio com os braços enlaçados e o ergueram em meio a todos e carregaram-no dessa forma até que se debatesse para voltar ao chão. E quando conseguiu escapar os colegas saíram correndo para todos os lados, atirando os chapéus para o alto e assoviando enquanto os chapéus rodopiavam e gritando:

– Viva!

E deram três vaias para o Careca Dolan e três vivas para Conmee e disseram que ele era o melhor reitor de todos os tempos em Clongowes.

Os vivas esvaneceram-se em meio à suave atmosfera cinza. Stephen ficou sozinho. Ficou sozinho e livre: porém mesmo assim não seria orgulhoso em relação ao Padre Dolan. Seria quieto e obediente: e desejou que pudesse fazer alguma gentileza para ele a fim de mostrar que não se sentia orgulhoso.

O ar estava suave e cinzento e ameno e o entardecer se aproximava. O cheiro da noite pairava no ar, o cheiro dos campos no interior onde as pessoas cavavam nabos para então descascá-los e comê-los quando saíam para dar um passeio até a propriedade do Major Barton, o cheiro que havia no pequeno bosque atrás do pavilhão onde ficavam os cecídios.

Os colegas estavam treinando rebatidas longas e curvas e com efeito. Naquele suave silêncio cinzento Stephen pôde ouvir a batida das bolas: e de lá e de cá em meio à atmosfera silenciosa o som das bolas de críquete: pique, paque, poque, puque: como gotas d'água em uma fonte caindo aos poucos da bacia transbordante.

II

O TIO CHARLES USAVA UM FUMO DE CORDA tão preto que por fim o sobrinho pediu que fumasse o cachimbo matinal em uma pequena casinha no fim do jardim.

– Muito bem, Simon. Tudo bem, Simon, disse o velho com uma voz mansa. Como você quiser. A casinha vai me fazer bem: vai ser mais salubre.

– Que um raio caia na minha cabeça, disse o sr. Dedalus com toda a franqueza, se um dia eu entender como o senhor pode usar um fumo horroroso desses. Juro por Deus que mais parece pólvora.

– É muito bom, Simon, respondeu o velho. Muito frio e relaxante.

Toda manhã, portanto, o tio Charles ia até a casinha mas não antes de ter repartido e penteado com esmero os cabelos atrás da cabeça e escovado e colocado a cartola. Enquanto fumava a aba da cartola e o fornilho do cachimbo se projetavam levemente para além das jambas na porta da casinha. A pérgola, como chamava a casinha que dividia com o gato e as ferramentas de jardinagem, servia-lhe também como caixa de ressonância: e toda manhã cantarolava contente uma de suas canções favoritas: *O, twine me a bower* ou *Blue eyes and golden hair* ou *The Groves of Blarney* enquanto as volutas cinzas e azuis de fumaça erguiam-se vagarosamente do cachimbo e dissipavam-se no ar puro.

Durante a primeira metade do verão em Blackrock o tio Charles foi o companheiro constante de Stephen. O tio Charles era um senhor bem-disposto de pele bronzeada, feições rústicas e costeletas grisalhas. Nos dias úteis transmitia mensagens entre a casa na Carysfort Avenue e as lojas na principal rua da cidade com que a família mantinha comércio. Stephen gostava de acompanhá-lo nesses trajetos porque o tio Charles lhe oferecia uma fartura de tudo o que estivesse exposto em caixas e barris abertos no lado de fora do balcão. Pegava um punhado de uvas e serragem ou três ou quatro maçãs americanas e enfiava tudo generosamente na mão do sobrinho-neto enquanto o lojista abria um sorriso amarelo; e, quando Stephen afetava relutância em aceitar, o tio Charles franzia a testa e dizia:

– Pegue, senhor. Está me ouvindo, senhor? Faz bem para o intestino.

Quando a lista de pedidos ficava pronta os dois iam juntos até o parque onde um velho amigo do pai de Stephen, Mike Flynn, estaria sentado em um banco, esperando pelos dois. Então começaria o passeio de Stephen ao redor do parque. Mike Flynn se postava junto ao portão nas proximidades da estação ferroviária enquanto Stephen corria ao redor da pista no estilo preferido por Mike Flynn, com a cabeça erguida, os joelhos erguidos bem alto e as mãos estendidas para baixo e mantidas junto ao corpo. Quando o exercício matinal chegava ao fim o treinador fazia comentários e por vezes ilustrava-os caminhando de maneira cômica por cerca de um metro com um velho par de sapatos de lona azul. Um pequeno círculo de crianças e governantas atônitas reunia-se para vê-lo e continuava reunido mesmo depois que ele e o tio Charles voltavam a sentar-se para discutir atletismo e política. Embora tivesse ouvido o pai dizer que alguns dos melhores corredores dos tempos atuais tinham passado pelas mãos de Mike Flynn, Stephen muitas vezes olhava com desconfiança para o rosto túmido e mal-escanhoado do treinador enquanto se inclinava por cima dos dedos manchados entre os quais enrolava o cigarro, e com dó para os suaves e baços olhos azuis que de repente se desviavam da tarefa e lançavam um olhar vago em direção ao horizonte azul enquanto os longos dedos inchados paravam de enrolar e os grãos e as fibras de tabaco caíam de volta na bolsa.

No caminho para casa o tio Charles muitas vezes fazia uma visita à capela e, como a pia era alta demais para Stephen, o velho molhava a mão e aspergia a água sobre as roupas de Stephen e o chão do pórtico com um movimento brusco. Para rezar, ajoelhava-se em cima do lenço vermelho e lia a meia-voz trechos de um livro de orações com as páginas enegrecidas pelo constante roçar dos polegares que tinha as palavras-chave impressas no pé da cada página. Stephen ajoelhava-se ao lado por respeito, embora não compartilhasse daquela religiosidade. Muitas vezes perguntava-se o que o tio-avô pedia com tanta seriedade. Talvez rezasse pelas almas no purgatório ou pela graça de uma morte tranquila ou talvez rezasse para que Deus lhe devolvesse uma parte da grande fortuna que havia desperdiçado em Cork.

Aos domingos Stephen acompanhava o pai e o tio-avô nas caminhadas. O velho estava em boa forma apesar dos calos e muitas vezes percorria quinze ou vinte quilômetros de estrada. O pequeno vilarejo de Stillorgan era onde o trajeto se dividia. Ou tomavam o caminho da esquerda rumo às montanhas de Dublin ou seguiam ao longo da Goatstown Road em direção a Dundrum, voltando para casa por Sandyford. Arrastando os pés estrada fora ou parados em uma taverna sórdida na beira da estrada, os homens mais velhos falavam o tempo inteiro sobre os assuntos mais próximos do coração – a política irlandesa, a província de Munster e as lendas da própria família –, e Stephen escutava tudo com um ouvido atento. As palavras que não entendia eram repetidas para si mesmo até que as tivesse decorado: e através delas tinha vislumbres do mundo real ao redor de si. A hora em que também haveria de tomar parte na vida daquele mundo parecia cada vez mais próxima e em segredo ele começou a preparar-se para o grande papel que o esperava e cuja natureza podia compreender apenas de maneira tênue.

Tinha as tardes inteiras para si; e assim debruçava-se sobre uma tradução capenga de *O conde de Monte Cristo*. A figura do vingador sombrio em seus pensamentos representava tudo o que tinha ouvido ou adivinhado sobre coisas terríveis e estranhas na infância. À noite construía na sala uma imagem da maravilhosa caverna na ilha com decalques e flores de papel e lenços de papel colorido e tiras do papel dourado e prateado que se usa para embalar chocolates. Depois de desmontar esse cenário, cansado de tanto ouropel, acudia-lhe aos pensamentos o cenário de Marselha, de treliças ensolaradas e de Mercedes. Além dos limites de Blackrock, na estrada que seguia até as montanhas, erguia-se uma pequena casa pintada de cal em cujo jardim cresciam várias roseiras: e nessa casa, dizia para si mesmo, vivia outra Mercedes. Tanto na saída quanto na volta para casa ele media as distâncias com base naquela referência: e na imaginação vivia uma longa sequência de aventuras, maravilhosas como as do próprio livro, para no fim encontrar uma imagem de si próprio, mais velho e mais triste, de pé em um jardim enluarado com a Mercedes que muito tempo atrás tinha zombado daquele amor, e com um gesto triste e orgulhoso de abnegação, dizendo:

– Madame, eu nunca como uvas moscatel.

Tornou-se aliado de um menino chamado Aubrey Mills e os dois fundaram juntos uma trupe de aventureiros na avenida. Aubrey tinha um apito pendurado na lapela e um farol de bicicleta preso ao cinto, enquanto os outros traziam gravetos curtos à guisa de adaga. Stephen, que tinha lido sobre a maneira simples de se vestir de Napoleão, abriu mão dos adornos e assim sentiu ainda mais orgulho quando pediu conselhos ao tenente antes de dar as ordens. A trupe fazia incursões pelos jardins de velhas senhoras ou descia até o castelo e travava uma batalha em meio às rochas cobertas pelo mato, voltando como viajantes exaustos com os odores acres da orla a encher as narinas e os óleos rançosos das algas nas mãos e nos cabelos.

Aubrey e Stephen tinham o mesmo leiteiro e muitas vezes iam com a carreta de leite até Carrickmines onde as vacas estavam no pasto. Enquanto os homens se encarregavam da ordenha os garotos se revezavam andando na égua mansa pelo campo afora. Mas quando o outono chegou as vacas foram levadas para casa, longe do pasto: e a primeira visão do estábulo sujo em Stradbrook com poças verdes e montinhos de bosta líquida e cochos fumegantes nauseou o coração de Stephen. As vacas que sempre tinham parecido tão bonitas no campo em dias floridos repugnaram-no e ele não conseguia sequer olhar para o leite que davam.

A chegada de setembro não o incomodou nesse ano porque não seria mandado de volta para Clongowes. Os treinos no parque acabaram quando Mike Flynn foi internado no hospital. Aubrey estava na escola e tinha apenas uma ou duas horas livres no fim das tardes. A trupe acabou se separando e não houve mais incursões noturnas ou batalhas nos rochedos. Stephen às vezes dava voltas na carreta que entregava o leite no fim da tarde: e esses passeios gelados afastaram a lembrança da sujeira do estábulo e então deixou de sentir repulsa ao ver o pelo das vacas e as sementes de feno no casaco do leiteiro. Sempre que a carreta parava diante de uma casa, torcia para ter o vislumbre de uma cozinha bem-escovada ou de um vestíbulo com iluminação tênue e para ver como a criada pegaria o tarro e como fecharia a porta. Achava que devia ser uma vida boa o suficiente andar pelas estradas todas as tardes entregando leite se tivesse luvas quentes e um grande saco de biscoitos de gengibre no bolso para comer. Mas o conhecimento prévio que lhe havia nauseado o coração e feito as pernas ceder de repente enquanto corria ao redor do parque, a mesma intuição que o havia levado a olhar com desconfiança para o rosto túmido e mal-escanhoado do treinador enquanto se inclinava ponderosamente sobre os longos dedos manchados, dissipava qualquer visão do futuro. De maneira vaga, compreendia que o pai estava em apuros e que por esse motivo não tinha sido mandado de volta para Clongowes. Por um tempo havia percebido mudanças sutis em casa; e essas mudanças em coisas que julgava imutáveis foram uma série de pequenos choques para a concepção pueril que tinha do mundo. A ambição que por vezes sentia manifestar-se na escuridão da alma não encontrava vias de escape. Um entardecer como o do mundo exterior obscureceu-lhe os pensamentos quando ouviu os cascos da égua baterem contra o trilho do bonde na Rock Road e a grande lata balançando e sacudindo atrás de si.

Voltou-se a Mercedes e, enquanto meditava sobre aquela imagem, sentiu uma estranha irrequietude instilar-se nas próprias veias. Às vezes um furor ganhava ímpeto em seu âmago e levava-o a perambular sozinho no entardecer ao longo da avenida silenciosa. A paz dos jardins e as luzes bondosas nas janelas derramavam uma influência terna naquele coração inquieto. O barulho das crianças brincando irritou-o e aquelas vozinhas estúpidas fizeram-no sentir, com uma intensidade ainda maior do que já havia sentido em Clongowes, que era diferente dos outros. Ele não queria brincar. Queria encontrar no mundo real a imagem substancial que a alma vislumbrava com tanta constância. Não sabia onde procurá-la nem como: mas a premonição que o norteava dizia-lhe que, sem nenhum ato voluntário de sua parte, essa mesma imagem haveria de encontrá-lo. Haveriam de encontrar-se em silêncio como se já se conhecessem e já houvessem tido um encontro amoroso, talvez junto a um dos portões ou em um lugar mais secreto. Estariam sozinhos, rodeados pela escuridão e pelo silêncio: e nesse momento de suprema ternura ele seria transfigurado. Haveria de se dissipar em uma substância impalpável sob o olhar dela e no instante seguinte estaria transfigurado. A fraqueza e a timidez e a inexperiência desapareceriam naquele instante mágico.

***

Dois grandes carroções amarelos pararam certa manhã em frente à porta e homens começaram a entrar na casa para desmontá-la. A mobília foi empurrada pelo jardim que estava repleto de fios de palha e pedaços de corda e depois para dentro dos enormes carroções em frente ao portão. Quando tudo estava guardado em segurança nos carroções os homens partiram ruidosamente pela avenida: e da janela do vagão ferroviário, onde estava sentado com a mãe de olhos vermelhos, Stephen viu-os se arrastando ponderosamente ao longo da Merrion Road.

O fogo da sala não queria pegar naquele entardecer e o sr. Dedalus largou o atiçador contra as barras da grelha para atrair a chama. O tio Charles havia cochilado em um canto do cômodo mobiliado pela metade e desprovido de tapetes e perto dele os retratos da família estavam apoiados contra a parede. O abajur em cima da mesa projetava uma luz fraca sobre as tábuas do assoalho, embarrado pelos sapatos dos homens do carroção. Stephen estava sentado em um mochinho ao lado do pai escutando um longo e incoerente monólogo. A princípio entendia pouco ou nada mas aos poucos sentiu que o pai tinha inimigos e que alguma briga estava prestes a começar. Sentiu também que estava sendo convocado para a batalha, que um dever estava sendo largado em seus ombros. O súbito abandono do conforto e do idílio em Blackrock, a passagem pela escuridão da cidade brumosa, o pensamento da casa nua e triste em que viveriam a partir de então deixou-lhe com o coração pesado; e mais uma vez teve uma intuição ou conhecimento prévio do futuro. Também compreendeu por que os criados muitas vezes falavam aos sussurros no corredor e por que o pai muitas vezes tinha se postado sobre o tapete da lareira, de costas para o fogo, conversando em voz alta com o tio Charles, que insistia para que ele sentasse e comesse o jantar.

– Ainda tenho um estalo do chicote dentro de mim, Stephen, meu velho, disse o sr. Dedalus, atiçando o fogo preguiçoso com movimentos enérgicos. Não estamos mortos, filho. Não, em nome de Jesus (e que Deus me perdoe) não estamos nem um pouco mortos.

Dublin foi uma sensação nova e complexa. O tio Charles tinha ficado tão atordoado que não podia mais sair para cumprir tarefas e a desordem que acompanhou a chegada à nova casa deixou Stephen mais livre do que era em Blackrock. No início contentou-se em dar tímidas voltas pelo quarteirão da vizinhança ou, no máximo, descer metade do caminho por uma das ruelas laterais: mas quando tinha o esqueleto de um mapa da cidade na cabeça começou a seguir cheio de coragem pelas linhas centrais até chegar à alfândega. Passou sem nenhuma dificuldade em meio às docas e ao longo dos cais surpreso com a quantidade de rolhas que flutuavam na superfície da água em uma grossa escuma amarela, com as multidões de carregadores portuários e carrinhos estrondeantes e policiais barbados e malvestidos. A vastidão e a estranheza da vida sugerida pelos fardos de mercadorias empilhados ao longo dos muros ou erguidos às alturas ao sair dos porões dos vapores despertaram mais uma vez a irrequietude que o havia levado a perambular de jardim em jardim em busca de Mercedes ao entardecer. E em meio a essa nova vida fervilhante ele poderia ter se imaginado em outra Marselha mas sentia falta do céu límpido e das treliças desbotadas pelo sol nas adegas. Uma vaga insatisfação cresceu dentro dele enquanto observava os cais e o rio e o céu baixo porém mesmo assim continuou a perambular para cima e para baixo dia após dia como se realmente procurasse alguém que lhe escapava.

Por uma ou duas vezes acompanhou a mãe em uma visita a parentes: e, embora tenham passado por uma alegre fileira de lojas acesas e decoradas para o Natal, a predisposição a um silêncio amargo não o deixava. As causas dessa amargura eram muitas, próximas e distantes. Estava com raiva de si mesmo por ser jovem e estar sujeito a impulsos estúpidos e implacáveis, e com raiva dos reveses que começavam a transformar o mundo que o rodeava em uma visão de sordidez e insinceridade. Mesmo assim a raiva não acrescentava nada à visão. Stephen registrava com paciência tudo o que via, distanciando-se de si mesmo e provando os sabores mortificantes em segredo.

Ele estava sentado em uma banqueta na cozinha da tia. Havia uma lâmpada com refletor presa na parede laqueada junto à lareira e naquela luz a tia lia o jornal vespertino que trazia apoiado no colo. Ela observou uma ilustração durante um longo tempo e disse em tom pensativo:

– A bela Mabel Hunter!

Uma garota de cachinhos pôs-se na ponta dos pés a fim de ver a ilustração e disse com uma voz doce:

– Onde ela está, mãe?

– Em uma pantomima, querida.

A menina apoiou a cabeça repleta de cachinhos contra a manga da mãe, observando a ilustração, e murmurou como que fascinada:

– A bela Mabel Hunter!

Como que fascinada, deixou os olhos repousarem naquele provocante olhar tímido e tornou a murmurar com voz devota:

– Não é uma criatura maravilhosa?

E o menino que chegou da rua, curvado e batendo os pés em função do saco de carvão que trazia, ouviu essas palavras. Prontamente largou a carga no chão e correu até o lado dela para ver. Mas ela não ergueu a cabecinha delicada para deixá-lo ver. O menino recém-chegado mutilou as bordas do jornal com as mãos avermelhadas e enegrecidas, afastando-a com uma ombrada e reclamando que não conseguia ver.

Ele estava sentado na estreita sala de desjejum no alto da velha casa com janelas escuras. O lume do fogo tremulava na parede e do outro lado da janela um crepúsculo espectral pairava sobre o rio. Em frente ao fogo uma senhora preparava chá e, enquanto desempenhava essa tarefa, disse em voz baixa o que o padre e o médico haviam dito. Falou também a respeito de certas mudanças que tinha percebido nos últimos tempos e dos modos e comentários estranhos dela. Ele continuou sentado ouvindo as palavras e acompanhando os caminhos de aventura que se abriam em meio ao carvão, a arcos e abóbadas e galerias serpenteantes e cavernas acidentadas.

De repente percebeu alguma coisa no vão da porta. Uma caveira apareceu suspensa na escuridão que preenchia o vão da porta. Uma criatura frágil como um macaco estava lá, atraída pelo som das vozes ao redor do fogo. Uma voz chorosa veio da porta, perguntando:

– É a Josephine?

A senhora ocupada respondeu em tom alegre da lareira:

– Não, Ellen. É o Stephen.

– Ah... ah, boa noite, Stephen.

Ele respondeu o cumprimento e viu um sorriso bobo tomar conta do rosto no vão da porta.

– Você quer alguma coisa, Ellen?, perguntou a senhora ao pé do fogo.

Mas ela não respondeu à pergunta e disse:

– Eu achei que fosse a Josephine. Eu achei que você fosse a Josephine, Stephen.

E, depois de repetir a frase diversas vezes, ela começou a rir com um jeito encabulado.

Ele estava sentado no meio da festa das crianças em Harold's Cross. Os modos silenciosos e observadores o haviam conquistado e ele quase não participava das brincadeiras. As crianças, usando o butim dos estalos, dançavam e faziam ruidosas travessuras e, por mais que tentasse compartilhar daquela alegria, sentia-se uma figura lúgubre em meio aos chapéus enviesados e bonés.

Mas depois de cantar a canção e recolher-se a um cantinho aconchegante do salão ele começou a sentir o gosto da solitude. A alegria, que no início da noite tinha lhe parecido falsa e trivial, de repente era como ar consolador, que passava alegremente por todos os sentidos, escondendo de outros olhares a agitação febril do próprio sangue enquanto através das revoluções dos dançarinos e em meio à música e às risadas o olhar dela procurava-o no canto, lisonjeando, provocando, buscando, abrasando-lhe o coração.

Por todo o corredor as crianças que tinham ficado até mais tarde estavam juntando as coisas: a festa havia chegado ao fim. Ela tinha enrolado um xale ao redor da cabeça e, enquanto seguiam juntos em direção ao bonde, a névoa do hálito quente e fresco esvoaçava feliz ao redor da cabeça encapuzada e os sapatos estalavam alegres ao longo da rua coberta pela geada.

Era o último bonde. Os cavalos magros e pardos sabiam e balançavam as sinetas para admoestar a noite clara. O condutor falava com o motorista, e os dois trocavam frequentes acenos de cabeça sob a luz verde do farol. Espalhados por cima dos assentos vazios do bonde viam-se uns poucos bilhetes coloridos. Não havia som de passos em qualquer ponto da estrada. Nenhum som quebrou a paz daquela noite a não ser quando os cavalos magros e pardos roçavam os narizes e balançavam as sinetas.

Os dois pareciam estar escutando, ele no degrau mais alto e ela no degrau mais baixo. Ela subiu até o degrau dele várias vezes e tornou a descer para o dela entre uma frase e outra e por uma ou duas vezes por alguma razão chegou bem perto dele por alguns instantes no degrau de cima, esquecendo-se de descer, e depois desceu. O coração de Stephen dançava com aqueles movimentos como uma rolha ao sabor da maré. Ele ouviu o que os olhos dela diziam por debaixo do capuz e sabia que em um passado longínquo, fosse na vida ou em sonho, já tinha ouvido aquela história. Viu-a exibir as vaidades, o vestido elegante com uma faixa na cintura e as longas meias pretas, e soube que já havia sucumbido a todas elas mil vezes. Porém uma voz ergueu-se acima do barulho do coração dançante, perguntando se aceitaria o presente que pedia apenas um estender de mãos. E ele lembrou-se do dia em que ele e Eileen tinham observado o pátio do hotel, observado os garçons hasteando bandeiras no mastro e o fox terrier correndo de um lado para o outro no gramado ao sol, e como, de repente, ela tinha estourado de rir e saído correndo em meio a risadas pela curva do caminho. Agora, como naquele instante, ele permaneceu imóvel e sem ação, como um observador tranquilo da cena logo à frente.

– Ela também quer que eu a abrace, pensou. Foi por isso que veio para o bonde comigo. Seria fácil abraçá-la quando ela sobe para o meu degrau: ninguém está vendo. Eu poderia abraçá-la e beijá-la.

Mas não fez nenhum dos dois: e, quando ficou sozinho no assento do bonde vazio, rasgou o bilhete em pedacinhos e lançou um olhar lúgubre em direção ao estribo ondulado.

No dia seguinte permaneceu sentado junto à mesa no quarto deserto do segundo andar por muitas horas. Tinha diante de si uma caneta nova, um tinteiro novo e um novo exercício esmeralda. Devido à força do hábito escreveu no alto da primeira página as letras iniciais do lema dos jesuítas: A.M.D.G. Na primeira linha da página surgiu o título dos versos que estava tentando escrever: Para E—— C——. Sabia que era correto começar assim porque tinha visto títulos parecidos nos poemas de Lord Byron. Quando terminou de escrever esse título e de traçar uma linha ornamental logo abaixo entregou-se a um devaneio e começou a rabiscar diagramas na capa do livro. Viu-se sentado à mesa em Bray na manhã após a discussão na ceia de Natal, tentando escrever um poema a respeito de Parnell no verso de uma das intimações de cobrança do pai. Mas os pensamentos recusavam-se a tratar daquele tema e, desistindo, ele cobriu a página com os nomes e os endereços de certos colegas:

Roderick Kickham
John Lawton
Anthony MacSwiney
Simon Moonan

Tinha a impressão de que fracassaria mais uma vez mas, ao recordar o incidente, conseguiu recuperar a confiança. Durante esse processo todos os elementos que julgava comuns e insignificantes saíram de cena. Não sobrou nenhum resquício do bonde nem dos funcionários nem dos cavalos: e tampouco ele e ela apareciam em imagens vívidas. Os versos falavam apenas sobre a noite e a brisa suave e o brilho virginal da lua. Uma tristeza indefinível se ocultava nos corações dos protagonistas enquanto se mantinham em silêncio sob as copas das árvores nuas e quando chegou o momento da despedida o beijo, que fora negado por um, foi dado por ambos. Depois as letras L.D.S. foram escritas no pé da página e, tendo escondido o livro, ele foi até o quarto da mãe e por um longo tempo encarou o próprio rosto no espelho da penteadeira.

Mas esse longo período de incúria e de liberdade estava chegando ao fim. Certa noite o pai voltou cheio de notícias que lhe ocuparam a língua durante todo o jantar. Stephen estava aguardando o retorno do sr. Dedalus porque tinham servido picadinho de cordeiro naquele dia e ele sabia que o pai faria com que molhasse o pão no molho. Mas não gostou do quitute porque a menção a Clongowes lhe havia coberto a língua com uma escuma de desgosto.

– Eu dei de cara com ele, disse o sr. Dedalus pela quarta vez, bem na esquina da praça.

– Então, disse a sra. Dedalus, acho que ele vai ajeitar as coisas. No que diz respeito a Belvedere.

– Mas é claro que vai, disse o sr. Dedalus. Eu não disse que ele agora foi promovido a provincial da ordem?

– Nunca gostei da ideia de mandá-lo para a Christian Brothers' School, disse a sra. Dedalus.

– Que se danem os irmãos cristãos!, disse o sr. Dedalus. Paddy Stink e Mickey Mud? Não, é melhor que ele fique com os jesuítas em nome de Deus já que foi com eles que começou. Os jesuítas podem ser muito úteis no futuro. São gente que pode ajudar você a subir na vida.

– E são uma ordem muito rica, não é mesmo, Simon?

– Bastante. Posso dizer que vivem bem. Você viu a mesa em Clongowes. Passam comendo galos selvagens.

O sr. Dedalus empurrou o prato em direção a Stephen e pediu-lhe que terminasse de comer o que havia sobrado.

– Stephen, disse, chegou a hora de arregaçar as mangas, meu velho. Você pôde aproveitar férias bem longas.

– Ah, tenho certeza de que agora ele vai trabalhar com muita dedicação, disse a sra. Dedalus, ainda mais se estiver com Maurice.

– Ah, São Paulo, eu tinha me esquecido de Maurice, disse o sr. Dedalus. Maurice, venha cá! Venha cá, seu preguiçoso inútil! Sabia que eu vou mandar você para um lugar onde você vai aprender a soletrar g.a.t.o. gato? E também vou comprar um lenço de um *penny* para que você possa assoar o nariz. Não parece divertido?

Maurice sorriu para o pai e a seguir para o irmão. O sr. Dedalus rosqueou o monóculo para dentro da órbita e encarou os dois filhos. Stephen mascou o pão sem responder ao olhar do pai.

– A propósito, disse por fim o sr. Dedalus, o reitor, ou melhor, o provincial, estava me contando aquela história sua com o Padre Dolan. Ele disse que você é um ladrãozinho sem-vergonha.

– Ah, não disse, Simon!

– Não!, disse o sr. Dedalus. Mas ele me fez um relato completo a respeito de todo o acontecido. Estávamos conversando, sabe, e uma coisa puxou a outra. E, a propósito, quem você acha que ele me disse que vai conseguir aquele cargo na corporação? Bem, mais tarde eu conto. Como eu ia dizendo, estávamos tendo uma conversa amigável e ele me perguntou se o nosso amigo aqui ainda usava óculos e então me contou a história toda.

– E ele ficou muito aborrecido, Simon?

– Aborrecido? Não! *Um camaradinha cheio de coragem*, foi o que ele disse.

O sr. Dedalus imitou o sotaque anasalado do provincial.

– Eu e o Padre Dolan, quando eu trouxe o assunto à baila durante o jantar, eu e o Padre Dolan demos umas boas risadas. *É melhor se cuidar, Padre Dolan*, disse eu, *senão o jovem Dedalus vai mandar o senhor subir para duas vezes nove!* Demos umas risadas inesquecíveis. Ha! Ha! Ha!

O sr. Dedalus virou-se em direção à esposa e disse usando a voz natural:

– Mostra bem o espírito com que os meninos são tratados por lá. Ah, um jesuíta na sua vida, pela diplomacia!

Então tornou a adotar o tom do provincial e repetiu:

– Eu contei toda a história durante o jantar e eu e o Padre Dolan e todos nós demos umas belas risadas. Ha! Ha! Ha!

***

A noite da peça de Pentecostes havia chegado e da janela do camarim Stephen olhou para o pequeno gramado onde fileiras de lanternas chinesas estavam penduradas. Observou os visitantes descerem a escada desde o prédio e entrarem no teatro. Recepcionistas com trajes sociais, velhos alunos de Belvedere, estavam postados junto à entrada do teatro e acompanhavam os visitantes com a devida cerimônia. Sob o brilho súbito de uma lanterna ele reconheceu o rosto sorridente de um padre.

O Santo Sacramento tinha sido retirado do tabernáculo e os primeiros bancos tinham sido afastados para deixar o púlpito do altar e o espaço logo em frente livres. Contra a parede estavam companhias de barras e claves de malabarismo; os halteres estavam empilhados em um canto: e em meio a incontáveis montes de sapatos e blusões e coletes em pacotes pardos erguia-se o robusto cavalo de provas que aguardava a vez de subir ao palco com uma jaqueta de couro. Um enorme escudo de bronze, rematado em prata, também aguardava escorado na parede a vez de subir ao palco e ser colocado no meio do time vencedor ao fim da exibição de ginástica.

Stephen, embora tivesse sido eleito secretário do ginásio em respeito à reputação que tinha como escritor de ensaios, não tinha nenhum papel a desempenhar na primeira metade do programa, mas na peça que constituía a segunda metade ele desempenhava o papel principal, o de um pedagogo cômico. Haviam-no escolhido por conta da estatura e do porte solene pois estava no fim do segundo ano em Belvedere e no número dois.

Uma vintena dos garotos mais jovens com calções brancos e coletes desceu pelo palco, atravessou a sacristia e entrou na capela. A sacristia e a capela estavam repletas de mestres e garotos ávidos. O calvo e gorducho sargento-maior estava testando com o pé o trampolim do cavalo de provas. O esbelto jovem com o longo sobretudo que faria uma exibição especial de malabarismo com claves manteve-se próximo e acompanhou de perto toda a movimentação com as claves prateadas a espiar para fora dos profundos bolsos laterais. O ruído oco dos halteres de madeira fez-se ouvir enquanto outro time preparava-se para subir ao palco: e no instante seguinte o entusiasmado prefeito começou a empurrar os garotos pela sacristia como se fossem uma revoada de gansos, batendo nervosamente as asas da sotaina e gritando aos mais demorados que se apressassem. Uma pequena tropa de camponeses napolitanos estava treinando evoluções no fundo da capela, uns giravam os braços acima da cabeça, outros balançavam cestas repletas de violetas de papel e faziam mesuras. Em um canto escuro da capela no lado do evangelho uma senhora rechonchuda permanecia ajoelhada em meio às copiosas dobras de uma saia preta. Quando se ergueu, uma figura cor-de-rosa que usava uma peruca de cachinhos dourados e um chapéu de palha à moda antiga, com sobrancelhas pintadas de lápis preto e bochechas delicadamente cobertas de pó e de ruge, se revelou. Um discreto murmúrio de curiosidade atravessou a capela ante a descoberta dessa figura jovial. Um dos prefeitos aproximou-se do canto escuro sorrindo e meneando a cabeça e, depois de fazer uma mesura para a rechonchuda senhora, disse em tom amigável:

– É uma bela jovem ou uma boneca o que temos aqui, sra. Tallon?

A seguir, inclinando-se para ver de perto o sorridente rosto pintado por baixo da aba do chapéu, exclamou:

– Não! Eu juro que essa é a pequena Bertie Tallon!

Ao pé da janela Stephen ouviu a senhora e o padre rirem juntos e escutou o murmúrio de admiração dos garotos logo atrás enquanto avançavam para ver o garotinho que teria de dançar sozinho a dança do chapéu. Um movimento de impaciência lhe escapou. Deixou a ponta da cortina cair e, descendo do banco onde estava de pé, caminhou para fora da capela.

Deixou para trás o prédio da escola e deteve-se sob o telhado do galpão que flanqueava o jardim. Do teatro em frente veio o barulho abafado da plateia e as dissonâncias estridentes e metálicas da banda marcial. A luz irradiava-se para cima atravessando o telhado de vidro e fazendo com que o teatro parecesse uma arca festiva, ancorada em meio aos volumes das construções, com frágeis cabos de lanternas a prendê-la ao ancoradouro. Uma porta lateral do teatro abriu-se de repente e um facho de luz projetou-se através dos canteiros. Uma súbita explosão de música veio da arca, o prelúdio de uma valsa: e quando a porta lateral tornou a fechar-se a plateia ouviu o tênue ritmo da música. O sentimento dos primeiros compassos, o langor e o ímpeto que encerravam precipitaram a emoção incomunicável que havia causado a irrequietude do dia inteiro e o impaciente movimento de um instante atrás. A irrequietude saiu dele como uma onda de som: e na maré de música fluida a arca fazia caminho, arrastando os cabos das lanternas na esteira. De repente um barulho como uma diminuta artilharia interrompeu o movimento. Foi a salva de palmas que recebeu a entrada do time de halteres no palco.

Na outra ponta do galpão próxima à rua divisava-se um rasgo de luz cor-de-rosa em meio à escuridão e enquanto caminhava naquela direção Stephen percebeu um leve cheiro aromático. Dois garotos estavam parados no vão de uma porta, fumando, e antes que pudesse alcançá-los reconheceu a voz de Heron.

– Lá vem o nobre Dedalus!, gritou a sonora voz gutural. – Deem as boas-vindas ao nosso valoroso amigo!

Essas boas-vindas acabaram com um suave clamor de risadas sem graça quando Heron fez salamaleques e começou a bater no chão com a bengala.

– Aqui estou eu, disse Stephen, detendo o passo e olhando de Heron para o amigo dele.

Este último era um estranho, mas na escuridão, graças ao lume das pontas de cigarro, pôde distinguir o rosto pálido de um dândi, onde um sorriso viajava devagar, uma silhueta alta de sobretudo e chapéu. Heron não se importou em fazer uma apresentação e em vez disso prosseguiu:

– Ainda há pouco eu estava dizendo para o meu amigo Wallis que seria uma diversão e tanto se você arremedasse o reitor na parte do mestre-escola. Seria uma piada das boas.

Heron fez uma tentativa malsucedida de imitar para o amigo Wallis o pedante grave do reitor e então, rindo do próprio fracasso, pediu a Stephen que o imitasse.

– Vamos, Dedalus, você sabe arremedá-lo com perfeição. *Aquele que não ouve a igreja, que seja para ti como os pagãos e os republicanos.*

A imitação foi impedida por uma discreta expressão de raiva da parte de Wallis, que tinha acabado com o cigarro preso na piteira.

– Que se dane essa maldita piteira, disse, tirando-a da boca e sorrindo e franzindo a testa com uma expressão benevolente. O cigarro sempre acaba preso. Você usa piteira?

– Eu não fumo, respondeu Stephen.

– Não, disse Heron, Dedalus é um jovem exemplar. Ele não fuma e não frequenta bazares e não flerta e não faz porcaria nenhuma.

Stephen balançou a cabeça e sorriu diante do rosto esbraseado e vivaz do rival, bicudo como o de um pássaro. Muitas vezes tinha achado estranho que Vincent Heron tivesse não apenas o rosto mas também o nome de um pássaro. Um tufo de cabelos pálidos erguia-se na testa como uma crista desgrenhada: a testa era estreita e ossuda e um nariz afilado e curvo projetava-se entre os olhos saltados e próximos que pareciam claros e inexpressivos. Os rivais eram amigos de escola. Sentavam-se juntos durante as aulas, ajoelhavam-se juntos na capelas, conversavam juntos depois de rezar durante o almoço. Como os colegas na classe número um eram cretinos sem nenhum mérito, Stephen e Heron tinham na prática sido os cabeças da escola durante o ano. Eram os dois que iam falar juntos com o reitor para solicitar um dia de folga ou para conseguir a licença de um colega.

– Ah, a propósito, disse Heron de repente, eu vi o seu velho entrar.

O sorriso desapareceu do rosto de Stephen. Qualquer alusão feita ao pai por um colega ou professor acabava no mesmo instante com a sua paz de espírito. Stephen aguardou em um silêncio temeroso o que Heron teria a dizer em seguida. Heron, no entanto, deu-lhe um cutucão expressivo com o cotovelo e disse:

– Você é um safado, Dedalus!

– Por quê?, quis saber Stephen.

– Quem vê acharia que um naco de manteiga não derrete na sua boca, disse Heron. Mas na verdade eu acho que você é um safado.

– Será que você poderia me dizer do que está falando?, disse Stephen de maneira educada.

– Com certeza poderia, respondeu Heron. Nós a vimos, Wallis, não é mesmo? Bonitinha pra caramba. E muito curiosa! *E que papel o Stephen vai interpretar, sr. Dedalus? E o Stephen não vai cantar, sr. Dedalus?* O seu velho a encarava através do monóculo com toda a vontade, então acho que o velho também deve ter descoberto você. Eu não me importaria nem um pouco, por Jove! Ela é linda, não é, Wallis?

– Nada mau, respondeu Wallis a meia-voz enquanto tornava a colocar a piteira no canto da boca.

Um facho de raiva momentânea varou os pensamentos de Stephen quando ouviu alusões indelicadas serem feitas na presença de um estranho. Não via nada de engraçado no interesse e no respeito de uma garota. Durante o dia inteiro não tinha pensado em nada que não fosse a despedida nos degraus do bonde em Harold's Cross, o fluxo de emoções conflitantes que a cena havia provocado e o poema que tinha escrito a respeito. Durante o dia inteiro tinha imaginado um novo encontro com ela porque sabia que viria assistir à peça. A velha disposição inquieta mais uma vez lhe encheu o peito como havia feito na noite da festa mas desta vez ele não pôde se extravasar em versos. O crescimento e o conhecimento de dois anos de meninice interpunham-se entre o antes e o agora, impedindo esse tipo de extravasamento: e durante o dia inteiro uma torrente de ternura sombria havia corrido em seu âmago e retornado pelo mesmo caminho em corredeiras e torvelinhos obscuros, exaurindo-o por fim até que a gentileza do prefeito e o menininho pintado houvessem provocado um gesto de impaciência.

– Pode admitir logo, prosseguiu Heron, porque dessa vez nós pegamos você. Você não pode mais bancar o santo, disso eu tenho certeza.

Um leve clamor de risadas sem graça escapou-lhe dos lábios e, inclinando-se para frente como antes, bateu de leve com a bengala na panturrilha de Stephen, como que em uma espirituosa censura.

O gesto de raiva de Stephen já havia passado. Não estava lisonjeado nem confuso, mas simplesmente desejava que aquela conversa chegasse ao fim. Mal ressentiu aquilo que a princípio tinha parecido uma indelicadeza estúpida porque sabia que a aventura em sua cabeça não corria nenhum risco com aquelas palavras: e no rosto espelhou o falso sorriso do rival.

– Admita!, repetiu Heron, batendo mais uma vez com a bengala na panturrilha dele.

A batida foi jocosa mas não tão leve quanto a primeira. Stephen sentiu a pele se arrepiar e se esquentar de maneira quase indolor; e, curvando-se com um gesto submisso, como que para aceitar o ânimo jocoso do companheiro, pôs-se a recitar o *Confiteor*. O episódio acabou bem porque tanto Heron como Wallis riram com gosto dessa irreverência.

A confissão veio apenas dos lábios de Stephen e, enquanto falavam as palavras, uma memória repentina transportou-o para uma outra cena relembrada, como que em um passe de mágica, no instante em que percebeu as discretas covinhas de crueldade nos cantos do sorriso de Heron e sentiu a familiar batida da bengala contra a panturrilha e ouviu a familiar palavra de admoestação:

– Admita.

Quando o término do primeiro semestre na escola se aproximou ele estava no número seis. A natureza sensível ainda sofria com o jugo de uma existência sórdida e despida de divindade. A alma sentia-se perturbada e aviltada pelo fenômeno banal de Dublin. Tinha acordado de um devaneio de dois anos para encontrar-se no meio de uma nova cena, onde cada acontecimento e cada personagem afetava-o de maneira íntima, desencorajava--o ou provocava-o e, a despeito de ser desencorajador ou provocativo, sempre o enchia de irrequietude e de pensamentos amargos. Todo o tempo de lazer que a vida escolar lhe permitia era passado na companhia de escritores subversivos cujas farpas violentas acrescentaram-lhe fermento ao cérebro antes que se revelassem nos primeiros escritos rústicos.

O ensaio era para ele a principal tarefa da semana e toda terça-feira, enquanto marchava de casa para a escola, lia o próprio destino nos incidentes do caminho, lançando-se contra um vulto logo adiante e apressando o passo a fim de ultrapassá-lo antes que um certo marco fosse alcançado ou então plantando os pés com todo o cuidado no matelassê do calçamento e dizendo para si mesmo que seria o melhor e que não seria o melhor no ensaio semanal.

Em uma certa terça-feira a sequência de triunfos foi interrompida de maneira repentina. O sr. Tate, o professor de inglês, apontou o dedo em direção a ele e disse sem rodeios:

– Esse colega aqui escreveu um ensaio cheio de heresias.

O silêncio tomou conta da classe. O sr. Tate não o interrompeu, mas enterrou a mão entre as pernas cruzadas enquanto as roupas muito engomadas estalavam ao redor do pescoço e dos punhos. Stephen não ergueu os olhos. Era uma manhã exuberante de primavera e tinha os olhos ainda doloridos e fracos. Estava ciente do fracasso e da detecção, da indigência dos próprios pensamentos e da casa onde morava, e sentiu contra o pescoço a dobra crua do colarinho dobrado e áspero.

Uma risada curta do sr. Tate deixou a classe mais à vontade.

– Talvez você não tenha se dado conta, disse.

– Onde?, perguntou Stephen.

O sr. Tate retirou a mão enterrada e abriu o ensaio.

– Aqui. No ponto em que você fala sobre o Criador e a alma. Rrm... rnn... rrm... Ah! *Sem a possibilidade de jamais chegar mais perto.* Isso é uma heresia.

Stephen respondeu:

– Eu quis dizer *sem a possibilidade de alcançar.*

Foi um ato de submissão e o sr. Tate, satisfeito, dobrou o ensaio e entregou-o de volta, dizendo:

– Ah... Ah! *De alcançar.* Assim a coisa muda de figura.

Mas a classe não se deu por satisfeita. Embora ninguém tenha abordado o tema depois da aula Stephen podia sentir ao redor de si uma alegria maléfica vaga e difusa.

Poucas noites após essa admoestação pública estava andando com uma carta na mão pela Drumcondra Road quando ouviu um grito:

– Pare!

Virou-se e viu três garotos da mesma classe vindo em sua direção ao entardecer. Fora Heron quem havia chamado e, enquanto marchava em meio aos dois acompanhantes, cortava o ar logo à frente com uma bengala fina, no ritmo das passadas. Boland, o amigo dele, marchava ao lado, com um enorme sorriso estampado no rosto, enquanto Nash vinha alguns passos atrás, ofegando por conta do ritmo e balançando a cabeçorra vermelha.

Assim que os garotos dobraram juntos na Clonliffe Road começaram a falar sobre livros e escritores, mencionando o título das obras que estavam lendo no momento e dizendo quantos outros livros havia na estante dos pais em casa. Stephen ouviu-os com certo espanto porque Boland era o imbecil e Nash o preguiçoso da classe. Na verdade depois de conversar um pouco a respeito dos autores favoritos Nash declarou a preferência pelo capitão Marryat que, segundo disse, era o maior escritor do mundo.

– Besteira!, disse Heron. Pergunte ao Dedalus. Quem é o maior escritor do mundo, Dedalus?

Stephen percebeu a zombaria na pergunta e disse:

– De prosa, você quer dizer?

– É.

– Newman, acho eu.

– O cardeal Newman?, perguntou Boland.

– É, respondeu Stephen.

O sorriso se abriu no rosto sardento de Nash quando se virou em direção a Stephen e disse:

– E você gosta do cardeal Newman, Dedalus?

– Ah, muita gente diz que Newman tem o melhor estilo na prosa, Heron explicou aos outros dois. Mas, claro, ele não é poeta.

– E quem é o melhor poeta, Heron?, perguntou Boland.

– Lord Tennyson, claro, respondeu Heron.

– Ah, claro, Lord Tennyson, disse Nash. Temos um livro com a obra completa dele em casa.

Nesse ponto Stephen esqueceu-se dos votos de silêncio que havia feito e explodiu:

– Tennyson um poeta! Ora, ele não passa de um rimador!

– Ah, pare com isso!, disse Heron. Todo mundo sabe que Tennyson é o maior poeta do mundo.

– Por acaso quem você acha que é o maior poeta?, perguntou Boland, cutucando o vizinho.

– Byron, é claro, respondeu Stephen.

Heron deu a deixa e todos os três explodiram em uma risada zombeteira.

– Do que vocês estão rindo?, perguntou Stephen.

– De você, disse Heron. Byron, o maior poeta! Quando muito um poeta ao gosto do populacho.

– Deve ser um poeta e tanto!, disse Boland.

– Você devia calar a boca, disse Stephen, encarando-o fundo nos olhos. Tudo o que você sabe a respeito de poesia é o que você escreveu nas pedras do urinol e que lhe renderia uns quantos bolos.

Na verdade, diziam que Boland fora o responsável por escrever nas pedras do pátio um dístico sobre um colega que costumava voltar para casa de pônei:

Quando Tyson ia a Jerusalém
Caiu e bateu o Cafuzalém.

Esse cutucão silenciou os dois tenentes mas Heron prosseguiu:

– De qualquer forma Byron foi um herege e um degenerado.

– Não me interessa se foi ou não foi, gritou Stephen perdendo a paciência.

– Você não se importa que ele tenha sido um herege?, perguntou Nash.

– O que você entende a respeito disso?, gritou Stephen. – Você nunca lê coisa nenhuma a não ser traduções e Boland tampouco.

– Sei que Byron era má pessoa, disse Boland.

– Vamos pegar esse herege, gritou Heron.

Em um instante Stephen passou a ser prisioneiro.

– O Tate fez com que você se curvasse aquele outro dia, continuou Heron, por causa da heresia no seu ensaio.

– Amanhã eu vou contar para ele, disse Boland.

– É mesmo?, disse Stephen. Você não teria coragem nem de abrir a boca.

– Não teria coragem?

– Isso mesmo. Você morreria de medo.

– Comporte-se!, gritou Heron, cortando as pernas de Stephen com a bengala.

Aquele era o sinal para o ataque. Nash prendeu-lhe os braços atrás das costas enquanto Boland pegou um grande pedaço de repolho que estava jogado na sarjeta. Debatendo-se e chutando sob os cortes da bengala e as pancadas do repolho Stephen foi posto contra uma cerca de arame farpado.

– Admita que Byron não é bom.

– Não.

– Admita.

– Não.

– Admita.

– Não. Não.

No fim depois de uma série de investidas ele conseguiu se soltar. Os algozes partiram rumo à Jones's Road em meio a gargalhadas e zombarias, enquanto Stephen, roto e afogueado e arquejante, cambaleou atrás deles meio cegado pelas lágrimas, com os punhos crispados e um choro entrecortado por soluços.

Enquanto repetia o *Confiteor* em meio à gargalhada indulgente dos espectadores e enquanto as cenas do maligno episódio passavam nítidas e ligeiras em seus pensamentos ele se perguntou por que naquele instante não guardava nenhum rancor em relação aos que o haviam atormentado. Não tinha esquecido um detalhe sequer da covardia e da crueldade, porém a memória não evocava sentimentos de raiva. Todas as descrições de amor e de ódio arrebatadores que havia encontrado nos livros pareceram-lhe irreais naquele instante. Mesmo naquela noite enquanto cambaleava a caminho de casa ao longo da Jones's Road ele tinha sentido que algum poder o destituía da raiva recém-tecida como a fruta é destituída da casca macia e madura.

Permaneceu com os dois companheiros na ponta do galpão, escutando a conversa ou as salvas de palmas no teatro como quem não quer nada. Ela estava sentada em meio aos outros talvez esperando o momento em que ele subiria ao palco. Tentou lembrar-se da aparência dela mas não conseguiu. Conseguiu lembrar apenas que tinha usado um xale ao redor da cabeça como se fosse um capuz e que os olhos escuros o haviam provocado e irritado. Indagou se havia estado nos pensamentos dela como ela havia estado nos seus. Então no escuro e sem que os outros dois percebessem ele pousou as pontas dos dedos de uma mão na palma da outra mão, tocando-a apenas de leve porém mesmo assim exercendo uma suave pressão. Mas a pressão dos dedos dela tinha sido mais suave e mais firme: e de repente a memória de então: o toque varou-lhe o corpo e a mente como uma onda invisível e quente.

Um menino veio às pressas em direção aos três, correndo sob o telhado do galpão. Estava afobado e sem fôlego.

– Ah, Dedalus, gritou, o Doyle está soltando fogo pelas ventas por causa de você! Você precisa entrar agora e se vestir para o espetáculo. É melhor você se apressar.

– Ele está indo agora mesmo, disse Heron para o mensageiro com uma nota de arrogância na voz, quando bem entender.

O menino voltou-se em direção a Heron e repetiu:

– Mas o Doyle está soltando fogo pelas ventas.

– Você poderia transmitir meus cumprimentos ao Doyle e dizer que espero que um raio caia na cabeça dele?, respondeu Heron.

– Bem, eu preciso ir agora, disse Stephen, que pouco se importava com essas questões de honra.

– Eu não iria, disse Heron, não iria mesmo. Isso não é jeito de chamar um aluno mais velho. Soltando fogo pelas ventas... ora essa! Já me parece mais do que suficiente que você esteja participando desse velho espetáculo.

O espírito de camaradagem provocativa que Stephen havia percebido no rival durante os últimos tempos não o havia seduzido a abandonar os hábitos de obediência silenciosa. Desconfiava da turbulência e punha em dúvida a sinceridade de uma camaradagem que parecia uma lamentável antecipação da idade adulta. A questão de honra que fora levantada pareceu-lhe, como todas as questões dessa ordem, trivial. Enquanto os pensamentos perseguiam esses fantasmas intangíveis e voltavam-se irresolutos para essa busca Stephen ouviu ao redor as vozes constantes do pai e dos mestres, insistindo para que acima de tudo se portasse como um cavalheiro e insistindo para que acima de tudo fosse um bom católico. Essas vozes de repente soaram vazias em seus ouvidos. Quando abriram o ginásio ele ouviu outra voz insistindo para que fosse forte e másculo e saudável e quando o movimento da Renascença Irlandesa começou a se fazer sentir na escola mais uma voz tinha pedido a ele que se mantivesse fiel ao país e ajudasse a erguer a língua e a tradição vencidas. No mundo profano, como havia previsto, uma voz mundana pediria que erguesse as propriedades vencidas do pai com o próprio trabalho e, nesse meio-tempo, a voz dos colegas de escola insistia para que fosse um colega decente, protegesse os outros da culpa ou conseguisse dispensas e fizesse todo o possível a fim de assegurar dias livres para a escola. E foi o clamor de todas essas vozes vazias que o levou a deter-se irresoluto naquela perseguição aos fantasmas. Deu-lhes ouvidos apenas por um tempo mas sentia-se feliz somente quando estava longe deles, além de qualquer chamado, sozinho ou na companhia de camaradas fantasmagóricos.

Na sacristia um jesuíta de rosto gorducho e jovial e um senhor idoso que trajava roupas azuis estropiadas estavam mexendo em uma caixa de tintas e gizes. Os meninos que tinham feito a pintura andavam ao redor ou detinham-se meio sem jeito, levando as pontas dos dedos furtivamente ao rosto com gestos tímidos. No meio da sacristia um jovem jesuíta, que fazia uma visita à escola, balançava o corpo da ponta dos pés até os calcanhares e de volta para a ponta dos pés, com as mãos enfiadas fundo nos bolsos laterais. A pequena cabeça destacava-se por conta dos cachos fulvos e o semblante recém-barbeado combinava com a decência imaculada da sotaina e dos sapatos imaculados.

Enquanto observava a figura que se balançava e tentava decifrar a lenda no sorriso enigmático do padre a memória de Stephen foi invadida por um provérbio que tinha escutado do pai antes de ser mandado para Clongowes, segundo o qual era sempre possível identificar um jesuíta pelo estilo das roupas. No mesmo instante imaginou ter descoberto uma semelhança entre a mente do pai e a daquele padre sorridente e bem-vestido: e percebeu uma certa profanação do ofício do padre ou da própria sacristia, onde o silêncio era derrotado pelas conversas e pelas piadas e a atmosfera era conspurcada pelo cheiro dos bicos de gás e de graxa.

Enquanto franzia a testa e tinha o queixo pintado de azul e preto pelo homem mais velho, ouviu a voz do jesuíta gorducho pedir que falasse alto e dissesse o que tinha a dizer de maneira clara. Ele ouviu a banda tocar *The Lily of Killarney* e soube que dentro de instantes a cortina se abriria. Não sentiu nenhum tipo de nervosismo mas achou que o papel a interpretar seria humilhante. A lembrança de certas falas levou um rubor súbito a tingir-lhe o rosto. Viu os olhos dela a observá-lo da plateia e a imagem de ambos de repente afastou todos os escrúpulos, deixando a vontade dele mais compacta. Parecia haver se imbuído de uma outra natureza: o contágio do entusiasmo e da juventude ao redor de si adentrou-lhe o corpo e transfigurou a volúvel desconfiança que o afligia. Por um raro instante teve a impressão de estar trajando as vestes reais da juventude: e, enquanto permanecia nos bastidores em meio aos outros participantes, compartilhou do júbilo comum em meio ao qual o pano de fundo foi erguido por dois padres robustos com puxões violentos e completamente torto.

Poucos momentos depois viu-se no palco em meio ao gás espalhafatoso e ao cenário obscuro, atuando diante dos inúmeros rostos do vazio. Surpreendeu-o ver que a peça que havia conhecido nos ensaios como uma coisa desconjuntada e sem vida de repente tinha ganhado vida própria. Naquele instante parecia interpretar-se a si própria, enquanto ele e os demais atores contribuíam cada um com seu papel. Quando a cortina caiu no fim da última cena ele ouviu o vazio encher-se de aplausos e, por uma fresta na lateral do palco, viu o simples corpo diante do qual havia interpretado deformar-se como em um passe de mágica, com o vazio dos rostos a quebrar-se em todos os lugares e caindo aos pedaços em grupos atarefados.

Saiu do palco às pressas e livrou-se dos adereços e atravessou a capela em direção ao jardim do colégio. Agora que a peça tinha acabado os nervos exigiam uma outra aventura. Avançou em frente como que para ultrapassá-la. As portas do teatro estavam abertas de par em par e a plateia havia se esvaziado. Nas linhas em que tinha imaginado o ancoradouro de uma arca umas poucas lanternas balançavam com a brisa noturna, bruxuleando sem nenhuma alegria. Ele subiu os degraus que levavam ao jardim com pressa, ávido para que a presa não lhe escapasse, e abriu caminho em meio à multidão no corredor e deixou para trás os dois jesuítas que permaneciam imóveis assistindo ao êxodo e fazendo mesuras e apertando a mão dos visitantes. Abriu caminho em frente tomado pelo nervosismo, afetando uma pressa ainda maior e consciente dos sorrisos e olhares e cutucões que sua cabeça empoada deixava para trás.

Quando chegou aos degraus encontrou a família esperando-o junto à primeira lanterna. De relance percebeu que todas as figuras do grupo eram familiares e correu irritado escada abaixo.

– Preciso dar um recado na George's Street, disse apressadamente ao pai. Vou para casa mais tarde.

Sem esperar as perguntas do pai atravessou a estrada correndo e pôs-se a correr alucinadamente morro abaixo. Mal sabia para onde estava indo. O orgulho e a esperança e o desejo como ervas maceradas no coração soltaram os vapores de um incenso enlouquecedor ante os olhos da mente. Desceu o morro com passadas largas em meio ao tumulto dos vapores súbitos do orgulho ferido e da esperança frustrada e do desejo insaciado. Os vapores erguiam-se ante os olhos angustiados em nuvens densas e enlouquecedoras e continuavam a subir até que o ar estivesse mais uma vez límpido e frio.

Um filme ainda velava-lhe os olhos, porém haviam parado de arder. Um poder similar àquele que havia afastado a raiva ou o ressentimento em outras ocasiões deteve-lhe os passos. Ele parou e lançou um olhar para a varanda sombria do necrotério e de lá para a estreita passagem calçada ao lado. Viu a palavra *Lotts* na parede que ladeava a passagem e inspirou lentamente o ar pesado e pungente.

– É mijo de cavalo e palha podre, pensou. Um odor bom de respirar. Vai acalmar o meu coração. Meu coração agora está calmo. Já posso voltar.

***

Mais uma vez Stephen viu-se sentado ao lado do pai no canto de um vagão de trem em Kingsbridge. Estava viajando com o pai no trem postal noturno para Cork. Quando o trem saiu da estação rodeado por vapores lembrou-se do espanto infantil dos anos passados e de todos os acontecimentos no primeiro dia em Clongowes. Mas não sentia nenhum espanto agora. Viu as terras escuras ficarem para trás, os silenciosos postes telegráficos passando depressa pelas janelas a cada quatro segundos, as pequenas estações cintilantes, tocadas por umas poucas sentinelas silenciosas, serem jogadas para trás pelo trem postal e reluzirem por um instante na escuridão como os grãos fulvos lançados para trás por um corredor.

Ouviu sem vontade as recordações que o pai tinha de Cork e das cenas da juventude, uma história interrompida por suspiros ou goles da uisqueira de bolso sempre que a imagem de um amigo morto surgia ou sempre que o rememorador de repente lembrava-se do propósito da atual visita. Stephen ouvia mas não se solidarizava. As imagens dos mortos eram todas estranhas a ele a não ser pela do tio Charles, uma imagem que nos últimos tempos vinha se apagando da memória. Sabia, no entanto, que a propriedade do pai seria vendida em um leilão e à maneira do próprio desalento sentiu o mundo contar essa rude mentira à própria fantasia.

Em Maryborough ele adormeceu. Quando acordou o trem tinha saído de Mallow e o pai estava dormindo estirado no outro banco. A luz fria do fim de tarde espalhava-se por sobre a paisagem, os campos desertos e as cabanas fechadas. O terror do sonho fascinava-lhe os pensamentos enquanto observava o campo silencioso ou escutava de tempos em tempos a respiração profunda ou um movimento brusco e sonolento do pai. A vizinhança repleta de dorminhocos invisíveis encheu-o de um estranho pavor como se pudessem fazer-lhe mal; e rezou para que o dia viesse logo. A oração, que não foi endereçada a Deus nem a santo algum, começou com um tremor, enquanto a fria brisa matinal deslizava pela fresta na porta do carro em direção a seus pés, e terminou em uma sequência de palavras estúpidas inventadas para que se adequassem ao insistente ritmo do trem; e em silêncio, a cada quatro segundos, os postes telegráficos faziam soar as galopantes notas da música entre barras pontuais. Essa música furiosa aplacou-lhe o medo e, escorado no parapeito da janela, Stephen deixou que as pálpebras se fechassem mais uma vez.

Avançaram em um coche por Cork durante o raiar da aurora, e Stephen terminou de dormir em um quarto do Victoria Hotel. A luz quente e clara do sol despejava-se pela janela e ele ouvia o barulho do tráfego. O pai estava de pé em frente à penteadeira, examinando o cabelo e o rosto e o bigode com imenso cuidado, inclinando o pescoço por cima do jarro d'água e afastando-o para se ver melhor. Enquanto fazia isso cantarolava para si mesmo com uma entonação e um fraseado curiosos:

'Tis youth and folly
Makes young men marry,
So here, my love, I'll

No longer stay.
What can't be cured, sure,
Must be injured, sure,
So I'll go to
Amerikay.

My love she's handsome,
My love she's bonny:
She's like good whisky
When it is new;
But when 'tis old
And growing cold
It fades and dies like
*The mountain dew.**

A consciência da cidade quente e ensolarada do outro lado da janela e dos ternos tremores com que a voz do pai decorava a estranha atmosfera triste afastou todas as névoas do mau humor noturno que afligiam o cérebro de Stephen. Levantou-se depressa a fim de vestir-se e, quando a canção chegou ao fim, disse:

– Essa é muito mais bonita do que qualquer um dos seus outros *come-all-yous.*

– Você acha?, perguntou o sr. Dedalus.

– Eu gostei, disse Stephen.

– É uma velha canção, disse o sr. Dedalus, torcendo as pontas do bigode. Ah, se você pudesse ouvir Mick Lacy cantando! Pobre Mick Lacy! Ele usava uns floreios e uns ornatos que eu não consigo fazer. Aquele garoto sabia cantar um *come-all-you.*

---

* São a juventude e a loucura / Que levam os rapazes a se casar; / Então, amor, não vou mais / Ficar aqui. / O que não pode ser remediado, claro, / Precisa ser ferido, claro, / Então eu vou para a / América. // Minha amada é bonita, / Minha amada é formosa: / É como um bom uísque / Enquanto é novo; / Mas quando envelhece / E se torna frio, / Desaparece e morre / Como o orvalho da montanha. (N.E.)

O sr. Dedalus pediu *drisheens* para o desjejum e durante a refeição interrogou o garçom em busca de notícias locais. Durante a maior parte do tempo os dois tiveram um mal-entendido em relação ao nome, que o garçom atribuía ao portador de então e o sr. Dedalus ao pai ou talvez ao avô.

– Bem, espero que não tenham mudado o Queen's College de lugar, disse o sr. Dedalus, porque eu quero mostrar o lugar para o meu filho aqui.

Ao longo da Mardyke as árvores floriam. Entraram no pátio da universidade e foram conduzidos pelo loquaz porteiro através do quadrângulo. No entanto o progresso em meio ao cascalho era interrompido a cada dez ou doze passos por um comentário do porteiro.

– Ah, não me diga! Então o pobre Pottlebelly morreu?

– Sim, senhor. Morreu.

Durante essas pausas Stephen permanecia de maneira desajeitada atrás dos dois homens, cansado do assunto e esperando inquieto que a lenta marcha recomeçasse. Quando terminaram de atravessar o quadrângulo essa inquietude tinha se transformado em um frenesi. Perguntava-se como o pai, um homem arguto e desconfiado, poderia deixar-se enganar pelos modos servis do porteiro; e o animado sotaque sulista que o havia distraído pela manhã inteira de repente passou a irritar-lhe os ouvidos.

Passaram ao teatro de anatomia onde o sr. Dedalus, com a ajuda do porteiro, vasculhou as carteiras em busca de suas inicias. Stephen permaneceu em segundo plano, mais deprimido do que nunca pela escuridão e pelo silêncio do teatro e pela atmosfera de estudo formal incansável que aparentava. Na carteira logo em frente pôde ler a palavra *Feto* entalhada diversas vezes na madeira escura e manchada. A lenda repentina pôs-lhe o sangue a ferver: teve a impressão de sentir os estudantes ausentes ao redor e de repelir essa companhia. Uma visão daquelas vidas, que as palavras do pai tinham sido insuficientes para evocar, surgiu diante de seus olhos graças à palavra entalhada na carteira. Um estudante de bigode e espáduas largas estava cortando as letras com um canivete, de rosto fechado. Outros alunos sentados ao redor davam risadas daquele trabalho manual. Alguém cutucou-lhe o cotovelo. O grande estudante virou-se, franzindo a testa. Trajava roupas cinzentas e botas creme.

O nome de Stephen foi chamado. Desceu às pressas os degraus do teatro para estar o mais longe possível daquela visão e, ao olhar de perto as iniciais do pai, sentiu o rosto enrubescer.

Mas a palavra e a visão brincavam diante de seus olhos enquanto fazia o caminho de volta através do quadrângulo em direção ao portão da universidade. Ficou chocado ao encontrar no mundo exterior um traço do que até então tinha imaginado ser uma moléstia brutal e individual em sua própria mente. Os recentes devaneios monstruosos fervilharam em seus pensamentos. Também haviam surgido, de maneira súbita e furiosa, a partir de simples palavras. Logo tratou de ceder e de permitir-lhes atravessar e humilhar seu intelecto, indagando sempre de onde vinham, de que covil de imagens monstruosas, e sempre fraco e humilde em relação aos outros, mas irrequieto e farto de si mesmo quando terminavam de passar.

– Ah, Meu Deus! Aquela é a Mercearia, tenho certeza!, gritou o sr. Dedalus. Você me ouviu falar umas quantas vezes da Mercearia, não é mesmo, Stephen? Muitas vezes íamos até lá quando tínhamos nossos nomes marcados, em um bando, Harry Peard e o pequeno Jack

Mountain e Bob Dyas e Maurice Moriarty, o Francês, e Tom O'Grady e Mick Lacy a respeito de quem eu falei hoje de manhã e Joey Corbet e o pobre Johnny Keevers da Vagabundagem.

As folhas das árvores ao longo da Mardyke balançavam e sussurravam ao sol. Um time de jogadores de críquete passou, jovens ágeis trajando calças de flanela e blazers, um deles com a longa bolsa verde do *wicket.* Em uma rua lateral tranquila uma banda composta por cinco músicos alemães com uniformes desbotados e metais amassados tocava para um público de crianças de rua e moços de recados desocupados. Uma criada de boné e avental brancos estava regando uma floreira em um parapeito que brilhava como uma prancha de calcário sob a luz quente. De outra janela aberta vinha o som de um piano, escala atrás de escala rumo às notas agudas.

Stephen caminhava ao lado do pai, escutando as histórias que já tinha ouvido antes, ouvindo mais uma vez os nomes dos arruaceiros mortos que tinham sido os companheiros de juventude do pai. E um leve enjoo suspirou em seu coração. Recordou-se da posição equívoca que havia ocupado em Belvedere, como um garoto livre, um líder com medo da própria autoridade, orgulhoso e sensível e desconfiado, batalhando contra a sordidez da vida e o tumulto dos pensamentos. As letras entalhadas na madeira manchada da carteira o haviam encarado, zombando da fragilidade física e dos entusiasmos fúteis e levando-o a se odiar por conta das próprias orgias desvairadas e imundas. O catarro na garganta tornou-se amargo e pungente demais para engolir e o leve enjoo acometeu-lhe o cérebro de maneira que por um instante fechou os olhos e caminhou no escuro.

Ainda podia ouvir a voz do pai.

– Quando você estiver cuidando do seu próprio nariz, Stephen – como me atrevo a dizer que você deve estar fazendo qualquer dia desses –, lembre-se de, independente do que estiver fazendo, manter-se na companhia dos cavalheiros. Eu já lhe disse que aproveitei bastante a minha juventude. Tive a companhia de sujeitos decentes. Cada um de nós sabia fazer alguma coisa diferente. Um tinha uma voz boa, outro era um bom ator, outro sabia cantar uma boa canção cômica, outro era um bom remador ou um bom jogador de tênis, outro sabia contar bem uma história e assim por diante. Mantivemos a bola rolando e aproveitamos a vida e vimos um pouco do mundo e não tivemos nenhuma sequela como resultado. Mas éramos todos cavalheiros, Stephen – pelo menos é o que espero –, e além do mais irlandeses bons e honestos. Esse é o tipo de gente com quem eu gostaria que você buscasse companhia, gente de boa índole. Digo essas coisas como amigo, Stephen. Não acredito em bancar o pai durão. Não acredito que um filho deva ter medo do pai. Não, eu o trato como o seu avô me tratava quando eu era rapaz. Mais parecíamos dois irmãos do que pai e filho. Eu nunca vou esquecer o dia em que ele me pegou fumando. Um belo dia eu estava no South Terrace com outros *maneens* como eu e claro que estávamos nos achando os tais porque tínhamos cachimbos enfiados no canto da boca. De repente o velho passou. Não disse uma palavra, e sequer deteve o passo. Mas no dia seguinte, um domingo, fomos dar um passeio juntos e quando estávamos voltando para casa ele pegou o estojo de charutos e disse: *A propósito, Simon, eu não sabia que você fumava:* ou alguma coisa parecida. Claro que tentei me safar da melhor forma possível. *Se você quer dar umas boas tragadas,* disse ele, *experimente um desses aqui. Um capitão americano me deu de presente noite passada em Queenstown.*

Stephen ouviu a voz do pai explodir em uma risada que era quase um choro.

– Ele era o homem mais bonito de Cork naquela época, eu juro! As mulheres costumavam se levantar para vê-lo na rua.

Stephen ouviu o choro ser engolido e abriu os olhos com um impulso nervoso. A luz do sol que de repente atingiu-lhe as vistas transformou o céu e as nuvens em um mundo fantástico de massas sombrias com lugares lacustres de luz rosado-escura. Ele sentia a cabeça fraca e doente. Mal conseguia interpretar as letras das placas nas lojas. A dizer pela forma monstruosa de conduzir a vida, dava a impressão de ter se colocado além dos limites da realidade. Nada o comovia e nada lhe dizia respeito no mundo real a não ser que fizesse soar um eco dos furiosos gritos em seu âmago. Não conseguia responder aos apelos terrestres ou humanos, surdo e insensível ao chamado do verão e da alegria e do companheirismo, cansado e entristecido pela voz do pai. Mal conseguia reconhecer os próprios pensamentos como sendo seus, e repetiu devagar para si mesmo:

– Eu sou Stephen Dedalus. Estou caminhando ao lado do meu pai Simon Dedalus. Estamos em Cork, na Irlanda. Cork é uma cidade. Nosso quarto fica no Victoria Hotel. Victoria e Stephen e Simon. Simon e Stephen e Victoria. Nomes.

As memórias da infância logo tornaram-se difusas. Ele tentou evocar momentos vívidos mas não conseguiu. Recordava apenas nomes: Dante, Parnell, Clane, Clongowes. Um menino tinha aprendido geografia com uma mulher que guardava duas escovas no guarda-roupas. Depois foi mandado para um colégio longe de casa. No colégio tinha feito a primeira comunhão e comido *slim jim* do boné de críquete e observado o lume do fogo saltar e dançar na parede de um pequeno quarto na enfermaria e sonhado que estava morto, que a missa estava sendo rezada pelo reitor com um pluvial preto e dourado, que estava sendo enterrado no pequeno cemitério da comunidade próximo à avenida principal ladeada por tílias. Mas não tinha morrido. Parnell tinha morrido. Não houvera nenhuma missa para os mortos na capela e nenhuma procissão. Ele não tinha morrido mas tinha desbotado como um filme ao sol. Tinha se perdido ou se afastado da existência para a qual não mais existia. Como era estranho pensar que havia deixado a existência para trás dessa forma, não por conta da morte mas desbotando ao sol ou sendo perdido e esquecido em algum lugar do universo! Era estranho ver aquele pequeno corpo reaparecer por um instante: um garotinho com um terno de cinto cinza. As mãos estavam nos bolsos laterais e as calças estavam presas por elásticos na altura dos joelhos.

No entardecer em que a propriedade foi vendida Stephen arrastou-se pela cidade atrás do pai de bar em bar. Para os vendedores no mercado, para os balconistas das tavernas, para os mendigos que o importunavam pedindo um trocado o sr. Dedalus contava a mesma história, dizendo que era um velho corkoniano, que por trinta anos havia tentado se livrar do sotaque de Cork em Dublin e que Peter Pickackafax era o filho mais velho mas que não passava de um imprestável de Dublin.

Os dois saíram pela manhã do café de Newcombe onde a xícara do sr. Dedalus havia tilintado em alto e bom som contra o pires, e Stephen havia tentado ocultar aquele vergonhoso sinal da bebedeira do pai durante a noite anterior mexendo a cadeira e tossindo. Uma humilhação era seguida pela outra: os falsos sorrisos dos vendedores no mercado, os pulinhos e as encaradas das garçonetes com quem o pai flertava, os elogios e incentivos dos amigos do pai. Disseram-lhe que parecia muito com o avô e o sr. Dedalus concordou em dizer que havia uma feiura similar. Haviam encontrado resquícios do sotaque de Cork na maneira como falava e obrigaram-no a admitir que o Lee era um rio bem mais bonito do que o Liffey. Um deles na tentativa de pôr-lhe o latim à prova fez com que traduzisse passagens curtas do Dilectus e perguntou se era correto dizer: *Tempora mutantur nos et mutamur in illis* ou *Tempora mutantur et nos mutamur in illis.* Outro, um homem cheio de vida que o sr. Dedalus chamava de Johnny Cashman, deixou-o extremamente confuso ao perguntar quais eram mais bonitas, as moças de Dublin ou de Cork.

– Ele não funciona assim, disse o sr. Dedalus. Deixe-o em paz. É apenas um rapaz com a cabeça no lugar que não se importa com esse tipo de bobagem.

– Então não puxou ao pai, disse o velhinho.

– Não sei de nada, disse o sr. Dedalus com um sorriso complacente.

– O seu pai, disse o velhinho a Stephen, foi um dos maiores galanteadores de Cork em nossa época. Você sabia?

Stephen olhou para baixo e examinou os azulejos no chão do bar onde haviam entrado.

– Pare de dar ideias para o menino, disse o sr. Dedalus. Deixe-o aos cuidados do Criador.

– *Yerra,* eu não dei ideia nenhuma. Tenho idade suficiente para ser o avô dele. Aliás, eu sou avô, disse o velhinho a Stephen. Você sabia?

– É mesmo?, perguntou Stephen.

– Por Deus que sou, disse o velhinho. Tenho dois netos saudáveis em Sunday's Well. Muito bem! Que idade você acha que eu tenho? Eu me lembro de ter visto o seu pai de casaco vermelho saindo a cavalo para buscar os cachorros. Foi antes de você nascer.

– É, ou pensado, disse o sr. Dedalus.

– Por Deus que lembro, repetiu o velhinho. E, além do mais, eu me lembro até de ter visto o seu bisavô, o velho John Stephen Dedalus, que era um brigão rabugento. Muito bem! Aí está uma boa lembrança para você!

– Mas isso são três gerações – quatro gerações, disse outro integrante da companhia. Ora, Johnny Cashman, você deve estar beirando um século.

– Bem, então vou contar a verdade, disse o velhinho. Eu tenho apenas vinte e sete anos.

– A idade está na cabeça, Johnny, disse o sr. Dedalus. Mas acabe o que você ainda tem aí e vamos beber mais uma. Ei, Tim ou Tom ou qualquer que seja o seu nome, mais uma rodada para nós aqui. Por Deus, eu me sinto como se tivesse dezoito anos! Meu filho que não tem sequer a metade da minha idade e sou um homem melhor do que ele em qualquer dia da semana.

– Vá com calma, Dedalus. Acho que está na hora de você dar um tempo, disse o cavalheiro que havia falado antes.

– Não, por Deus!, insistiu o sr. Dedalus. Me disponho a desafiá-lo cantando uma canção de tenor ou saltando por cima de uma porteira de cinco barras ou correndo com os cães soltos no campo como eu corri trinta anos atrás com Kerry Boy e o padrinho.

– Mas ele ganharia de você, disse o velhinho, dando um toque na testa e erguendo o copo antes de esvaziá-lo.

– Bem, espero que dê um homem bom como o pai. É tudo o que eu tenho a dizer, disse o sr. Dedalus.

– Se der, vai estar tudo certo, disse o velhinho.

– E graças a Deus, Johnny, disse o sr. Dedalus, pudemos viver bastante e fazer pouco estrago.

– Mas você fez muitas coisas boas, Simon, disse o velhinho em tom grave. Graças a Deus pudemos viver bastante e fazer muitas coisas boas.

Stephen observou os três copos serem erguidos do balcão enquanto o pai e os dois camaradas faziam um brinde aos velhos tempos. Um abismo de fortuna ou de temperamento o separava daquelas figuras. Os pensamentos que tinha pareciam mais antigos do que os deles: reluziam com um brilho frio sobre as batalhas e alegrias e remorsos como a lua sobre uma terra mais jovem. Nenhuma vida e nenhuma juventude o animava como animava a eles. Não tinha conhecido nem o prazer da companhia de outros nem o vigor da saúde masculina e rústica nem a devoção filial. Nada animava as profundezas de sua alma além de uma luxúria fria e cruel e desprovida de amor. A infância estava morta ou perdida junto com a alma capaz de alegrias singelas, e ele estava à deriva na vida como a casca estéril da lua.

Estás pálida da fadiga
De subir ao céu para olhar a terra
Sem uma companhia amiga...?

Repetiu para si mesmo os versos do fragmento de Shelley. A alternância de ineficácia humana com vastos ciclos de atividade inumana enregelou-o, e assim esqueceu as próprias tristezas humanas e ineficazes.

***

A mãe e o irmão de Stephen esperavam-no com um primo no canto do silencioso Foster Place enquanto pai e filho subiam os degraus ao longo da colunata onde a sentinela estava sempre a desfilar. Quando passaram ao interior do grande corredor e pararam diante do balcão Stephen sacou as ordens de pagamento no valor de trinta e três libras no banco da Irlanda; e essas somas, os dinheiros da exposição e do prêmio de ensaio, foram logo pagas pelo caixa em notas e em moedas respectivamente. Consignou-as aos bolsos com uma compostura fingida e permitiu ao amigável bancário, com quem o pai conversava, que lhe apertasse a mão e desejasse-lhe uma carreira brilhante na vida futura. Estava cheio daquelas vozes e não conseguia manter os pés parados. Mas o caixa fez questão de continuar se dedicando a servir os outros quando disse que estava vivendo em outra época e que não havia nada melhor do que oferecer a um rapaz a melhor educação que o dinheiro pudesse comprar. O sr. Dedalus permaneceu no corredor olhando para os lados e para o teto e dizendo a Stephen, que insistia em sair à rua, que estavam na casa dos comuns do velho parlamento irlandês.

– Que Deus nos ajude!, disse com profunda reverência, que diferença entre os homens daquela época, Stephen, Hely Hutchinson e Flood e Henry Grattan e Charles Kendal Bushe, e os nobres que temos hoje, os líderes do povo irlandês em nossa pátria e no estrangeiro. Ah, por Deus, eles não aceitariam ser enterrados em um campo de dez acres junto aos outros. Não, Stephen, meu velho, lamento dizer que são exatamente como aquela canção sobre uma bela manhã de maio no mês alegre de um doce julho.

Um forte vento de outubro soprava na rua. As três figuras postadas na beira do caminho enlameado tinham as bochechas coradas e os olhos úmidos. Stephen olhou para as parcas roupas da mãe e lembrou-se de que uns dias antes tinha visto um manto a vinte guinéus na vitrine da Barnardo's.

– Bem, está feito, disse o sr. Dedalus.

– É melhor irmos jantar, disse Stephen. Onde?

– Jantar?, perguntou o sr. Dedalus. Bem, acho que é o melhor, não?

– Em um lugar não muito caro, disse a sra. Dedalus.

– No Underdone's?

– Pode ser. Um lugar tranquilo.

– Venham, disse Stephen apressado. Não importa o preço.

Ele caminhou à frente com passos nervosos, sorrindo. Os pais tentaram acompanhá-lo, também sorrindo ao perceber tamanho entusiasmo.

– Vá com calma, como um bom rapaz, disse o pai. Não estamos correndo os oitocentos metros rasos, certo?

Por algum motivo lúdico o dinheiro dos prêmios correu por entre os dedos de Stephen. Grandes pacotes de mantimentos e quitutes e frutas secas chegaram da cidade. Todos os dias ele providenciava o cardápio da família e toda noite levava um grupo de três ou quatro ao teatro para assistir a *Ingomar* ou a *The Lady of Lyons*. Nos bolsos do casaco levava quadradinhos de chocolate vienense para os convidados enquanto os bolsos das calças avolumavam-se com as moedas de prata e de cobre. Comprou presentes para todos, reformou o quarto, escreveu resoluções, deslocou os livros para cima e para baixo das prateleiras, examinou toda sorte de listas de preços, desenvolveu uma espécie de *commonwealth* para a família em que cada integrante recebeu um cargo, pediu um empréstimo bancário e empurrou empréstimos a tomadores dispostos para que pudesse ter o prazer de fazer recibos e calcular os juros sobre as quantias emprestadas. Quando não sabia mais o que fazer começou a andar de um lado para o outro da cidade nos bondes. Então a temporada de recreio chegou ao fim. O pote de esmalte cor-de-rosa acabou e o lambril do quarto permaneceu com uma pintura inacabada e mal executada.

A casa voltou à antiga maneira de viver. A mãe não teve mais razões para repreendê-lo por desperdiçar o dinheiro. Ele também retornou à velha vida na escola e todas as novas empresas desmoronaram. A *commonwealth* desmoronou, o banco de empréstimos fechou os cofres e os livros com uma perda notável, as regras da vida que ele havia estabelecido para si mesmo caíram em desuso.

Como aquela meta fora estúpida! Havia tentado construir um quebra-mar de ordem e elegância contra a sórdida maré da vida ao redor e represar, usando regras de boa conduta e interesses ativos e novas relações filiais, a poderosa recorrência das marés em seu âmago. Inútil. Por fora e por dentro a água havia subido além das barreiras e transbordado: mais uma vez as marés começaram a se agitar com força acima do molhe decrépito.

Ele viu claramente o próprio isolamento fútil. Não havia dado um passo sequer em direção às vidas das quais esperava se aproximar nem vencido a vergonha e o rancor implacáveis que o separavam da mãe e do irmão e da irmã. Sentia que mal compartilhava com eles o mesmo sangue, que antes mantinha a relação mística de uma adoção, entre o filho adotado e o irmão adotado.

Ansiava por aplacar os desejos febris do coração diante dos quais todo o restante parecia inútil e estranho. Pouco importava que estivesse vivendo no pecado mortal, que a vida tivesse se transformado em uma trama de subterfúgios e falsidades. Comparado ao desejo febril de realizar as enormidades sobre as quais ponderava nada era sagrado. Aguentava com ceticismo os detalhes vergonhosos dos tumultos secretos em que exultava ao conspurcar lentamente qualquer imagem que lhe houvesse atraído o olhar. Durante o dia e a noite movia-se em meio a imagens distorcidas do mundo exterior. Uma figura que durante o dia parecera tímida e inocente retornava à noite em meio à escuridão serpenteante do sono, com o rosto transfigurado por uma malícia astuta, os olhos brilhando com uma alegria brutal. Porém a manhã o atormentava com a memória distante de um tumulto escuro e orgiástico, uma sensação intensa e humilhante de transgressão.

Ele retomou as perambulações. Os entardeceres velados do outono levavam-no de rua a rua como anos atrás haviam-no levado ao longo das silenciosas avenidas de Blackrock. Mas nenhuma visão de jardins bem-cuidados ou de luzes aconchegantes nas janelas o influenciava agora. Somente às vezes, durante as pausas do desejo, quando a luxúria que o devastava cedia a vez a um langor mais suave, a imagem de Mercedes atravessava o pano de fundo da memória. Então tornava a ver a pequena casa branca e o jardim de roseiras e a estrada que levava às montanhas e lembrava-se do gesto orgulhoso e triste de abnegação que haveria de fazer naquele lugar, de pé ao lado dela em um jardim enluarado após muitos anos de afastamento e aventura. Nesses momentos os suaves discursos de Claude Melnotte vinham-lhe aos lábios e apaziguavam-lhe a inquietude. Sentiu-se tocado por uma premonição do encontro amoroso e, apesar da terrível realidade que se interpunha entre a esperança de então e a de agora, do encontro sagrado que tinha imaginado, no qual a timidez e a inexperiência haveriam de abandoná-lo.

Esses momentos passavam e os devastadores fogos da luxúria voltavam a queimar. Os versos subiam-lhe aos lábios e os gritos inarticulados e as brutais palavras não ditas jorravam do cérebro para abrir passagem. O sangue estava revolto. Ele andava de um lado para o outro pelas ruas escuras e úmidas espiando em meio à penumbra de becos e portas, escutando com avidez em busca de um som qualquer. Gemia para si mesmo como um animal à espreita frustrado. Queria pecar com uma semelhante, forçar outro ser a pecar com ele e exultar com ela nesse pecado. Ele sentia uma presença sombria aproximando-se irresistivelmente desde a escuridão, uma presença sutil e murmurante como uma enchente que o preenchia por completo. Esse murmúrio cercou--lhe os ouvidos como o murmúrio de uma multidão que dorme; as correntes sutis penetraram-lhe o ser. As mãos crisparam-se em um gesto convulsivo e os dentes rangeram enquanto sofria a agonia da penetração. Ele estendeu os braços para agarrar-se à frágil e desmaecida forma que o frustrava e o incitava: e o grito que havia sufocado por tanto tempo na garganta enfim brotou de seus lábios. Explodiu como o uivo de desespero saído de um inferno de sofredores e morreu como um uivo de súplica furiosa, um grito por um abandono iníquo, um grito que não era mais do que o eco de uma garatuja obscena que tinha lido na parede fétida de um urinol.

Ele havia perambulado até chegar em um labirinto de ruas estreitas e imundas. Dos becos sórdidos ouvia explosões de tumultos roucos e vozes contenciosas e melodias arrastadas de cantores bêbados. Caminhava sempre adiante, sem deixar-se abater, pensando em por que teria adentrado o bairro judeu. Mulheres e meninas vestidas com longos e festivos vestidos atravessavam a rua de uma casa para a outra. Estavam perfumadas e muito à vontade. Um tremor tomou conta dele, e os olhos velaram-se. O lume amarelado das bicas de gás surgiu diante da visão perturbada que tinha ao fundo o céu vaporoso, queimando como que diante de um altar. Em frente às portas e nos vestíbulos iluminados grupos estavam reunidos e trajados como que para a execução de um rito. Ele estava em outro mundo: tinha despertado de um sono de séculos.

Estava parado no meio da rua, com o coração a clamar contra o peito em tumulto. Uma jovem vestida com um longo vestido cor-de-rosa pousou a mão no braço dele para detê-lo e encarar-lhe o rosto. Disse alegremente:

– Boa noite, meu caro Willie!

O quarto era quente e bem-iluminado. Uma enorme boneca permanecia de pernas abertas na copiosa poltrona ao lado da cama. Ele tentou coagir a língua a falar para que parecesse estar à vontade, observando-a enquanto despia o vestido, percebendo os movimentos intencionais e orgulhosos da cabeça perfumada.

Enquanto permanecia em silêncio no meio do recinto ela se aproximou e o abraçou com um gesto alegre e grave. Os braços roliços prenderam-no firme junto a ela e ele, ao deparar-se com aquele rosto erguido em uma expressão de seriedade tranquila e sentir as tranquilas ondulações daquele seio acabou sucumbindo a um choro histérico. Lágrimas de júbilo e de alívio brilharam nos olhos extasiados e os lábios se entreabriam mas não conseguiam falar.

Ela passou a mão tilintante entre os cabelos dele, chamando-o de pequeno patife.

– Me beije, disse.

Os lábios dele não se inclinaram para beijá-la. Ele queria ganhar um abraço firme daqueles braços, receber carícias lentas, lentas, e lentamente nos braços dela sentiu que de repente havia se tornado um homem destemido e confiante. Mas os lábios dele não se inclinaram para beijá-la.

Com um movimento repentino ela inclinou a cabeça e uniu os próprios lábios aos dele e ele leu o significado daqueles movimentos no olhar sincero e alegre. Aquilo era demais para ele. Fechou os olhos, entregando-se a ela, de corpo e alma, alheio a tudo o que existia no mundo a não ser a pressão sombria dos lábios macios que se abriam. Exerciam no cérebro uma pressão idêntica à que exerciam nos lábios como se fossem o veículo de um idioma vago; e entre ambos ele sentiu uma pressão desconhecida e tímida, mais sombria do que a sede do pecado, mais suave do que os sons ou cheiros.

III

O ENTARDECER LIGEIRO DE DEZEMBRO chegou dando cambalhotas como um palhaço ao final do dia e, enquanto Stephen olhava para o outro lado da aborrecida vidraça na sala de aula, sentia a barriga implorar por comida. Tinha a esperança de que houvesse cozido para o jantar, nabos e cenouras e batatas machucadas e gordos pedaços de cordeiro servidos com um molho grosso e apimentado e engrossado com farinha. Se estufe, aconselhou a barriga.

Seria a noite escura de um segredo. Quando a noite caísse ainda cedo as lâmpadas iluminariam, aqui e acolá, o sórdido bairro dos bordéis. Ele seguiria um curso errante para cima e para baixo das ruas, andando em círculos cada vez mais próximos em um tremor de medo e alegria, até que os pés de repente o levassem a dobrar em uma esquina escura. As putas estariam saindo das casas e se aprontando para a noite, bocejando preguiçosamente depois de tirar um cochilo e de ajeitar os alfinetes nos cabelos. Ele passaria por elas calmamente enquanto aguardava um movimento repentino da própria vontade ou um chamado repentino à própria alma pecaminosa vindo daquelas carnes perfumadas. Porém, enquanto perambulava em busca desse chamado, os sentidos, embotados por esse único desejo, percebiam de maneira aguda tudo o que os feria ou os envergonhava; os olhos, um anel de espuma de *porter* em uma mesa descoberta ou dois soldados em posição de sentido ou um programa teatral espalhafatoso; as orelhas, o jargão arrastado dos cumprimentos:

– Olá, Bertie, pensando em alguma coisa boa?

– É você, pombinho?

– Número dez. A Nelly está aguardando você toda cheirosa.

– Boa noite, marido! Não quer entrar por um instante?

A equação na página do caderno de repente começou a abrir uma cauda em leque, com olhos e estrelas, como a de um pavão; e, quando os olhos e as estrelas desses índices tinham sido eliminados, começou aos poucos a se fechar novamente. Os índices que apareciam e desapareciam eram olhos que se abriam e se fechavam; e os olhos que se abriam e se fechavam eram estrelas nascendo e se extinguindo. O vasto ciclo de vida estelar levou sua vida cansada para fora em direção aos limites e para dentro em direção ao centro, com uma música distante a acompanhá-lo para fora e para dentro. Que música? A música chegou mais perto e ele recordou as palavras, as palavras do fragmento de Shelley sobre a lua que vaga pálida de fadiga sem uma companhia amiga. As estrelas começaram a desmoronar e uma nuvem de fina poeira estelar caiu pelo espaço.

A luz baça caiu mais suave na página onde uma outra equação começou a se desdobrar aos poucos e a abrir a cauda em leque. Era a própria alma de Stephen avançando rumo à experiência, desdobrando-se pecado a pecado, abrindo a fogueira das estrelas chamejantes e se fechando outra vez, esmaecendo devagar, apagando as próprias luzes e fogos. Foram todos apagados: e a escuridão fria preencheu o caos.

Uma indiferença lúcida e fria reinava em sua alma. Com o primeiro pecado violento ele havia sentido uma onda de vitalidade deixá-lo e temeu que o corpo ou a alma pudessem ser mutilados pelo excesso. Em vez disso a onda vital levou-o na crista para fora de si mesmo e então de volta para dentro ao retornar: e nenhuma parte do corpo ou da alma fora mutilada, mas uma paz sombria havia se estabelecido entre os dois. O caos em que esse ardor se extinguiu era um conhecimento frio e indiferente de si mesmo. Ele havia cometido um pecado mortal não apenas uma mas diversas vezes e sabia que, embora arriscasse a danação eterna apenas em função do primeiro pecado, a cada pecado ulterior multiplicava a culpa e o castigo. Os dias e os trabalhos e os pensamentos não podiam servir como expiação, uma vez que as fontes da graça santificadora haviam cessado de lhe refrescar a alma. No máximo, ao dar esmolas para um mendigo de cuja bênção fugiu, poderia nutrir a esperança de ganhar um pouco de graça legítima. A devoção tinha sido jogada ao mar. De que adiantaria rezar quando sabia que a alma desejava a própria destruição? Um certo orgulho, uma certa reverência o impediam de oferecer a Deus sequer uma única prece à noite embora soubesse que Deus tinha o poder de tirar-lhe a vida durante o sono e lançar sua alma ao inferno antes que pudesse implorar por misericórdia. O orgulho do pecado e a reverência desamorosa em relação a Deus diziam-lhe que a ofensa era grave demais para que se deixasse perdoar em todo ou em parte por uma falsa homenagem ao Onividente e Onisciente.

– Muito bem, Ennis, você tem uma cabeça mas a minha bengala também! Você quer me dizer que não sabe me dizer o que é um número irracional?

A resposta atrapalhada atiçou as brasas do desprezo pelos colegas. Em relação aos outros não sentia vergonha nem medo. Nas manhãs de domingo quando passava em frente à porta da igreja ele lançava um olhar frio em direção aos devotos que ficavam de cabeça descoberta, em quatro fileiras, no lado de fora da igreja, moralmente presentes à missa que não conseguiam ver nem ouvir. Aquela devoção aborrecida e o cheiro enjoativo do óleo de cabelo barato com que untavam as cabeças repeliam-no do altar em que rezavam. Ele se dobrava perante o mal da hipocrisia em relação aos outros, cético quanto à inocência que se revelava com tanta facilidade.

Na parede do quarto tinha pendurado um pergaminho iluminado, o certificado do posto de prefeito no colégio da Congregação Mariana. Nas manhãs de domingo quando a congregação se encontrava na capela para fazer um pequeno recital o lugar que ocupava era um genuflexório acolchoado à direita do altar de onde coordenava os responsos em uma nave cheia de garotos. A falsidade da posição não o perturbava. Se em certos momentos sentia um impulso de se erguer do posto de honra e, depois de confessar a todos o próprio desvalor, abandonar a capela, um olhar lançado àqueles rostos o dissuadia. A imagética dos salmos da profecia acalmava-lhe o orgulho estéril. As glórias de Maria aprisionavam-lhe a alma: o nardo e a mirra e o incenso, simbolizando o valor dos presentes de Deus para sua alma, as vestes suntuosas, que simbolizam a linhagem real, os emblemas, as plantas temporãs e as árvores temporãs, que simbolizam o crescimento gradual e constante do culto entre os homens. Quando lhe tocava ler o ensinamento no final do ofício ele lia com a voz velada, embalando a consciência ao som daquela música.

> *Quasi cedrus exaltata sum in Libanon et quasi cupressus in monte Sion. Quasi palma exaltata sum in Gades et quasi plantatio rosae in Jericho. Quasi uliva speciosa in campis et quasi platanus exaltata sum juxta aquam in plateis. Sicut cinnamomum et*

balsamum aromatizans odorem dedi et quasi myrrha electa dedi suavitatem odoris.

O pecado, que o havia ocultado à visão de Deus, levara-o para mais perto do refúgio dos pecadores. Os olhos dela pareciam encará-lo com uma piedade suave; aquela santidade, uma estranha luz que cintilava de leve ao redor da carne frágil, não humilhava o pecador que havia se aproximado. Se algo o havia levado a sentir o ímpeto de abandonar o pecado e de se arrepender dos impulsos que o moviam, era o desejo de ser o cavaleiro dela. Se alguma vez sua alma, ao retornar timidamente à morada depois de satisfazer a luxúria do corpo, se voltou àquela cujo emblema é a estrela matutina, *clara e musical, versando sobre o céu e distribuindo a paz*, foi quando os nomes dela eram murmurados a voz mansa por lábios com o travo de palavras rudes e vergonhosas, o próprio sabor de um beijo lascivo.

Era estranho. Ele tentou pensar como podia uma coisa daquelas mas o entardecer, se adensando na sala de aula, toldou-lhe os pensamentos. O sino tocou. O professor marcou os problemas a serem resolvidos para a aula seguinte e saiu. Heron, ao lado de Stephen, começou a cantarolar sem melodia.

*My excellent friend Bombados.**

Ennis, que tinha ido ao urinol, voltou, dizendo:

– O garoto da casa está subindo para falar com o reitor.

Um garoto alto que estava atrás de Stephen esfregou as mãos e disse:

– Foi um golpe de sorte. Podemos vagabundear uma hora inteira. Ele não vai voltar antes da uma e meia.

* Meu excelente amigo Bombados. (N.E.)

Depois você pode fazer as perguntas sobre o catequismo, Dedalus.

Stephen, escorado para trás enquanto desenhava qualquer coisa no caderno, ouvia a conversa ao redor que Heron interrompia de tempos em tempos dizendo:

– Cale a boca, pode ser? Não faça um escândalo desses!

Também era estranho que desfrutasse dos prazeres áridos que consistiam em acompanhar até o fim as rígidas linhas das doutrinas da igreja e em penetrar silêncios obscuros apenas para ouvir e sentir de forma ainda mais profunda a própria condenação. A frase em que São Tiago afirma que aquele que atenta contra um mandamento torna-se culpado de todos os demais havia parecido uma frase feita até que começou a tatear no escuro da situação em que se encontrava. Da semente maligna da luxúria todos os outros pecados mortais haviam nascido: o orgulho de si mesmo e o desprezo pelos outros, o desejo de usar dinheiro para a compra de prazeres criminosos, a inveja daqueles cujos vícios não podia alcançar e os murmúrios caluniosos contra os devotos, o prazer encontrado na glutonice, a intensa raiva contida em meio à qual meditava sobre o próprio desejo, o pântano de inércia espiritual e corpórea a que todo o próprio ser havia se reduzido.

Enquanto permanecia sentado no banco observando calmamente o semblante astuto e rude do reitor os pensamentos revolviam-se em torno das curiosas questões que se interpunham. Se um homem tivesse roubado uma libra durante a juventude e usado essa libra para acumular uma enorme fortuna, quanto teria de devolver, apenas a libra roubada ou a libra somada a todos os juros compostos acumulados ou toda a enorme fortuna? Se um leigo durante um batismo derrama a água antes de dizer as palavras a criança está batizada? O batismo com água mineral é válido? Como pode a primeira beatitude prometer o reino dos céus para os pobres de coração enquanto a segunda beatitude promete também aos fracos a posse da terra? Por que o sacramento da eucaristia foi instituído sob os dois tipos de pão e de vinho se Jesus Cristo se encontra presente em carne e sangue, alma e divindade, no pão sozinho e no vinho sozinho? Será que uma partícula minúscula do pão consagrado contém todo o corpo e todo o sangue de Jesus Cristo ou apenas uma parte do corpo e uma parte do sangue? Se o vinho se transforma em vinagre e a hóstia se esfarela e estraga após a consagração, Jesus Cristo segue presente nessas espécies como Deus e homem?

– Aqui está ele! Aqui está ele!

Um garoto postado junto à janela tinha visto o reitor sair do prédio. Todos os catequismos foram abertos e todas as cabeças inclinaram-se por cima deles em silêncio. O reitor entrou e sentou-se no púlpito. Um leve chute do garoto alto no banco de trás incitou Stephen a fazer uma pergunta difícil.

O reitor não pediu para ouvir a lição do catequismo. Simplesmente enlaçou as mãos em cima da escrivaninha e disse:

– O retiro vai começar na tarde de quarta-feira em honra a São Francisco Xavier, cujo dia é sábado. O retiro vai se estender de quarta-feira a sexta-feira. Na sexta-feira as confissões sertão ouvidas durante a tarde inteira após os rosários. Se qualquer garoto tiver um confessor especial, o melhor é não mudar. A missa vai ser celebrada na manhã de sábado às nove horas, com comunhão geral para todo o colégio. O sábado vai ser um dia livre. O domingo também, claro. Mas com o sábado livre e o domingo livre talvez certos garotos estejam dispostos a pensar que a segunda-feira também seria um dia livre. Tomem cuidado para não incorrer nesse erro. Acho que você, Lawless, é um tanto propenso a incorrer nesse erro.

– Eu, senhor? Por quê, senhor?

Um rumor de alegria silenciosa espalhou-se entre os garotos quando o reitor abriu um sorriso lúgubre. O coração de Stephen aos poucos começou a encolher e a desbotar de medo como uma flor ao murchar.

O reitor prosseguiu em tom grave:

– Imagino que vocês todos conheçam a história da vida de São Francisco Xavier, o patrono do nosso colégio. Ele nasceu em uma antiga e ilustre família espanhola, e como vocês sabem esteve entre os primeiros seguidores de Santo Inácio. Os dois se encontraram em Paris quando Francisco Xavier lecionava filosofia na universidade. Esse jovem e brilhante nobre e homem das letras mergulhou de coração e alma nas ideias do nosso glorioso fundador e, como vocês lembram, pediu a Santo Inácio que o mandasse pregar em meio aos indianos. Como vocês sabem, chamam-no de apóstolo das Índias. Foi de país em país do oriente, da África para a Índia e da Índia para o Japão batizando as pessoas. Contam que chegou a batizar dez mil idólatras em um único mês. Dizem também que o braço direito perdeu as forças de tantas vezes erguer sobre a fronte dos que foram batizados. Ele queria ir à China para ganhar ainda mais almas para Deus, porém morreu de febre na ilha de Sanchoão. Um grande santo, São Francisco Xavier! Um grande soldado de Deus!

O reitor fez uma pausa e então, depois de sacudir as mãos enlaçadas à frente do corpo, prosseguiu:

– Ele tinha uma fé capaz de mover montanhas. Dez mil almas ganhas para Deus em um único mês! Um feito digno de um verdadeiro conquistador, fiel ao lema da nossa ordem: *ad majorem Dei gloriam!* Um santo que comanda grandes poderes no céu, não esqueçam: o poder de interceder em nosso favor na tristeza, o poder de conseguir tudo o que pedimos em nossas orações para o bem da nossa alma e, acima de tudo, o poder de obter a graça do arrependimento para os que vivem no pecado. Um grande santo, São Francisco Xavier! Um grande pescador de almas!

Ele parou de sacudir as mãos enlaçadas e, depois de pousá-las sobre a testa, lançou aos ouvintes à esquerda e à direita um olhar penetrante daqueles olhos escuros e austeros.

No silêncio aquele fogo escuro fez com que o crepúsculo resplandecesse com um brilho marrom. O coração de Stephen murchou como uma flor do deserto que sente o simum chegar de longe.

***

– *Em tudo o que fazes, lembra-te de teu fim e jamais pecarás* – essas palavras foram retiradas, meus caros irmãos em Cristo, do livro de Eclesiastes, capítulo sete, versículo quarenta. Em nome do pai do filho e do Espírito Santo. Amém.

Stephen estava sentado no primeiro banco da capela. O Padre Arnall estava sentado em uma mesa à esquerda do altar. Tinha ao redor dos ombros um pesado manto; o rosto pálido estava sisudo e a voz quebrada pelo catarro. A figura desse velho mestre, ressurgida de maneira tão estranha, trouxe a Stephen recordações da vida em Clongowes: os amplos pátios tomados pelos garotos, a fossa, o pequeno cemitério próximo à avenida principal ladeada por tílias onde tinha sonhado que o enterravam, o lume do fogo na parede da enfermaria onde havia convalescido, o rosto triste do irmão Michael.

Sua alma, quando essas memórias retornaram, tornou-se mais uma vez a alma de um menino.

– Estamos reunidos hoje aqui, meus caros irmãos em Cristo, por um breve instante longe da correria do mundo lá fora para celebrar e honrar um dos nossos santos mais importantes, o apóstolo das Índias, e também o santo padroeiro do nosso colégio, São Francisco Xavier. Ano após ano, por muito mais tempo do que qualquer um de vocês possa lembrar, meus caros, os meninos desse colégio se encontram nessa mesma capela para fazer um retiro anual enquanto aguardam o dia do nosso santo padroeiro. O tempo passou e trouxe consigo as mudanças. Mesmo nos últimos anos houve mudanças que a maioria de vocês não recorda. Muitos dos meninos que sentavam nas primeiras fileiras poucos anos atrás hoje podem estar em terras distantes, nos trópicos escaldantes ou mergulhados em deveres profissionais ou atravessando as vastas dimensões das profundezas, ou podem ainda ter sido chamados pelo grande Deus para a outra vida onde hão de servi-lo como administradores. E enquanto os anos passam, trazendo junto mudanças boas e más, a memória do nosso grande santo é honrada pelos meninos desse colégio que todo ano fazem um retiro nos dias que precedem o dia estabelecido pela nossa sagrada mãe a igreja para transmitir a todas as idades o nome e a fama de um dos mais ilustres filhos da Espanha católica.

– Mas o que significa a palavra *retiro* e por que é uma prática extremamente salutar para todos os que desejam levar uma vida verdadeiramente cristã perante Deus e aos olhos dos homens? Um retiro, meus caros, significa um afastamento temporário da nossa rotina, da rotina desse mundo frenético, para que possamos examinar o estado de nossa consciência, refletir sobre os mistérios da sagrada religião e entender melhor por que estamos aqui nesse mundo. Durante esses poucos dias eu pretendo apresentar a vocês alguns pensamentos a respeito das quatro últimas coisas. Como vocês aprenderam com o catequismo, essas coisas são a morte, o julgamento, o céu e o inferno. Vamos tentar entendê-las por completo durante esses poucos dias para que mediante essa compreensão possamos colher benefícios duradouros para as nossas almas. E lembrem-se, meus caros, de que viemos a esse mundo por um e apenas um motivo: para fazer a vontade sagrada de Deus e salvar as nossas almas imortais. Nada mais tem valor. Uma única coisa é necessária: a salvação da nossa alma. De que adianta ao homem ganhar o mundo inteiro mas arruinar a própria alma imortal? Acreditem, meus caros, que não há nada nesse mundo desgraçado que possa compensar essa perda.

– Portanto, meus caros, peço a todos que durante esses dias tirem da cabeça todos os pensamentos mundanos, que digam respeito a estudos ou prazeres ou ambições, e devotem toda a atenção ao estado das almas de vocês. Não preciso lembrá-los de que durante os dias do retiro espera-se que todos os meninos comportem-se de maneira discreta e devota e se afastem de todos os prazeres ruidosos e impróprios. Os meninos mais velhos, claro, vão perceber que esse costume não é transgredido, e eu conto com o apoio especial dos prefeitos e dignitários da Congregação Mariana e da Congregação dos Santos Anjos para dar o bom exemplo aos demais colegas.

– Sendo assim, vamos dedicar esse retiro à honra de São Francisco com todo o nosso coração e todos os nossos pensamentos. Assim a bênção de Deus vai se derramar sobre os estudos de todos vocês ao longo desse ano todo. Mas, acima de tudo, desejo que esse retiro possa ser lembrado no futuro, quando vocês talvez estejam longe desse colégio em um lugar muito diferente, que possa ser lembrado com alegria e gratidão para que vocês agradeçam a Deus por ter lhes dado a oportunidade de lançar a pedra fundamental de uma vida cristã devota honrada e produtiva. E caso haja entre nós uma alma triste que tenha sofrido a desgraça inefável de perder a graça divina de Deus e sucumbir às angústias do pecado eu acredito e rezo com todas as minhas forças para que esse retiro possa trazer a mudança para essa alma. Rezo a Deus através dos méritos do diligente servo Francisco Xavier para que essa alma seja conduzida ao arrependimento sincero e que a sagrada comunhão no dia de São Francisco nesse ano possa ser um pacto duradouro entre Deus e essa alma. Para os justos e os injustos, para os santos e os pecadores, que esse retiro possa ser uma ocasião memorável.

– Ajudem-me, meus caros irmãos em Cristo. Ajudem-me com a atenção reverente, com a própria devoção de vocês, com a maneira de se portar. Tirem da cabeça todos os pensamentos mundanos e pensem apenas nas últimas coisas, a morte, o julgamento, o inferno e o céu. Quem se lembra dessas coisas, diz o Eclesiastes, não há de pecar para sempre. Quem se lembra dessas coisas age e pensa tendo-as diante dos olhos. Vive uma boa vida e morre uma boa morte, acreditando e sabendo que, depois de tanto sacrifício nessa vida terrena, há de receber uma recompensa cem e mil vezes maior na vida vindoura, no reino sem fim – uma bênção, meus caros, que desejo a todos vocês do fundo do meu coração, a todos e a cada um de vocês, em nome do Pai, do Filho e do Espírito Santo. Amém.

Enquanto Stephen caminhava para casa na silenciosa companhia dos colegas uma densa névoa pareceu envolver seus pensamentos. Esperou com os pensamentos embotados até que se dissipasse e revelasse o que havia ocultado. Jantou sem apetite e, quando a refeição terminou e os pratos engordurados foram abandonados em cima da mesa, levantou-se e foi até a janela, limpando a escuma grossa que tinha na boca com a língua e lambendo-a dos lábios. Então havia se rebaixado ao estado do animal que lambe os bigodes depois da carne. Era o fim; e um tênue vislumbre de medo começou a atravessar a névoa dos pensamentos. Apertou o rosto contra o vidro da janela e olhou para a rua cada vez mais escura. Vultos passavam de um lado para outro em meio à luz baça. E aquilo era a vida. As letras do nome de Dublin pairavam com peso acima de seus pensamentos, empurrando umas às outras para lá e para cá com uma insistência grosseira. A alma dele aos poucos engordava e solidificava-se em uma graxa grossa, que afundava cada vez mais fundo no medo difuso de um entardecer sombrio e ameaçador, enquanto o corpo permanecia inerte e desonrado, olhando com olhos obscurecidos, indefeso, perturbado e humano perante o olhar de um deus bovino.

O dia seguinte trouxe a morte e o julgamento, e assim dissipou lentamente o desespero inerte em sua alma. O tênue vislumbre de medo tornou-se um espírito de terror quando a voz rouca do pregador soprou-lhe a morte para dentro da alma. Ele sofreu essa agonia. Sentiu a morte gélida tocar-lhe as extremidades do corpo e subir rumo ao coração, o filme da morte velar-lhe os olhos, os centros luminosos do cérebro extinguirem-se um após o outro como lâmpadas, o último suor porejar sobre a pele, a impotência dos apêndices moribundos, a fala pastosa devanear e perder-se, o coração palpitar cada vez mais de leve, quase vencido, e o fôlego, o pobre fôlego, o pobre espírito humano indefeso, soluçando e suspirando, arquejando e estertorando na garganta. Não havia o que fazer! Não havia o que fazer! Ele, ele mesmo, o corpo a que havia se entregado estava morrendo. Para o túmulo! Preguem-no dentro de um caixão de madeira, o cadáver. Levem-no para fora da casa nos ombros de serviçais. Joguem-no longe dos olhos mortais em um longo buraco no chão, no túmulo, para que apodreça, para que alimente as massas de vermes rastejantes e seja devorado por ratos ligeiros com a barriga inchada.

E enquanto os amigos permaneciam chorando ao lado da cama a alma do pecador era julgada. No último instante de consciência toda a vida terrena passava ante os olhos da alma e, antes que tivesse tempo para refletir, o corpo havia morrido e a alma se via aterrorizada perante o trono do julgamento. Deus, que por muito tempo havia demonstrado misericórdia, seria justo. Por muito tempo havia mantido a paciência, suplicando para a alma pecadora, dando-lhe tempo para se arrepender, poupando-a mais um pouco. Mas esse tempo havia acabado. O tempo servia para pecar e aproveitar a vida, o tempo servia para debochar de Deus e dos alertas emitidos pela santa igreja, o tempo servia para desafiar a majestade Dele, para desobedecer Seus comandos, para ludibriar os semelhantes, para cometer pecado atrás de pecado e pecado atrás de pecado e para ocultar a própria corrupção aos olhos dos homens. Mas esse tempo havia chegado ao fim. Agora era a vez de Deus: e Ele não seria manipulado ou ludibriado. Todos os pecados sairiam dos esconderijos, os mais rebeldes contra a vontade divina e os mais degradantes para a nossa pobre natureza corrupta, a menor imperfeição e a mais horrenda atrocidade. De que adiantaria ter sido um grande imperador, um grande general, um inventor genial, o mais erudito dentre os eruditos? Dava tudo na mesma perante o trono do julgamento de Deus. Ele recompensaria os bons e puniria os maus. Um único instante bastaria para que julgasse a alma de um homem. Um único instante após a morte do corpo a alma era pesada na balança. Esse julgamento individual terminava e a alma seguia rumo à morada da alegria ou à prisão do purgatório ou então era lançada aos gritos rumo ao inferno.

Mas não era tudo. A justiça de Deus precisava ainda ser honrada perante os homens: depois do julgamento individual restava ainda o julgamento geral. O derradeiro dia havia chegado. Era o dia do juízo. As estrelas do céu caíam sobre a terra como os figos lançados pela figueira que balança ao vento. O sol, o grande luminar do universo, havia se transformado em um saco de crina. A lua estava vermelho-sangue. O firmamento estava como um livro que se enrola. O arcanjo Miguel, príncipe da hoste celeste, refulgiu em uma glória terrível com o céu ao fundo. Com um pé no mar e o outro pé na terra fez soar na trombeta arcangelical a audaciosa morte do tempo. As três notas do anjo preencheram o universo inteiro. O tempo é e o tempo foi, porém não mais será. Na última nota as almas da humanidade universal avançam em multidão rumo ao vale de Josafá, ricas e pobres, gentis e simples, sábias e tolas, boas e más. As almas de todos os seres humanos que um dia existiram, as almas de todos aqueles que ainda hão de nascer, todos os filhos e filhas de Adão encontram-se reunidos no dia supremo. E eis que o supremo juiz se aproxima! Não mais o frágil Cordeiro de Deus, não mais o débil Jesus de Nazaré, não mais o Homem das Tristezas, não mais o Bom Pastor, Ele chega em meio às nuvens, em meio a um grande poder e a uma grande majestade, rodeado por nove coros de anjos, anjos e arcanjos, principados, poderes e virtudes, tronos e dominações, querubins e serafins,

Deus Onipotente, Deus Eterno. Ele fala: e a voz Dele é ouvida até mesmo nos confins do espaço, até mesmo no abismo sem fundo. Juiz supremo – da sentença Dele não há e não pode haver apelação. Ele chama os justos para o Seu lado, pedindo que adentrem o reino, o júbilo eterno, preparado para eles. Os injustos Ele afasta de Si, bradando na majestade ofendida: *Apartai-vos de mim, malditos, para o fogo eterno preparado para o diabo e para os seus anjos.* Ah que agonia para os pecadores desgraçados! O amigo é separado do amigo, o filho é separado dos pais, o marido da esposa. O pobre pecador estende os braços em direção àqueles que lhe eram caros nesse mundo terreno, àqueles cuja devoção simples talvez ridicularizasse, àqueles que o aconselharam e tentaram conduzi-lo ao caminho da verdade, a um irmão querido, a uma irmã carinhosa, à mãe e ao pai que tanto o amavam. Mas é tarde demais: os justos afastam-se das pobres almas condenadas que nesse instante revelam-se ao olhar de todos em toda a maldade e horror. Ó hipócritas, ó sepulcros caiados, ó vocês que apresentam ao mundo um rosto liso e sorridente enquanto a alma interior se transforma em um pântano de pecado, o que pretendem fazer nesse dia terrível?

E esse dia vai chegar, há de chegar, tem de chegar; o dia da morte e o dia do julgamento. O homem está fadado a morrer e depois da morte vem o julgamento. A morte é certa. O tempo e a maneira são incertos, sejam de longa doença ou de acidente súbito; o Filho de Deus vem na hora que você menos O espera. Esteja portanto sempre de prontidão, uma vez que você pode morrer a qualquer instante. A morte é o fim de todos nós. A morte e o juízo, trazidos ao mundo pelos pecados dos nossos primeiros pais, são os portais negros que encerram a nossa existência terrena, os portais que se abrem rumo ao desconhecido e ao invisível, portais através dos quais todas as almas devem passar, sozinhas, sem nenhuma ajuda a não ser a que oferecem as boas ações, sem amigos ou irmãos ou pais ou mestres para ajudá-la, sozinha e trêmula. Que esse pensamento esteja sempre em nossas mentes para que assim não possamos pecar. A morte, causa de terror para quem vive em pecado, é um momento de bênção para aquele que na vida trilha o caminho da verdade, cumprindo os deveres que lhe couberam em vida, observando as preces matutinas e vespertinas, aproximando-se com frequência do santo sacramento e fazendo obras boas e piedosas. Para o católico devoto e temente a Deus, para o homem justo, a morte não é motivo de terror. Não foi Addison, o grande escritor inglês, que, no leito de morte, mandou chamar o jovem conde de Warwick para mostrar como um cristão enfrenta o fim? Ele e somente ele, o cristão devoto e temente a Deus, pode dizer do fundo do coração:

> *Morte, onde está a tua vitória? Morte, onde está o teu aguilhão?*

Cada palavra foi para ele. Contra o pecado vil e oculto é que toda a ira divina se volta. A faca do pregador sondou fundo a consciência doente e agora ele sentia que a alma estava apodrecendo no pecado. É, o pregador tinha razão. A vez de Deus havia chegado. Como um animal na toca a alma do pecador se encolhia em meio à própria imundície mas as notas da trombeta angelical o haviam trazido da escuridão do pecado até a luz. As palavras do destino proclamadas pelo anjo despedaçaram em um instante essa paz imaginária. O vento do último dia soprou-lhe através dos pensamentos; os pecados, as prostitutas com olhos reluzentes que ocupavam-lhe os pensamentos fugiram diante do furacão, gritando como ratos aterrorizados e encolhidos sob um tufo de pelos.

Enquanto atravessava a praça no caminho para casa, a risada límpida de uma menina alcançou-lhe a orelha quente. O som alegre e frágil atingiu-lhe o coração com mais força que o soar de uma trombeta, e, sem atrever-se a erguer os olhos, ele se virou de lado e olhou, enquanto caminhava, para a sombra dos arbustos. A vergonha se ergueu do coração atingido e inundou-lhe todo o ser. A imagem de Emma apareceu à frente dele e, diante de seus olhos, a torrente de vergonha mais uma vez voltou a jorrar do coração. Se ela soubesse ao que os pensamentos dele a haviam sujeitado ou como a luxúria bruta havia despedaçado e espezinhado aquela inocência! Seria um amor juvenil? Seria um amor cortês? Seria poesia? Os detalhes sórdidos das orgias fediam-lhe debaixo do nariz: o maço de fotografias sujas de fuligem que havia escondido na chaminé da lareira e na presença de cuja concupiscência tímida ou desavergonhada ele permanecia por horas pecando com pensamentos e atos; os sonhos monstruosos, povoados por criaturas simiescas e prostitutas com olhos brilhantes como joias; as longas cartas pervertidas que havia escrito no júbilo de uma confissão de culpa e carregado em segredo por dias e mais dias apenas para jogá-las na grama sob o manto da noite em um recanto afastado de um pátio ou embaixo de uma porta sem dobradiças ou em algum nicho nas sebes onde uma garota pudesse vê-las enquanto passava para então as ler em segredo. Louco! Louco! Seria possível que tivesse feito essas coisas? Um suor frio brotou-lhe na testa à medida que as memórias pervertidas condensavam-se em seus pensamentos.

Quando a agonia da vergonha passou ele tentou erguer a própria alma da incapacidade abjeta em que se encontrava. Deus e a Virgem estavam longe demais: Deus era grande e austero demais e a Virgem era pura e sagrada demais. Mas imaginou que estava perto de Emma em um terreno amplo e, com humildade e lágrimas no rosto, curvou-se e beijou-lhe a manga na altura do cotovelo.

No terreno amplo e sob um céu terno e lúcido ao entardecer, com uma nuvem deslizando rumo ao ocidente em meio ao verde mar do céu, permaneceram juntos, crianças que haviam errado. O erro havia ferido profundamente a majestade de Deus embora fosse o erro de duas crianças, mas não tinha ofendido aquela cuja beleza *não é como a beleza terrena, perigosa de se ver, mas como a estrela matutina que é seu emblema, clara e musical.* Os olhos com que ela os encarou não estavam ofendidos nem encerravam qualquer reprimenda. Ela juntou as mãos dos dois e disse, falando-lhes ao coração:

– Deem-se as mãos, Stephen e Emma. Está um lindo entardecer no céu. Vocês erraram mas sempre foram minhas crianças. É um coração que ama outro coração. Deem-se as mãos, minhas crianças queridas, e vocês vão ser felizes e os corações de vocês vão se amar um ao outro.

A capela estava inundada pela difusa luz escarlate que filtrava pelas cortinas baixadas; e pela fissura entre a última cortina e a esquadria uma nesga de luz tênue entrava como uma lança e tocava o metal lavrado dos castiçais em cima do altar que brilhavam como a desgastada armadura de cota dos anjos.

A chuva caía sobre a capela, sobre o jardim, sobre o colégio. Choveria para sempre, em silêncio. A água subiria centímetro a centímetro, cobrindo a grama e os arbustos, cobrindo as árvores e as casas, cobrindo os monumentos e os picos das montanhas. Toda a vida seria asfixiada, em silêncio: pássaros, homens, elefantes, porcos, crianças: corpos flutuando em silêncio em meio aos destroços da ruína do mundo. Por quarenta dias e quarenta noites a chuva cairia até que as águas cobrissem toda a face da terra.

Poderia ser. Por que não?

– *O Xeol alarga sua goela; sua boca se abre desmesuradamente* – palavras retiradas, meus caros irmãos em Jesus Cristo, do livro de Isaías, capítulo cinco, versículo catorze. Em nome do Pai do Filho e do Espírito Santo. Amém.

O pregador tirou um relógio sem corrente de um bolso no interior da sotaina e, tendo meditado sobre o mostrador em silêncio por um instante, largou-o silenciosamente em cima da mesa.

Começou a falar em voz baixa.

– Adão e Eva, meus caros, foram nossos pais, como vocês sabem, e vocês devem lembrar que foram criados por Deus para que os assentos que acabaram vagos no céu depois da queda de Lúcifer e dos anjos rebeldes pudessem ser ocupados mais uma vez. Sabemos que Lúcifer era filho da aurora, um anjo poderoso e radiante; e mesmo assim caiu: caiu e nessa queda o acompanhou um terço de toda a hoste celeste: ele caiu e foi jogado com esses anjos rebeldes no inferno. Que pecado cometeu não podemos dizer. Os teólogos julgam que tenha sido o pecado do orgulho, o pensamento pecaminoso concebido em um instante: *non serviam, não servirei.* Esse instante foi sua ruína. Lúcifer ofendeu a majestade de Deus com o pensamento pecaminoso de um instante e Deus expulsou-o do céu e atirou-o no inferno para sempre.

– Adão e Eva foram então criados por Deus e colocados no Éden, na planície de Damasco, o adorável jardim que resplandecia com o sol e as cores e vicejava com uma vegetação exuberante. A terra fértil ofereceu-lhes recompensas: animais e pássaros os serviam de bom grado: eles não conheciam os males herdados por nossa carne, nem a doença ou a pobreza ou a morte: tudo o que um Deus bom e generoso poderia fazer estava feito. Mas havia uma condição imposta por Deus: obediência à Sua palavra. Eles não deviam comer o fruto da árvore proibida.

– Mas, ai de nós, meus caros! Eles também caíram. O demônio, outrora um anjo resplendente, filho da manhã, tornado um demônio abjeto, surgiu na forma de uma serpente, o mais astuto de todos os animais do campo. Ele os invejou. Ele, o grande decaído, não suportava a ideia de que o homem, sendo feito de barro, pudesse ter herdado aquilo a que, através do pecado, havia renunciado para sempre. Aproximou-se da mulher, a companheira de constituição mais delicada, e usou-lhe ao pé do ouvido o poder da eloquência, prometendo – Ah, a blasfêmia dessa promessa! – que se ela e Adão comessem do fruto proibido haveriam de acabar como deuses, aliás, como o próprio Deus. Eva cedeu aos caprichos do arquitentador. Ela comeu da maçã e também a ofereceu para Adão que não teve a coragem moral de resistir. A língua venenosa de Satã havia cumprido seu desígnio. Eles caíram.

– E a voz de Deus fez-se ouvir mais uma vez naquele jardim, chamando Sua criatura a prestar contas: e Miguel, príncipe da hoste celeste, apareceu diante do pecaminoso casal brandindo na mão uma espada de fogo e os expulsou do Éden para o mundo, esse mundo de lida e doença, de crueldade e decepção, de penúria e labuta, para que ganhassem o pão com o suor do próprio rosto. Porém mesmo assim Deus foi misericordioso! Apiedou-se dos nossos pais dissolutos e prometeu-lhes que quando o tempo se completasse Ele mandaria do Céu um Homem capaz de redimi-los, torná-los mais uma vez filhos de Deus e herdeiros do reino do Céu: e esse Homem, esse Redentor dos homens decaídos, seria o único Filho de Deus, a Segunda Pessoa da Santíssima Trindade, o Verbo Eterno.

– Ele veio. Nasceu de uma virgem pura, Maria, a mãe virgem. Nasceu em uma manjedoura na Judeia e viveu como um humilde carpinteiro por trinta anos até que chegasse a hora de cumprir a missão Dele. Então, transbordando de amor pelos homens, Ele saiu à rua e chamou os homens para ouvir os novos ensinamentos.

– Acaso o escutaram? Sim, porém sem ouvi-lo. Ele foi capturado e preso como um criminoso qualquer, ridicularizado como um louco, deixado de lado para dar vez a um ladrão notório, fustigado com cinco mil açoites, empurrado rua afora pela rábula judia e pelos soldados romanos, despido e pendurado em uma cruz e teve o flanco traspassado por uma lança e desse corpo ferido de Nosso Senhor a água e o sangue escorriam sem parar.

– Porém mesmo assim, nessa hora de suprema agonia, Nosso Piedoso Redentor se compadeceu da humanidade. Mesmo naquele instante, no morro do Calvário, Ele fundou a santa igreja católica contra a qual, segundo foi prometido, os portões do inferno não podem triunfar. Fundou-a sobre a rocha dos tempos e a imbuiu com toda a Sua graça, com sacramentos e sacrifício, e prometeu que se os homens obedecessem as palavras da igreja haveriam de adentrar a vida eterna, mas se depois de tudo o que tinha feito por eles persistissem na maldade restaria apenas uma eternidade de tormentos: o inferno.

O pregador baixou a voz. Pausou, juntou as palmas das mãos por um instante, em seguida tornou a separá-las. Então continuou:

– Tentemos agora refletir por um instante, da melhor forma possível, sobre a natureza da morada dos condenados que a justiça de um Deus ofendido criou para o castigo eterno dos pecadores. O inferno é uma prisão exígua e sombria e malcheirosa, e uma morada de demônios e almas perdidas, cheia de fumaça e fogo. A exiguidade dessa prisão foi expressamente desenhada por Deus a fim de castigar os que se recusaram a deixar-se prender às leis Dele. Nas prisões terrenas o pobre cativo tem pelo menos alguma liberdade de movimento, ainda que seja no interior das quatro paredes da cela ou no sombrio pátio da prisão. No inferno não é assim. Lá, em função do grande número de condenados, os prisioneiros são empilhados todos juntos em uma prisão medonha, cujas paredes têm seis quilômetros de espessura: e os condenados se encontram de tal maneira amarrados e indefesos que um santo abençoado, Santo Anselmo, escreveu no livro das similitudes que não podem sequer espantar do olho o verme que o rói.

– Todos permanecem em uma escuridão externa. Pois lembrem-se que o fogo do inferno não emite luz. Assim como, ao comando de Deus, o fogo da fornalha da Babilônia perdeu o fogo mas não a luz, ao comando de Deus, o fogo do inferno, embora mantendo a intensidade do calor, queima eternamente na escuridão. É uma tempestade infinita de escuridão, com chamas negras e fumaça negra do enxofre que queima, em meio à qual os corpos se encontram empilhados uns por cima dos outros sem espaço sequer para tomar fôlego. De todas as pragas que se abateram sobre a terra dos Faraós, apenas uma, a praga da escuridão, foi descrita como terrível. Que nome, então, daremos nós à escuridão do inferno que não há de durar apenas três dias, mas por toda a eternidade?

– O horror dessa prisão escura e exígua ganha ainda mais intensidade em função do pavoroso fedor. Sabemos que toda a imundície do mundo, toda a podridão e a escória do mundo há de correr por lá como em um colossal esgoto fedegoso quando a terrível conflagração do Dia do Julgamento houver purgado o mundo. O enxofre que queima naquelas plagas em quantidades prodigiosas também empesteia o inferno com um fedor insuportável; e os próprios corpos dos condenados exalam um odor tão pestilento que, como disse São Bonaventura, bastaria um para infestar o mundo inteiro. O próprio ar desse mundo, em estado puro, torna-se viciado e irrespirável quando passa muito tempo encerrado. Imaginem então como deve ser a vil atmosfera do inferno. Imaginem um cadáver pútrido que tenha sofrido com a podridão e a decomposição no túmulo, uma massa gelatinosa feita de vilania liquescente. Imaginem um cadáver desses lançado às chamas, devorado pelo fogo do enxofre e exalando os densos e sufocantes fumos de uma decomposição repulsiva e nauseabunda. E então imaginem esse fedor repulsivo multiplicado por um milhão e mais uma vez por um milhão com os milhões e milhões de carcaças fétidas amontoadas juntas em meio às trevas mefíticas, um enorme e putrescente fungo humano. Imaginem tudo isso e vocês terão uma ideia sobre o horror do fedor infernal.

– Mas, por mais horrível que seja, esse fedor não é o mais intenso tormento físico a que os condenados são sujeitados. O tormento do fogo é o maior tormento a que o tirano sujeitou as criaturas semelhantes. Ponham o dedo por um instante na chama de uma vela e vocês hão de sentir a dor do fogo. Porém o fogo terreno foi criado por Deus para o benefício do homem, para mantê-lo próximo à chama da vida e para ajudá-lo nas artes úteis, ao passo que o fogo do inferno reveste-se de outra qualidade e foi criado por Deus a fim de torturar e punir o pecador desarrependido. Nosso fogo terreno ademais se consome mais ou menos depressa conforme o objeto que ataca seja mais ou menos combustível de maneira que o engenho humano obteve sucesso em criar misturas químicas capazes de controlar ou impedir essa ação. Mas o enxofre sulfuroso que queima no inferno é uma substância criada especialmente para queimar para todo o sempre com uma fúria inefável. Além do mais, nosso fogo terrestre destrói ao mesmo tempo em que queima, de modo que, quanto mais intenso, menos duradouro: mas o fogo do inferno tem a propriedade de preservar aquilo que queima e de queimar para sempre a despeito da terrível intensidade com que abrasa.

– Nosso fogo terreno, não importa a intensidade ou a abrangência, tem sempre um alcance limitado: mas o lago de fogo no inferno é infinito, sem margens e sem fundo. Está escrito que o próprio demônio, quando questionado por um soldado, viu-se obrigado a confessar que se uma montanha inteira fosse atirada no oceano flamejante do inferno ela queimaria em um instante como um pedaço de cera. E esse fogo terrível não afeta os corpos dos condenados apenas pelo lado de fora, pois cada alma perdida é um inferno em si própria e traz o fogo infinito do inferno a arder nas próprias entranhas. Ah, que quinhão terrível o dessas criaturas desgraçadas! O sangue se agita e ferve nas veias, o cérebro põe-se a ferver no crânio, o coração no peito esbraseia e explode, as entranhas transformam-se em uma massa incandescente de polpa em combustão, os frágeis olhos chamejam como bolas derretidas.

– Mesmo assim, o que eu disse a respeito da força e da infinitude desse fogo não é nada quando comparado à intensidade, a intensidade de um instrumento escolhido pela providência divina para o castigo tanto da alma como do corpo. É um fogo que emana diretamente da ira de Deus, e que não trabalha por atividade própria, mas como um instrumento da vingança divina. Assim como as águas do batismo purificam a alma e o corpo, os fogos do castigo torturam o espírito e a carne. Cada sentido da carne é torturado, e junto cada faculdade da alma: os olhos com a escuridão absoluta e impenetrável, o nariz com odores insalubres, os ouvidos com gritos e uivos e execrações, o paladar com matéria fétida, corrupção leprosa, imundícies sufocantes e inefáveis, o toque com pontas e aguilhões incandescentes, com cruéis línguas de fogo. E por todos os sentidos a alma imortal é torturada eternamente na própria essência em meio a quilômetros de fogos chamejantes criados no abismo pela majestade ofendida do Deus Onipotente e atiçados a uma fúria eterna e cada vez maior pelo sopro de raiva da Divindade.

– Imaginem por fim que o tormento dessa prisão infernal é aumentado pela companhia dos próprios condenados. As más companhias na terra são a tal ponto danosas que até mesmo as plantas, como que por instinto, afastam-se da companhia do que quer que lhes seja mortal ou prejudicial. No inferno todas as leis são pervertidas: não existem pensamentos sobre a família ou a pátria, sobre laços ou relacionamentos. Os condenados uivam e gritam uns com os outros enquanto a raiva e a tortura se intensificam graças à presença de seres torturados e furiosos como eles próprios. Todo o sentimento de humanidade se perde. Os berros dos pecadores que sofrem preenchem os mais afastados recônditos do vasto abismo. As bocas dos condenados são repletas de blasfêmias contra Deus e de ódio contra os companheiros de sofrimento e de imprecações contra aqueles cujas almas foram cúmplices do pecado. Houve uma época em que era comum punir o parricida, o homem que ergue uma mão assassina contra o pai, atirando-o nas profundezas do mar em um saco onde eram colocados um galo, um macaco e uma serpente. A intenção dos legisladores que criaram essa lei, que hoje em dia parece cruel, era punir o criminoso com a companhia de bestas odiosas e capazes de provocar estragos. Mas o que é a fúria dessas bestas comparada à fúria da execração que emana dos lábios sedentos e das gargantas doloridas dos condenados no inferno quando veem nos companheiros de miséria aqueles que os ajudaram e os incentivaram no pecado, aqueles cujas palavras lançaram as primeiras sementes dos pensamentos maléficos e da conduta maléfica, cujas sugestões imodestas os levaram a pecar, aqueles cujos olhos os tentavam e os afastavam do caminho da virtude? Eles voltam-se em direção a esses cúmplices e os repreendem e amaldiçoam. Mas permanecem indefesos e desesperançosos: é tarde demais para se arrepender.

– Por último considerem o tormento medonho dessas almas condenadas, dos tentados e dos tentadores, na companhia de demônios. Esses demônios afligem os condenados de duas maneiras, através da presença e das reprimendas. Não somos capazes de conceber o quão terríveis são esses demônios. Santa Catarina de Siena certa feita viu um demônio e escreveu que preferia caminhar pelo resto da vida em uma trilha de brasas incandescentes do que olhar mais uma vez por um instante que fosse em direção a um monstro de tamanho horror. Esses demônios, que em outras épocas foram lindos anjos, tornaram-se tão feios e medonhos quanto outrora eram belos. Zombam e escarnecem das almas perdidas que arrastaram à ruína. São eles, os terríveis demônios, que no inferno fazem as vezes de voz da consciência. Por que vocês pecaram? Por que deram ouvidos às tentações dos demônios? Por que se distanciaram das práticas devotas e das boas obras? Por que não repeliram as ocasiões pecaminosas? Por que não se afastaram das más companhias? Por que não abandonaram aquele hábito lascivo, aquele hábito impuro? Por que não ouviram os conselhos do confessor? Por que, mesmo depois de cair pela primeira ou segunda ou terceira ou quarta ou centésima vez em pecado, não se arrependeram dessas maldades para voltar-se a Deus, que esperava apenas o arrependimento para absolvê-los de todos os pecados? Agora o momento de se arrepender passou. O tempo é, o tempo foi, mas o tempo não mais será! O tempo foi o momento de pecar em segredo, de se regalar na preguiça e no orgulho, de desejar o proibido, de ceder aos impulsos da natureza vil, de viver como as bestas do campo, não, pior até do que as bestas do campo, pois elas ao menos não passam de criaturas brutas que não têm razão alguma para guiá-las: o tempo foi mas o tempo não mais será. Deus falou a vocês através de inúmeras vozes, mas vocês não quiseram ouvir. Vocês não quiseram esmagar o orgulho e a raiva no coração, não quiseram restaurar esses bens conspurcados, não quiseram seguir os preceitos da nossa santa igreja nem observar os deveres religiosos, não quiseram abandonar as más companhias, não quiseram evitar o perigo das tentações. Essa é a linguagem dos algozes demoníacos, palavras de tentação e de censura, de ódio e de repulsa. Repulsa, sim! Pois até mesmo os próprios demônios, ao pecar, pecaram um pecado que por si só era compatível com a natureza angelical, uma rebelião do intelecto: e até mesmo os próprios demônios vis precisaram afastar-se, enojados e repelidos, da contemplação dos pecados inefáveis com que os homens degradados ultrajam e conspurcam o templo do Espírito Santo, conspurcam-no e poluem a si mesmos.

– Ah, meus caros irmãos em Cristo, que nunca seja o nosso quinhão ouvir essa linguagem! Que nunca seja esse o nosso quinhão! No último dia antes desses terríveis cálculos eu rezo com fervor a Deus para que a alma de nenhum daqueles que hoje se encontram nessa capela se veja entre os desgraçados que o Grande Juiz há de mandar para longe de Seus olhos, para que nenhum de nós precise ouvir o terrível veredito de rejeição: *Apartai-vos de mim, malditos, para o fogo eterno preparado para o diabo e para os seus anjos!*

Ele desceu pela nave da capela, com as pernas trêmulas e o couro cabeludo tremendo como se tivesse sido tocado por dedos fantasmagóricos. Avançou em direção à escada e ao corredor em cujas paredes os sobretudos e capas de chuva estavam pendurados como malfeitores no cadafalso, decapitados e pingando e amorfos. E a cada passo temia que já houvesse morrido, que a alma já tivesse sido arrancada da bainha do corpo, que já estivesse mergulhando pelo espaço.

Não conseguia sentir o chão embaixo dos pés e assim sentou-se junto à carteira, abrindo um dos livros ao acaso e debruçando-se sobre as páginas. Cada palavra dava a impressão de ter sido escrita para si! De fato, Deus era Todo-Poderoso. Deus podia chamá-lo naquele instante, chamá-lo enquanto estava sentado junto à carteira, antes mesmo que houvesse tempo para perceber o chamado. Deus o havia chamado. Como? O quê? Como? Sentiu a carne enrijecer-se ao perceber a aproximação das vorazes línguas de chama, seca enquanto sentia os redemoinhos de ar sufocante ao redor. Ele havia morrido. Sim. Tinha sido julgado. Uma onda de fogo varou-lhe o corpo: a primeira. Mais uma onda. O cérebro começou a arder. Mais uma. O cérebro estava cozinhando e borbulhando na mansão rachada do crânio. As chamas explodiram do crânio como uma corola, gritando como vozes:

– Inferno! Inferno! Inferno! Inferno! Inferno!

Vozes falavam ao redor:

– No inferno.

– Parece que ele o ensinou direitinho.

– Pode apostar. Deixou-nos todos em maus lençóis.

– É o que vocês querem: e em quantia suficiente para manter todos ocupados.

Mais uma vez ele se recostou na cadeira. Não havia morrido. Deus ainda o poupava. Ainda estava no mundo familiar da escola. O sr. Tate e Vincent Heron estavam na janela, conversando, fazendo gracejos, olhando para fora em direção à chuva triste, balançando as cabeças.

– Bem que o tempo podia abrir. Eu tinha combinado de fazer um passeio de bicicleta com os amigos em Malahide. Mas as estradas devem estar viradas em um lodaçal.

– Pode ser que o tempo abra, senhor.

As vozes que conhecia tão bem, as palavras comuns, a placidez da sala de aula quando as vozes se calavam e o silêncio era preenchido pelo som do gado que remexia o pasto enquanto os garotos mastigavam tranquilamente o almoço lhe acalentavam o espírito.

Ainda restava tempo. Ah, Maria, refúgio dos pecadores, intercedei por ele! Ó, Virgem Intocada, salvai-o do abismo da morte!

A lição de inglês começou com uma história. Personagens da realeza, favoritos, urdidores de intrigas e bispos desfilavam como fantasmas mudos por trás do véu de nomes. Todos haviam morrido: todos haviam sido julgados. O que um homem teria a ganhar no mundo se perdesse a própria alma? Pelo menos ele havia compreendido: e a vida humana permanecia ao redor, uma planície de paz onde homens trabalhavam como formigas em regime fraterno enquanto os mortos dormiam sob montes silenciosos. O cotovelo do colega tocou-o e ele sentiu o coração ser tocado: e quando falou para responder a uma questão do mestre ouviu a própria voz repleta da quietude da humildade e da contrição.

A alma tornou a afundar rumo às profundezas da paz contrita, já incapaz de sofrer com as dores do medo, e fazendo, ao cair, uma prece tênue. Ah, ele seria poupado; havia de arrepender-se com todo o coração e ser perdoado; e assim aqueles lá no alto, lá no céu, veriam que faria de tudo para compensar o passado: uma vida nova a cada hora da vida. Bastava esperar.

– Tudo, Deus! Tudo, tudo!

Um mensageiro foi até a porta avisar que as confissões seriam ouvidas na capela. Quatro garotos deixaram o recinto; e outros desceram o corredor. Um calafrio trêmulo soprou junto de seu coração, nada além de uma brisa, porém, ao ouvir e sofrer em silêncio, teve a impressão de pôr o ouvido de encontro ao músculo do próprio coração, e assim o sentiu fechar-se e estremecer, assim escutou o frêmito dos ventrículos.

Não havia escapatória. Precisaria confessar, pôr em palavras o que havia feito e imaginado, pecado após pecado. Como? Como?

– Padre, eu...

O pensamento deslizou como uma rapieira gelada e reluzente para dentro da carne macia; uma confissão. Mas não aqui, na capela do colégio. Ele confessaria tudo, cada pecado cometido em ato e em pensamento, com toda a sinceridade: mas não aqui em meio aos colegas de escola. Longe, em algum lugar escuro, haveria de murmurar a própria vergonha: e suplicou humildemente a Deus para que não se ofendesse caso não tivesse coragem de se confessar na capela do colégio: e na mais profunda abjeção do espírito ansiou em silêncio por misericórdia para os corações dos meninos ao redor.

O tempo passou.

Tornou a sentar-se mais uma vez no banco da capela. A luz do dia estava começando a se apagar e, enquanto caía devagar pelas cortinas vermelhas, deu a impressão de que o sol do último dia estava se pondo e de que todas as almas estavam sendo reunidas para o juízo.

– *Fui excluído para longe dos teus olhos:* palavras retiradas, meus caros irmãozinhos em Cristo, do Livro dos Salmos, capítulo trinta, versículo vinte e três. Em nome do Pai do Filho e do Espírito Santo. Amém.

O pregador começou a falar em uma voz baixa e amistosa. Tinha uma expressão gentil no rosto e uniu os dedos de ambas as mãos, formando uma frágil jaula com as pontas que se tocavam.

– Hoje pela manhã, em nossa reflexão sobre o inferno, tentamos fazer o que o nosso sagrado fundador chama, no livro de exercícios espirituais que escreveu, de composição de lugar. Em outras palavras, tentamos visualizar com os sentidos da mente, em nossa imaginação, o caráter material desse lugar terrível e dos tormentos físicos sofridos por todos aqueles que se encontram no inferno. Hoje à tarde vamos refletir por alguns momentos sobre a natureza dos tormentos espirituais do inferno.

– O pecado, não esqueçam, é uma enormidade por dois motivos. Por um lado, é uma vil aceitação dos impulsos mais baixos de nossa natureza corrupta, de tudo o que é abjeto e bestial; e por outro lado é um afastamento de todos os mandamentos da nossa natureza mais elevada, de tudo o que é puro e sagrado, um afastamento do Próprio Deus Santo. Por esse motivo os pecados mortais são punidos no inferno com duas formas de castigo, o físico e o espiritual.

– No que diz respeito às dores espirituais, sem dúvida a mais profunda é a dor da perda, na verdade tão intensa que por si mesma é um tormento maior do que todos os outros. São Tomás, o maior médico da igreja, o médico angelical, como o chamam, disse que a pior danação consiste em que a compreensão do homem seja totalmente privada da luz divina e as afeições que nutre sejam obstinadamente afastadas da bondade divina. Lembrem que Deus é um ser de infinita bondade e que portanto essa perda deve ser infinitamente dolorosa. Nessa vida não temos uma ideia muito clara do que possa ser uma perda como essa mas os condenados no inferno, como tormento supremo, obtêm a compreensão absoluta daquilo que perderam e compreendem que o perderam através dos próprios atos pecaminosos e que essa perda é eterna. No mesmo instante da morte os laços da carne se partem e a alma voa de imediato em direção a Deus. A alma se estende em direção a Deus como que em direção ao centro da própria existência. Lembrem, meus caros, que nossas almas anseiam por estar com Deus. Viemos de Deus, vivemos por Deus e pertencemos a Deus: pertencemos a Ele, inalienavelmente a Ele, e Deus ama cada alma humana com um amor divino e cada alma humana vive banhada nesse amor. Como poderia ser de outra forma? Cada respiração, cada pensamento, cada instante da nossa vida emana da bondade inesgotável de Deus. E se a mãe sofre com a separação do filho, se o homem sofre com o exílio do lar, se o amigo sofre com a distância do amigo, imaginem que dor, que angústia deve ser para uma pobre alma o impedimento de estar na presença do bondoso e amoroso Criador supremo que ordenou a existência dessa mesma alma a partir do nada e a manteve viva e amou-a com um amor incomensurável. Ser impedido para sempre de estar na presença do bem maior, de Deus, e sentir a angústia dessa separação, com a certeza de que é irreversível, eis o maior tormento que a alma criada pode sofrer, *pœna damni*, a dor da perda.

– A segunda dor que aflige as almas dos condenados no inferno é a dor da consciência. Assim como nos cadáveres os vermes são engendrados pela putrefação, na alma dos condenados surge um remorso perpétuo da putrefação do pecado, o aguilhão da consciência, o verme, como o chamou o Papa Inocêncio III, do tríplice aguilhão. O primeiro aguilhão infligido por esse verme cruel é a memória dos prazeres passados. Ah, que memória terrível deve ser! No lago das chamas que a tudo consomem o orgulhoso rei há de relembrar as pompas da própria corte, o homem sábio mas vil as bibliotecas e instrumentos de pesquisa, o amante de prazeres artísticos os mármores e quadros e outros tesouros da arte, o admirador dos prazeres da mesa os lindos banquetes, os pratos decorados com requinte, os vinhos especiais; o avaro há de relembrar o ouro, o ladrão a fortuna desmerecida, os assassinos raivosos e vingativos e sem piedade os atos de sangue e de violência com que se deleitaram, os impuros e os adúlteros os prazeres inefáveis e imundos em que se saciaram. Hão de relembrar todas essas coisas e desprezar a si mesmos e aos pecados que cometeram. Como todos esses prazeres hão de parecer desgraçados à alma condenada a sofrer no inferno para todo o sempre! Como essas almas hão de se enfurecer e soltar fogo pelas ventas ao pensar que renunciaram ao júbilo celeste em nome da imundície terrena, do vil metal, de honras vãs, de prazeres corpóreos, de um prazer arriscado. Vão se arrepender de fato: e esse é o segundo aguilhão do verme da consciência, uma tristeza infrutífera e tardia que resulta dos pecados cometidos. A justiça divina insiste em que a compreensão desses desgraçados seja o tempo inteiro fixada nos pecados de que foram culpados e, como afirmou Santo Agostinho, Deus há de impingir-lhes o Seu próprio conhecimento relativo ao pecado de maneira que o pecado surja em todo o horror da maldade da forma como se apresenta aos olhos do próprio Deus. As almas dos pecadores hão de contemplar os próprios pecados em toda a repulsa e hão de se arrepender, mas vai ser tarde demais e assim hão de lamentar as boas oportunidades que desperdiçaram. Esse é o último e o mais profundo e o mais cruel aguilhão do verme da consciência. A consciência dirá: Você teve oportunidade e tempo suficiente para se arrepender mas não quis. Você recebeu uma educação religiosa dos seus pais. Você teve a ajuda dos sacramentos e das graças e das indulgências da igreja. Você ouviu as pregações do ministro de Deus, para chamá-lo de volta quando se afastava do caminho da virtude, para aliviar os seus pecados, não importa quantos fossem, nem quão horríveis, desde que você simplesmente confessasse e se arrependesse. Mas não. Você não quis. Você zombou dos ministros da sagrada religião, virou as costas ao confessionário, chafurdou cada vez mais fundo no pântano do pecado. Deus suplicou a você, ameaçou você, insistiu em que você retornasse para junto Dele. Ah, que vergonha, que desgraça! O Senhor do Universo suplicou para que você, uma criatura de barro, amasse a Ele e respeitasse a lei Dele. Mas não. Você não quis. E nesse instante, mesmo que você inundasse todo o inferno com lágrimas se fosse capaz, todo esse mar de arrependimento não conseguiria o que uma única lágrima derramada em arrependimento legítimo durante a vida mortal seria capaz de conseguir. Você implora por um momento de vida terrestre em que possa se arrepender: mas é em vão. Esse tempo passou: e passou para sempre.

– Eis, portanto, os três aguilhões da consciência, a víbora que rói o coração dos condenados no inferno para que, tomados pela fúria infernal, amaldiçoem a si mesmos pela loucura e amaldiçoem os cúmplices de pecado que os levaram à ruína e amaldiçoem os demônios que os tentaram durante a vida e agora os ridicularizam e os torturam por toda a eternidade e até mesmo desprezam e amaldiçoam o Ser Supremo de cuja bondade e paciência escarneceram e zombaram, mas a cujo juízo e poder não há como escapar.

– A outra dor espiritual a que os condenados estão sujeitos é a dor da extensão. O homem, embora seja capaz de perpetrar inúmeras maldades nessa vida terrena, não é capaz de perpetrá-las todas ao mesmo tempo, e assim um mal corrige e funciona como antídoto do outro, assim como muitas vezes um veneno funciona como antídoto do outro. No inferno, pelo contrário, em vez de funcionarem como antídoto, as maldades conferem ainda mais força umas às outras: e além do mais as faculdades internas são mais perfeitas do que os sentidos externos, e assim são também capazes de maior sofrimento. Assim como todos os sentidos são afligidos por um tormento correspondente, o mesmo se dá com cada uma das faculdades espirituais; a imaginação por cenas terríveis, a faculdade sensível pela alternância de anseios e de raiva, o juízo e a compreensão por uma escuridão ainda mais terrível do que as trevas exteriores que reinam nessa medonha prisão. Por mais impotente que seja, a maldade que se apossa dessas almas demoníacas é um mal de extensão infinita, de duração ilimitada, um terrível estado de crueldade que mal podemos conceber a não ser quando temos em mente a enormidade do pecado e o ódio com que Deus o vê.

– Oposta e ao mesmo tempo simultânea a essa dor da extensão temos a dor da intensidade. O inferno é o centro de todos os males e, como sabemos, as coisas são mais intensas no centro do que nos pontos mais remotos. Não existem contrários ou misturas de qualquer tipo capazes de temperar ou amenizar as dores do inferno. Não, até mesmo as coisas boas em si mesmas se tornam más no inferno. A companhia, em outras situações uma fonte de consolo para os aflitos, torna-se um tormento constante: o conhecimento, desejado como o bem maior do intelecto, lá é mais odiado do que a ignorância; a luz, procurada por todas as criaturas do senhor da criação, e até mesmo pela mais humilde planta da floresta, é abominada. Nessa vida nossas tristezas ou não são muito longas ou não são muito intensas, porque a natureza ou as vence através do hábito ou lhes dá fim sucumbindo ao peso do fardo. Mas no inferno os tormentos não podem ser vencidos pelo hábito. Embora apresentem uma intensidade terrível, revestem-se também de um caráter incessante, como se cada dor, por assim dizer, se incendiasse com a outra para então retribuir a força do fogo que a acendeu com uma chama ainda mais intensa. A natureza tampouco pode escapar dessas intensas e variadas torturas sucumbindo a elas, pois a alma é mantida e sustentada na maldade para que assim o sofrimento possa ser maior. A extensão infinita do tormento, a intensidade incrível do sofrimento, a variedade incessante da tortura – eis o que a majestade divina, ultrajada por aqueles que pecam, exige, eis o que a santidade do céu, ignorada e desprezada em nome dos prazeres baixos e lascivos da carne corrupta, exige, eis o que o sangue do Cordeiro inocente de Deus, derramado para redimir os pecadores, espezinhado pelos mais vis dentre os vis, requer.

– O último tormento a coroar todos os demais tormentos é a eternidade do inferno. Eternidade! Ah, que palavra terrível e tétrica. Eternidade! Que mente humana é capaz de compreendê-la? E, lembrem-se, é uma eternidade de dor. Mesmo que as dores do inferno não fossem terríveis como são, haveriam de tornar-se infinitas porque estão destinadas a durar para todo o sempre. Mas embora sejam perenes são ao mesmo tempo, como sabemos, intoleravelmente atrozes, insuportavelmente abrangentes. Aguentar a simples picada de um inseto por toda a eternidade seria um tormento horrível. O que deve ser, então, suportar as inúmeras torturas do inferno para sempre? Para sempre! Por toda a eternidade! Não por um ano ou por uma vida mas para sempre. Tentem imaginar o significado terrível do que estou a dizer. Vocês com frequência viram a areia à beira-mar. Como são finos aqueles grãozinhos! E quantos não são necessários para encher o pequeno punhado que as crianças juntam durante as brincadeiras! Agora imaginem uma montanha daquela areia, com um milhão de quilômetros de altura, que alcançasse os mais longínquos confins do céu, com um milhão de quilômetros de largura, que se estendesse até os mais distantes espaços, e com um milhão de quilômetros de profundidade: e imaginem essa enorme massa de incontáveis partículas multiplicadas pelo número de folhas na floresta, pelo número de gotas d'água no imponente oceano, pelo número das penas dos pássaros, das escamas dos peixes, dos pelos nos animais, dos átomos na vasta extensão do ar: e imaginem que ao cabo de um milhão de anos um passarinho visitasse essa montanha para levar embora um único grão de areia. Quantos milhões e milhões de séculos haveriam de passar antes que carregasse um único metro quadrado dessa montanha, quantos éons e éons de diferentes eras antes que a carregasse por inteiro! Porém mesmo ao fim desse imenso intervalo de tempo, nem um único instante da eternidade haveria passado. Ao fim desses bilhões e trilhões de anos, a eternidade mal haveria começado. E se essa montanha tornasse a se erguer depois de ser toda levada embora e se o passarinho retornasse e a levasse embora outra vez grão por grão: e se assim se erguesse e fosse carregada tantas vezes quantas há estrelas no céu, átomos no ar, gotas d'água no oceano, folhas nas árvores, penas nos pássaros, escamas nos peixes, pelos nos animais, ao fim de todos esses incontáveis surgimentos e desaparecimentos da imensuravelmente vasta montanha, nem um único instante da eternidade haveria passado; e mesmo ao cabo desse período, após esse éon de tempo que põe nossos pensamentos a rodopiar quando tentamos imaginá-lo, a eternidade mal haveria começado.

– Um santo sagrado (se não me engano um dos nossos padres) certa vez teve uma visão do inferno. Pareceu-lhe que estava no meio de um enorme saguão, escuro e silencioso a não ser pelo tique-taque de um enorme relógio. O tique-taque continuou sem cessar; e pareceu a esse santo que o som do tique-taque era a incessante repetição das palavras: sempre, nunca; sempre; nunca. Estar sempre no inferno, não estar nunca no céu; estar sempre privado da presença de Deus, não desfrutar nunca da visão beatífica; estar sempre sendo devorado pelas chamas, roído pelos vermes, espetado com pregos incandescentes, não estar nunca a salvo dessas dores; ter sempre as admoestações da própria consciência, a raiva da memória, a mente repleta de escuridão e desespero, nunca escapar; amaldiçoar e espezinhar sempre os demônios vis que fitam com olhar maligno a miséria dos joguetes, nunca contemplar as vestes reluzentes dos espíritos abençoados; sempre implorar a Deus no abismo de fogo por um instante, um único instante de trégua em meio àquela terrível agonia, para nunca receber, sequer por um instante, o perdão divino; sempre sofrer, nunca desfrutar; estar sempre condenado, não ser salvo nunca; sempre, nunca; sempre, nunca. Ah, que castigo terrível! Uma eternidade de agonia interminável, de tormentos físicos e espirituais intermináveis, sem nenhum raio de esperança, sem um único momento de alívio, de agonia ilimitada em extensão, ilimitada em intensidade, de tormentos infinitamente duradouros, infinitamente variados, de uma tortura que conserva para sempre aquilo que eternamente devora, de uma angústia que depreda para todo o sempre o espírito enquanto atenaza a carne, uma eternidade em que cada instante traz em si uma eternidade à parte, e essa eternidade é uma eternidade de lágrimas. Eis o terrível castigo estipulado para os que morrem em pecado eterno por um Deus justo e todo-poderoso.

– Sim, um Deus justo! Os homens, por raciocinarem sempre como homens, espantam-se ao saber que Deus teve por bem estabelecer um castigo eterno e infinito nos fogos do inferno por conta de um único pecado grave. Raciocinam assim porque, cegados pela ilusão grosseira da carne e pelas trevas da compreensão humana, não são capazes de compreender a horrenda maldade do pecado mortal. Raciocinam assim porque são incapazes de compreender que até mesmo o pecado venial reveste-se de uma natureza tão vil e tão horrenda que se o Criador onipotente pudesse acabar com todo o mal e toda a desgraça no mundo, com todas as guerras, todas as doenças, todos os roubos, todos os crimes, todas as mortes, todos os assassinatos, bastando para tanto que deixasse um único pecado venial sem punição, uma mentira, um olhar raivoso, um momento de preguiça, o grande Deus onipotente não poderia agir desta forma porque o pecado, seja em ações ou em pensamento, é uma transgressão da lei Dele e Deus não seria Deus se não punisse o transgressor.

– Um pecado, um instante de orgulho rebelde do intelecto, provocou a queda de Lúcifer e de um terço das hostes celestiais. Um pecado, um instante de desvario e fraqueza, expulsou Adão e Eva do Éden e trouxe a morte e o sofrimento para o mundo. A fim de reparar as consequências desse pecado o Único Filho de Deus desceu à terra, viveu e sofreu e morreu uma morte agonizante depois de passar três horas pendurado à cruz.

– Ah, meus caros irmãos em Jesus Cristo, será que sabendo de todas essas coisas podemos ofender ao nosso bom Redentor e provocar a raiva Dele? Será que podemos voltar a pisar naquele cadáver estraçalhado e mutilado? Será que podemos cuspir naquele rosto cheio de tristeza e de amor? Será que, como os judeus cruéis e os soldados brutos, podemos zombar desse gentil e compassivo Salvador que por nós pisou sozinho a terrível dorna da tristeza? Cada palavra de pecado é uma nova ferida no flanco desprotegido. Cada ato pecaminoso é um espinho que se crava na cabeça Dele. Cada pensamento impuro a que cedemos é uma lança aguçada a transfixar aquele coração sagrado e cheio de amor. Não, não. É impossível para qualquer ser humano fazer aquilo que ofende de maneira tão profunda a majestade divina, aquilo que é punido com uma eternidade de agonia, aquilo que torna a crucificar o Filho de Deus e zomba Dele.

– Rogo a Deus que as minhas humildes palavras tenham servido hoje para confirmar a santidade daqueles que se encontram em estado de graça, para fortalecer os indecisos e para conduzir de volta ao estado de graça as pobres almas desgarradas que porventura se encontrem entre vocês. Rogo a Deus, e peço que vocês roguem comigo, para que possamos nos arrepender dos nossos pecados. E agora vou pedir a vocês, a todos vocês, que repitam comigo o ato de contrição, ajoelhando-se nessa humilde capela na presença de Deus. Ele está no tabernáculo, queimando de amor pela humanidade, pronto para consolar os aflitos. Não temam. Não importa quantos nem quão terríveis sejam os pecados, todos serão perdoados se vocês se arrependerem. Não deixem que a vergonha mundana os detenha. Deus é e sempre será o Senhor piedoso que deseja não a morte eterna do pecador, mas a conversão e a vida.

– Ele os chama para Si. Vocês todos pertencem a Ele. Ele fez vocês a partir do nada. Amou vocês como somente um Deus é capaz de amar. Os braços Dele estão abertos para receber todos vocês, ainda que tenham pecado contra Ele. Venha a ele, pobre pecador, pobre pecador orgulhoso e imperfeito. Agora é o momento ideal. Agora é a hora.

O padre se ergueu e, depois de virar-se em direção ao altar, ajoelhou-se no degrau em frente ao tabernáculo na escuridão que havia caído. Esperou que todos na capela estivessem de joelhos e que o último ruído silenciasse. Então, depois de erguer a cabeça, repetiu o ato de contrição, frase a frase, com devoção. Os garotos responderam frase a frase. Stephen, com a língua grudada ao palato, inclinou a cabeça, rezando com o coração.

– *Meu bom Jesus* –

– *Meu bom Jesus* –

– *crucificado por minha culpa* –

– *crucificado por minha culpa* –

– *estou muito arrependido por ter feito pecado* –

– *estou muito arrependido por ter feito pecado* –

– pois ofendi a vós tão bom –
– pois ofendi a vós tão bom –
– e mereci ser castigado neste mundo e no outro –
– e mereci ser castigado neste mundo e no outro –
– mas perdoai-me, Senhor –
– mas perdoai-me, Senhor –
– não quero mais pecar.
– não quero mais pecar.
– Amém.
– Amém.

***

Ele subiu até o quarto depois do jantar para ficar sozinho com a própria alma; e a cada passo a alma parecia suspirar; a cada passo a alma subia com os pés dele, suspirando enquanto avançava em meio a uma região de penumbra viscosa.

Deteve-se no patamar em frente à porta e então, depois de tomar nos dedos a maçaneta de porcelana, abriu-a depressa. Esperou com medo, com a alma repleta de anseios, rezando em silêncio para que a morte não pudesse tocar-lhe a fronte enquanto cruzava o umbral, para que os demônios que habitam a escuridão não tivessem poderes sobre ele. Esperou imóvel junto do umbral como quem espera na entrada de uma caverna escura. Havia rostos lá dentro; olhos; e eles esperavam e espreitavam.

– Soubemos perfeitamente bem é claro que embora o assunto fosse vir à tona ele teria dificuldades consideráveis com resoluções para tentar induzir em si mesmo uma tentativa de resolver averiguar o plenipotenciário espiritual e então soubemos perfeitamente bem –

Rostos murmurantes esperavam e espreitavam; vozes murmurantes preenchiam a casca da caverna. Ele sentia um temor intenso no espírito e na carne mas, erguendo a cabeça com bravura, adentrou o quarto com passos decididos. Uma porta, um quarto, o mesmo quarto, a mesma janela. Disse calmamente a si mesmo que aquelas palavras que pareciam erguer-se dos murmúrios na escuridão não tinham nenhum sentido. Disse a si mesmo que era apenas o quarto de sempre com a porta aberta.

Fechou a porta e, depois de caminhar depressa até a cama, ajoelhou-se e cobriu o rosto com as mãos. As mãos estavam frias e úmidas e os braços e as pernas doíam de frio. A irrequietude física e a exaustão o prostravam e estabeleciam o rumo de seus pensamentos. Por que estava de joelhos como um menino fazendo as orações vespertinas? Estar sozinho com a própria alma, examinar a consciência, encarar os pecados cara a cara, relembrar as épocas e modos e circunstâncias, chorar por eles. Ele não conseguiu chorar. Não conseguiu trazê-los de volta à memória. Sentia apenas uma dor no corpo e na alma, o ser, a memória, a vontade, a compreensão e a carne exaustos e entorpecidos.

Aquele era o trabalho dos demônios, embotar-lhe os pensamentos e toldar-lhe a consciência, assaltando-o logo nos portões da carne covarde e corrompida pelo pecado: e, rezando timidamente a Deus para que lhe perdoasse a fraqueza, ele montou na cama e, depois de enrolar as cobertas ao redor do corpo, tornou a cobrir o rosto com as mãos. Ele havia pecado. Havia pecado de maneira tão profunda contra o céu e diante de Deus que não era digno de ser chamado filho de Deus.

Seria possível que ele, Stephen Dedalus, tivesse feito aquelas coisas? A consciência soltou um suspiro de concordância. Sim, ele as tinha feito em segredo, na imundície, várias e várias vezes, e, endurecido por tantos pecados impenitentes, atreveu-se a vestir a máscara da santidade diante do próprio tabernáculo enquanto as profundezas da alma encontravam-se reduzidas a uma massa de corrupção fervilhante. Por que Deus não o havia feito cair morto? A companhia leprosa dos pecados fazia um cerco cada vez mais próximo, respirava em cima dele, debruçava-se por cima dele por todos os lados. Esforçou-se por esquecê-los em uma prece, encolhendo-se e cerrando as pálpebras com força: mas os sentidos da alma não se deixavam cerrar e, embora tivesse os olhos fechados, via os lugares onde havia pecado e, embora tivesse os ouvidos cobertos, ouvia. Desejou com todas as forças que não pudesse ouvir nem ver. Desejou que todo o corpo estremecesse sob o peso desse anseio até que os sentidos da alma se fechassem. Eles se fecharam por um instante e então se abriram. Ele viu.

Um campo de inços e cardos e touceiras de urtiga. Amontoados em meio aos tufos de vegetação podre e enrijecida se encontravam latas e coágulos e espirais de excremento sólido. Uma tênue luz do pântano batalhava para subir desde as fezes e atravessar o inço rijo e sempre verdejante. Um cheiro vil, tênue e terrível como a luz, revoluteava devagar enquanto se desprendia das latas e da bosta com uma crosta seca.

Criaturas se moviam no campo; uma, três, seis: criaturas se moviam no campo, de um lado para outro. Bodes com rostos humanos, a fronte chifruda, levemente barbados e cinzentos como borracha. A baixeza do mal reluzia nos olhares endurecidos enquanto se moviam de um lado para o outro e arrastavam as longas caudas. Um ricto de malignidade cruel fez com que os velhos rostos descarnados se iluminassem de cinza. Um tinha ao redor das costelas um colete de flanela rasgado, outro reclamava em um tom monocórdio enquanto a barba se enganchava nas touceiras de inço. Uma linguagem macia emanava dos lábios imbabados enquanto davam voltas e mais voltas em lentos círculos ao redor do campo, zanzando de um lado para o outro em meio ao inço, arrastando as longas caudas em meio às ruidosas latas. Moviam-se em círculos vagarosos, circulando cada vez mais próximos para cercar, para cercar, uma linguagem macia a emanar dos lábios, as longas caudas balançantes sujas de merda velha, dardejando em direção aos terríveis semblantes...

Socorro!

Stephen jogou os cobertores para longe do rosto e do pescoço como um louco. Aquilo era o inferno dele. Deus havia permitido que visse o inferno reservado para seus pecados: fedorento, bestial, maligno, um inferno de lascivos demônios em forma de bode. Para ele! Para ele!

Pulou da cama com o fedor se derramando pela garganta, asfixiando e repugnando as entranhas. Ar! O ar do céu! Cambaleou até a janela, gemendo e quase desmaiando de enjoo. Junto à bacia d'água uma convulsão o fez estremecer por dentro; e, levando a mão à fronte em um gesto desesperado, vomitou profusamente em agonia.

Quando o surto passou, caminhou sem forças até a janela e, depois de abrir a esquadria, sentou-se em um canto do recuo e apoiou o cotovelo no parapeito. A chuva havia se afastado; e em meio aos vapores revoluteantes de um ponto de luz a outro a cidade rodopiava em torno de si mesma em um casulo de névoa amarela. O céu estava plácido e levemente iluminado e o ar estava doce de respirar, como em uma sebe encharcada pela chuva: e em meio à paz e a luzes cintilantes e a uma fragrância silenciosa ele fez um pacto com o coração.

Rezou:

– Ele outrora desejou vir à terra envolto em glória celestial mas pecamos: e assim Ele não pôde nos visitar em segurança mas apenas com majestade velada e radiância tênue pois que Ele era Deus. Então Ele veio na fraqueza e não na força e Ele mandou-te no lugar Dele com uma beleza e um lustre adequados à nossa situação. E agora o teu rosto e a tua forma, mãe querida, falam-nos sobre a Eternidade; não como a beleza mortal, perigosa de contemplar, mas como a estrela matutina que é o teu emblema, clara e musical, respirando pureza, anunciando o céu e instilando a paz. Ó, anunciador do dia! Ó, luz do peregrino! Segue a nos conduzir como vens conduzindo. Na noite escura, através de lugares hostis, leva-nos até o Senhor Jesus, até a nossa casa.

Os olhos ficaram rasos de lágrimas e, quando lançou um olhar humilde em direção ao céu, ele chorou pela inocência que havia perdido.

Quando a noite caiu deixou a casa e o primeiro sopro do ar escuro e úmido e o barulho da porta que fechou atrás de si fizeram-lhe doer mais uma vez a consciência, antes consolada pela oração e pelas lágrimas. Confessar! Confessar! Não seria o bastante consolar a consciência com uma lágrima e uma oração. Era preciso ajoelhar-se perante o ministro do Espírito Santo e falar a respeito de todos os pecados cometidos com sinceridade e contrição. Antes de ouvir mais uma vez a porta da casa movimentar-se acima do limiar ao se abrir para recebê-lo, antes que tornasse a ver a mesa da cozinha posta para o jantar ele teria estado de joelhos e confessado. Não era nada muito complexo.

A dor da consciência passou e ele tornou a caminhar depressa pelas ruas escuras. Havia muitas pedras na calçada da rua e muitas ruas na cidade e muitas cidades no mundo. Mas a eternidade não tinha fim. Ele estava vivendo no pecado mortal. Uma única vez já era um pecado mortal. Podia acontecer de um instante para o outro. Mas como tão depressa? Vendo ou pensando em ver. Os olhos veem a coisa mesmo sem desejar ver. E de um instante para o outro acontece. Mas será que aquela parte do corpo entende? A serpente, a mais furtiva besta do campo. Ela deve entender quando deseja em um instante e depois prolonga o próprio desejo de um instante ao próximo, no pecado. Ela sente e entende e deseja. Que coisa mais horrível! Quem decidiu que fosse assim, que uma parte bestial do corpo fosse capaz de uma compreensão bestial e de desejos bestiais? Seria mesmo ele ou apenas uma coisa inumana movida por uma alma mais vil do que sua própria alma? A alma sentiu enjoos ao pensar em uma torpe vida ofídica que se alimentava do frágil tutano da vida e engordava com o lodo da luxúria. Ah, por quê? Por quê?

Ele se encolheu à sombra desse pensamento, humilhando-se perante a majestade do Deus que criou todas as coisas e todos os homens. Loucura. Quem poderia pensar um pensamento desses? E, encolhendo-se em uma escuridão abjeta, rezou em silêncio para que o anjo guardião afastasse com a espada o demônio que sussurrava em seus pensamentos.

O sussurro parou e naquele instante ele não teve dúvidas de que a própria alma tinha pecado em pensamentos e em palavras e em ações deliberadas através do corpo. Confessar! Seria preciso confessar todos os pecados. Mas como expressar em palavras ao confessor tudo o que havia feito? Era um dever, um dever. Mas como explicar sem morrer de vergonha? Mas como poderia ter feito aquelas coisas sem nenhuma vergonha?

Um louco, um louco desprezível! Confessar! Ah, era o que faria para que de fato tornasse a ser livre e estivesse a salvo do pecado! Talvez o padre soubesse. Meu Deus!

Ele seguiu caminhando pelas ruas mal-iluminadas, temendo deter-se para evitar que um instante de hesitação o afastasse daquilo que o esperava, temendo chegar ao ponto a que ainda se dirigia com anseios. Que formosa devia ser uma alma no estado de graça quando Deus a contempla com amor!

Garotas desleixadas estavam sentadas ao longo da sarjeta defronte às cestas. Os cabelos úmidos escorriam por cima da testa. Não eram bonitas de ver agachadas naquele pântano. Mas aquelas almas eram vistas por Deus; e se as almas estivessem em um estado de graça seriam radiantes de ver: e Deus as amava ao vê-las.

Um sopro de humilhação degradante soprou sombriamente pela alma dele enquanto pensava no quanto tinha decaído ao ver que aquelas almas eram mais caras a Deus do que a sua. O vento soprou e seguiu rumo às miríades e miríades de outros sóis nos quais a graça de Deus reluzia ora com mais ora com menos força, em estrelas ora mais cintilantes ora mais veladas, enérgicas e fraquejantes. E as almas cintilantes afastavam-se, enérgicas e fraquejantes, unidas no sopro que avançava. Uma alma estava perdida, uma alma ínfima: a dele. Bruxuleou uma vez e se apagou, esquecida, perdida. O fim: devastação negra fria e vazia.

A consciência acerca do lugar retornou aos poucos durante um vasto período de tempo inaceso, insentido, invivido. A sórdida cena se compôs ao redor; os sotaques vulgares, as bicas de gás nas lojas, o cheiro de peixe e de bebida e de serragem úmida, os homens e as mulheres em movimento. Uma senhora estava prestes a atravessar a rua com uma lata de óleo na mão. Ele se inclinou e perguntou se havia uma capela nas redondezas.

– Uma capela, senhor? Sim, senhor. A capela da Church Street.

– Church?

Ela passou a lata para a outra mão e indicou a direção: e, enquanto sustinha a mão encarquilhada e malcheirosa sob a franja do xale, ele se inclinou para ficar ainda mais próximo a ela, entristecido e consolado por aquela voz.

– Muito obrigado.

– De nada, senhor.

As velas do altar principal estavam apagadas mas a fragrância do incenso ainda pairava ao longo da nave escura. Trabalhadores barbados de rosto devoto estavam transportando um dossel para fora da capela por uma porta lateral, e o sacristão os ajudava com gestos silenciosos e palavras. Uns poucos fiéis ainda estavam lá, rezando diante dos altares laterais ou ajoelhados nos bancos próximos aos confessionários. Ele se aproximou com passos tímidos e ajoelhou-se no último banco da nave, agradecendo a paz e o silêncio e as sombras perfumadas da igreja. A tábua em que se ajoelhou era estreita e desgastada e as pessoas que se ajoelhavam ao redor eram humildes seguidores de Jesus. Jesus também havia nascido na pobreza e trabalhado na oficina de um carpinteiro, cortando e aplainando tábuas, e falou pela primeira vez sobre o reino de Deus para um grupo de pescadores pobres, ensinando todos os homens a ter um coração fraco e humilde.

Ele segurou a cabeça entre as mãos, suplicando ao coração que fosse fraco e humilde para que pudesse ser como aqueles que estavam ajoelhados ao redor e ter a oração aceita como a deles. Ele rezou ao lado dos outros mas foi difícil. A alma estava conspurcada pelo pecado e ele não se atreveu a pedir perdão com a confiança simples daqueles que Jesus, nos misteriosos caminhos de Deus, havia chamado em primeiro lugar para o lado Dele, os carpinteiros, os pescadores, gente pobre e simples que tinha um ofício desprezado, que manuseava e dava forma à madeira das árvores, que remendava as redes com paciência.

Uma figura alta desceu pela nave lateral e os penitentes se movimentaram: e no último instante, depois de erguer os olhos, ele viu uma longa barba cinzenta e o hábito marrom de um capuchinho. O padre entrou no confessionário e desapareceu. Dois penitentes se levantaram e entraram no confessionário pelos dois lados. O painel de madeira se abriu e o suave murmúrio de uma voz perturbou o silêncio.

O sangue dele começou a fervilhar nas veias, murmurando como uma cidade pecaminosa despertada do sono para ouvir a sentença. Pequenas fagulhas de fogo caíam e cinzas poeirentas caíam suaves, pousando nas casas dos homens. Todos se agitavam, acordando do sono, perturbados pelo ar quente.

O painel de madeira tornou a se fechar. O penitente saiu pela lateral do confessionário. O painel mais distante se abriu. Uma mulher entrou com gestos silenciosos e decididos no lugar onde o primeiro penitente havia se ajoelhado. O suave murmúrio recomeçou.

Ele ainda podia ir embora da capela. Ainda podia se levantar, colocar um pé na frente do outro e sair discretamente e então correr, correr, correr depressa pelas ruas escuras. Ainda podia escapar daquela vergonha. Quem dera tivesse cometido qualquer outro crime terrível que não aquele pecado! Quem dera tivesse sido um assassinato! Pequenas fagulhas de fogo caíam e tocavam-lhe por todo o corpo, pensamentos vergonhosos, palavras vergonhosas, atos vergonhosos. A vergonha o cobriu por completo como cinzas quentes e finas que caíam sem parar. Pôr aquilo em palavras! A alma, sufocada e indefesa, deixaria de existir.

O painel de madeira tornou a se fechar. Um penitente saiu pela outra lateral do confessionário. O painel de madeira mais próximo se abriu. Um penitente entrou por onde o outro penitente havia saído. Um ruído manso e sussurrante flutuou em nuvenzinhas vaporosas para fora do confessionário. Era a mulher: nuvenzinhas mansas e vaporosas, vapor manso e sussurrante, sussurrando e sumindo.

Com um gesto humilde ele bateu no peito com o punho, em segredo por trás do descanso de madeira. Estaria junto com os outros e com Deus. Amaria o próximo. Amaria o Deus que o havia feito e o amava. Ficaria de joelhos e rezaria com os outros e seria feliz. Deus olharia para baixo e quando o visse em meio aos outros amaria a todos.

Era fácil ser bom. O jugo de Deus era leve e suave. Seria melhor não ter pecado jamais, ter permanecido para sempre como uma criança, pois Deus amou as crianças e permitiu que se aproximassem Dele. Pecar era uma coisa triste e terrível. Mas Deus era misericordioso com os pobres pecadores que se arrependiam de coração. Como aquilo era verdade! Essa era de fato a essência do bem.

O painel de madeira fechou-se de repente. A penitente saiu. Ele era o próximo. Levantou-se aterrorizado e caminhou como um cego até o confessionário.

Por fim havia chegado o momento. Ajoelhou-se na escuridão silenciosa e ergueu os olhos em direção ao crucifixo branco suspenso acima de si. Deus podia ver que estava arrependido. Confessaria todos os pecados. A confissão seria longa, longa. Todos na capela haveriam de saber o quanto havia pecado. Pois que soubessem. Era tudo verdade. Mas Deus havia prometido perdão caso se arrependesse. Ele estava arrependido. Enlaçou as mãos e ergueu-as em direção ao vulto branco, rezando com os olhos escuros, rezando com todo o corpo trêmulo, balançando a cabeça de um lado para o outro como uma criatura perdida, rezando com lábios chorosos.

– Me perdoe! Me perdoe! Ah, me perdoe!

O painel de madeira se abriu com um estalo e o coração dele deu um pulo no peito. O rosto de um velho padre apareceu por trás da treliça, voltado para o lado oposto e sustentado por uma mão. Ele fez o sinal da cruz e pediu o perdão do padre porque havia pecado. Então, com a cabeça baixa, repetiu o *Confiteor* tomado de pavor. Quando chegou às palavras *minha máxima culpa* ele se deteve, sem fôlego.

– Quanto tempo passou desde a sua última confissão, meu filho?

– Muito tempo, padre.

– Um mês, meu filho?

– Mais, padre.

– Três meses, meu filho?

– Mais, padre.

– Seis meses?

– Oito meses, padre.

Havia começado. O padre perguntou:

– E o que você recorda desde então?

Começou a confessar os pecados: missas perdidas, orações não feitas, mentiras.

– Mais alguma coisa, meu filho?

Pecados de raiva, de inveja dos outros, de gula, de vaidade, de desobediência.

– Mais alguma coisa, meu filho?

– Preguiça.

– Mais alguma coisa, meu filho?

Não havia como escapar. Ele murmurou:

– Eu... cometi pecados de impureza, padre.

O padre não virou a cabeça.

– Sozinho, meu filho?

– E... com outras pessoas.

– Mulheres, meu filho?

– Sim, padre.

– Eram mulheres casadas, meu filho?

Ele não sabia. Os pecados pingaram-lhe dos lábios, um por um, pingaram em gotas vergonhosas daquela alma que supurava e escorria como uma úlcera, um sórdido fluxo de vício. Os pecados escorreram, vagarosos e imundos. Ainda havia o que contar. Ele baixou a cabeça, vencido.

O padre continuou em silêncio. Então perguntou:

– Que idade você tem, meu filho?

– Dezesseis anos, padre.

O padre passou a mão diversas vezes por cima do rosto. Então, depois de apoiar a testa contra a mão, inclinou-se em direção à treliça e, com os olhos afastados, começou a falar vagarosamente. A voz era velha e cansada.

– Você é muito jovem, filho, disse o padre, e eu imploro para que se livre desse pecado. É um pecado terrível. Mata o corpo e mata a alma. É a causa de inúmeros crimes e inúmeras desgraças. Livre-se desse pecado, pelo amor de Deus. É um ato desonroso e covarde. Você nem imagina aonde esse hábito terrível pode levá-lo nem quando pode voltar-se contra você. Enquanto estiver cometendo esse pecado, meu filho, você não vale um vintém aos olhos de Deus. Reze para que nossa mãe Maria o proteja. Ela há de ajudá-lo, filho. Reze para Nossa Abençoada Senhora quando esse pecado surgir nos seus pensamentos. Tenho certeza de que é o que você há de fazer, não é mesmo? Você se arrependeu de todos esses pecados. Tenho certeza. E você há de prometer a Deus que pela graça divina Dele nunca mais há de ofendê-Lo com esse pecado vil. Você está disposto a fazer essa solene promessa a Deus, não é mesmo?

– Estou, padre.

Aquela voz cansada e velha caía como uma chuva suave sobre o coração trêmulo e sedento. Quanta suavidade, quanta tristeza!

– Muito bem, filho. O demônio afastou você do bom caminho. Mande-o de volta para o inferno quando tentar desonrar o seu corpo dessa forma – esse espírito vil que odeia a Nosso Senhor. Prometa a Deus que você há de abandonar esse pecado, esse pecado terrível.

Cegado pelas lágrimas e pela luz da misericórdia divina ele inclinou a cabeça e ouviu as graves palavras de absolvição serem proferidas e viu a mão do padre erguida como símbolo do perdão.

– Que Deus o abençoe, filho. Reze por mim.

Ele se ajoelhou para cumprir a penitência em um canto da nave escura: e as preces ascenderam rumo ao céu daquele coração purificado como o perfume que se desprende de um coração de rosas brancas.

As ruas embarradas pareciam alegres. Andou a passos largos de volta para casa, ciente da graça invisível que o rodeava e conferia leveza a todos os movimentos. Tinha conseguido apesar de tudo. Tinha se confessado e Deus o havia perdoado. A alma estava pura e santificada mais uma vez, santificada e feliz.

Seria lindo morrer naquele instante se Deus assim desejasse. Seria lindo viver se Deus assim desejasse, viver em estado de graça uma vida de paz e virtude e tolerância com os outros.

Ele sentou-se ao pé do fogo na cozinha, sem atrever-se a falar de tanta alegria. Antes daquele momento jamais havia sabido como a vida pode ser bela e tranquila. O quadrado de papel verde preso ao redor da lâmpada projetava uma sombra tênue. Na estante havia um prato com salsichas e morcilha branca e na estante havia ovos. Eram para o café da manhã servido após a comunhão na capela da universidade. Morcilha branca e ovos e salsichas e xícaras de chá. Como a vida era simples e bela afinal! E Stephen tinha a vida inteira diante de si.

Em um sonho ele adormeceu. Em um sonho se levantou e viu que o dia havia raiado. Em um sonho acordado atravessou a manhã silenciosa em direção ao colégio.

Os meninos estavam todos lá, ajoelhados nos lugares. Ele se ajoelhou em meio aos outros, feliz e tímido. O altar estava cheio de montes fragrantes de flores brancas: e na luz matutina as pálidas chamas das velas em meio às flores brancas pareciam nítidas e silenciosas como a própria alma dele.

Ajoelhou-se diante do altar com os colegas, segurando a talha do altar com os outros em um corrimão vivo. As mãos dele tremiam, e a alma tremeu quanto ouviu o padre ir de um comungante a outro com o cibório.

– *Corpus Domini nostri.*

Seria possível? Ajoelhou-se, tímido e livre do pecado: e receberia na língua a hóstia e Deus adentraria aquele corpo purificado.

– *In vitam eternam. Amen.*

Outra vida! Uma vida de graça e virtude e felicidade! Era verdade. Não era um sonho do qual fosse acordar. O passado era passado.

– *Corpus Domini nostri.*

O cibório chegou até ele.

IV

O DOMINGO ERA DEDICADO AO mistério da Santíssima Trindade, a segunda-feira ao Espírito Santo, a terça-feira aos Anjos da Guarda, a quarta-feira a São José, a quinta-feira ao Santíssimo Sacramento do Altar, a sexta-feira a Jesus Sofredor, o sábado à Bem-Aventurada Virgem Maria.

Toda manhã ele se consagrava na presença de uma imagem ou de um mistério sagrado. O dia começava com a oferenda heroica de todos os momentos de pensamento ou de ação às intenções do supremo pontífice e com uma missa bem cedo. O ar fresco da manhã acirrava o sentimento de reverência; e muitas vezes, quando se ajoelhava em meio aos poucos devotos junto do altar lateral e acompanhava com o missal repleto de lembretes entre as folhas os murmúrios do padre, erguia os olhos por um instante em direção à figura paramentada que se erguia na escuridão entre as duas velas que simbolizavam o velho e o novo testamento e se imaginava em uma missa nas catacumbas.

A vida diária dividia-se entre várias zonas de devoção. Com exortações e preces, acumulava sem nenhuma inveja séculos de dias e quarentenas e anos para as almas no purgatório; mas o triunfo espiritual que sentia ao alcançar com tamanha facilidade tantas épocas fabulosas de penitências canônicas não aplacava de todo o fervor das preces uma vez que jamais poderia saber quantos castigos temporais havia expiado através do sufrágio pelas almas agonizantes: e, temeroso de que em meio ao fogo do purgatório, que se diferenciava do fogo do inferno apenas por não ser eterno, a penitência talvez rendesse pouco mais do que uma gota de umidade, passou a conduzir a alma diariamente por um círculo cada vez mais amplo de obras de abnegação. Todas as partes do dia, divididas segundo a compreensão que agora tinha da posição que ocupava na vida, giravam em torno de seu próprio centro de energia espiritual. A vida parecia estar próxima da eternidade; cada pensamento, cada palavra e ação, cada instância de consciência tornava a vibrar radiante no céu: e por vezes o sentimento causado por essa repercussão imediata era tão intenso que acreditava sentir a alma devota como dedos que operam as teclas de uma enorme caixa registradora e ver o montante das compras surgir de imediato no céu, não como um número mas como uma frágil coluna de incenso ou como uma flor delicada.

Os rosários que rezava o tempo inteiro – pois levava as contas soltas nos bolsos das calças para dizê-los enquanto andava pelas ruas – transformavam-se em coroas de flores com uma textura a tal ponto vaga e extraterrena que lhe pareciam tão incolores e inodoras quanto eram inefáveis. Oferecia cada uma das três guirlandas diárias para que a alma pudesse ganhar força em todas as três virtudes teológicas, a fé no Pai, que o havia criado, a esperança no Filho, que o havia redimido, e o amor pelo Espírito Santo, que o havia santificado, e essa tripla oração tríplice era oferecida às Três Pessoas através de Maria, em nome dos jubilosos e plangentes e gloriosos mistérios.

Em todos os sete dias da semana, rezava para que um dos sete dons do Espírito Santo pudesse se derramar sobre a alma dele e afastar dia após dia os sete pecados capitais com que a havia conspurcado no passado; e rezava para cada virtude no dia apropriado, com a certeza de que se derramaria sobre ele, embora às vezes parecesse estranho que a sabedoria e a compreensão e o conhecimento tivessem naturezas tão diferentes para que devesse rezar separadamente por cada uma delas. Mesmo assim acreditava que em um momento futuro do progresso espiritual essa dificuldade seria vencida quando a alma pecaminosa tivesse se erguido da fraqueza e estivesse iluminada pela Terceira Pessoa da Santíssima Trindade. Acreditava com ainda mais fervor e trepidação por conta das trevas e do silêncio divinos onde habitava o Paracleto invisível, cujos símbolos eram a pomba e um vento poderoso, e contra o qual pecar era um pecado imperdoável – o eterno, secreto e misterioso Ser a quem, na condição de Deus, os padres consagravam a missa uma vez por ano, trajando o escarlate das línguas de fogo.

As imagens através das quais a natureza e as relações das Três Pessoas da Trindade surgiam como vultos nos livros de devoção que se dedicava a ler – nos quais o Pai contemplava desde a eternidade todas as Suas Perfeições Divinas como em um espelho e assim criava eternamente o Filho Eterno e o Espírito Santo emanava do Pai e do Filho por toda a eternidade – eram mais passíveis de aceitação pela mente em função da augusta incompreensibilidade do que o simples fato de que Deus tinha amado a alma dele por toda a eternidade, por eras antes que tivesse vindo ao mundo, por eras antes que o mundo tivesse existido.

Tinha ouvido os nomes das paixões do amor e do ódio serem proferidos em tom solene no palco e no púlpito, tinha-os encontrado escritos em tom solene nos livros, e indagado por que sua alma era incapaz de recebê-los por um instante que fosse e incapaz de forçar-lhe os lábios a pronunciar aqueles nomes com convicção. Uma raiva fugaz muitas vezes o acometia mas ele nunca tinha conseguido fazer daquilo uma paixão duradoura e sempre tinha a impressão de que poderia desmaiar como se estivesse sendo privado de uma casca ou de um invólucro externo. Tinha sentido uma presença sutil, obscura e murmurante penetrar-lhe o ser e abrasar--lhe com uma breve luxúria iníqua: mas essa também lhe havia escapado, deixando a mente lúcida e indiferente. Tudo indicava que aquele seria o único amor e o único ódio que sua alma havia de albergar.

Mas não podia mais desacreditar a realidade do amor uma vez que o próprio Deus tinha amado sua alma individual com amor divino por toda a eternidade. Aos poucos, à medida que a alma se enchia de conhecimento espiritual, passou a ver o mundo inteiro formar uma expressão simétrica do poder e do amor de Deus. A vida tornou-se uma dádiva divina por cujos momentos e cujas sensações, mesmo que se tratasse de uma simples folha pendurada na ponta de um galho, a alma devia rezar e agradecer ao Criador. O mundo apesar de toda a complexidade e de toda a substância sólida não existia para a alma a não ser como um teorema divino de poder e amor e universalidade. Tão absoluto e inquestionável era o sentimento de manifestação divina em toda a natureza concedido à sua alma que ele mal podia compreender por que seria necessário que continuasse vivendo. Mesmo assim aquilo era parte da vontade divina e ele não se atrevia a questionar-lhe a utilidade, ele que mais do que todos os outros havia cometido pecados vis e profundos contra a vontade divina. Enfraquecida e humilhada pela consciência dessa realidade única eterna onipresente e perfeita a alma reassumiu o fardo de devoção, missas e preces e sacramentos e mortificações, e somente assim pela primeira vez desde que havia se indagado sobre o grande mistério do amor ele sentiu dentro de si um movimento quente como o de uma vida ou virtude recém-nascida na própria alma. A atitude de êxtase na arte sacra, as mãos erguidas e separadas, os lábios entreabertos e os olhos como os de alguém prestes a desmaiar tornaram-se para ele uma imagem da alma em oração, humilhada e fraca perante o Criador.

Mas tinha sido alertado quanto aos riscos da exaltação espiritual e não se deixou abandonar sequer os mais simples e humildes gestos de devoção enquanto buscava através da mortificação constante desfazer o passado pecaminoso em vez de atingir uma santidade repleta de perigos. Cada um dos sentidos foi obrigado a adotar uma disciplina rigorosa. A fim de mortificar o sentido da visão ele se obrigava a andar pelas ruas com os olhos baixos, sem olhar para a esquerda nem para a direita e sem jamais olhar para trás. Os olhos repeliam qualquer encontro com os olhos de uma mulher. De vez em quando também os frustrava com um súbito esforço da vontade, como quando erguia o olhar de repente no meio de uma frase e fechava o livro. Para mortificar a audição não exercia nenhum tipo de controle sobre a voz, que estava mudando na época, nem cantava ou assoviava ou fazia qualquer esforço para se afastar de barulhos que causassem irritações nervosas como a afiação de facas na pedra de amolar, o recolhimento das cinzas com a pá da lareira e a escovação do tapete. Mortificar o olfato era mais difícil já que não encontrou em si mesmo nenhuma repulsa instintiva aos odores desagradáveis, fossem os odores do mundo externo como os cheiros de bosta ou de piche ou ainda os odores do próprio corpo com os quais fez muitas comparações e experiências curiosas. No fim descobriu que o único odor capaz de causar repulsa ao sentido do olfato era um fedor de peixe estragado que se parece com o de urina velha: e sempre que possível sujeitava-se a esse desagradável odor. Para mortificar o paladar adotava hábitos rigorosos à mesa, observava ao pé da letra todos os jejuns da igreja e tentava afastar dos pensamentos os sabores de diferentes comidas. Mas foi para a mortificação do tato que trouxe o mais sagaz engenho da inventividade. Jamais trocava de posição conscientemente na cama, sentava-se nas posições mais desconfortáveis, aguentava com paciência todas as coceiras e dores, mantinha-se longe do fogo, permanecia de joelhos durante a missa inteira, a não ser nos evangelhos, deixava partes do rosto e do pescoço molhadas para que o vento as fizesse arder e, sempre que não estava rezando as contas, mantinha os braços fixos ao lado do corpo como um corredor e jamais nos bolsos ou enlaçados nas costas.

Não sentia tentações de pecar mortalmente. No entanto surpreendeu-o descobrir que no fim desse intrincado percurso de temperança e devoção ainda se encontrava à mercê de imperfeições pueris e indignas. As orações e jejuns pouco adiantavam para a supressão da raiva que sentia ao ouvir a mãe espirrar ou ao ser interrompido durante as devoções. Era necessário um imenso esforço da vontade para controlar o impulso que o incitava a dar vazão a essa irritação. Imagens dos surtos de raiva corriqueira que havia percebido nos mestres, como as bocas trêmulas, os lábios apertados e os rostos esbraseados acudiam-lhe à memória, desencorajando-o, apesar de toda a prática dedicada à humildade, por conta da comparação. Juntar a própria vida à maré comum de outras vidas era mais difícil para ele do que qualquer outro jejum ou oração, e o constante fracasso em assim proceder de maneira satisfatória por fim provocou em sua alma uma sensação de secura espiritual que se somou a um crescimento das dúvidas e dos escrúpulos. A alma dele atravessou um período de desolação no qual até mesmo os próprios sacramentos pareciam ter se transformado em fontes secas. As confissões transformaram-se em uma válvula de escape para as imperfeições escrupulosas das quais não se arrependia. O recebimento da eucaristia não lhe trazia momentos de dissolução e abnegação virginal como aqueles trazidos pelas comunhões espirituais às vezes feitas ao término de uma visita ao Santíssimo Sacramento. O livro que usava para essas visitas era um velho livro escrito por Santo Afonso de Ligório, com letras desbotadas e folhas secas e descoloridas. Um mundo desbotado de amor ardente e responsos virginais parecia ser invocado na alma dele mediante a leitura daquelas páginas onde as imagens dos cânticos mesclavam-se às orações do comungante. Uma voz inaudível parecia acariciar-lhe a alma, dizendo-lhe nomes e glórias, incitando-a a erguer-se e sair como que para o esponsal, incitando-a a olhar adiante, desde Amana e das montanhas dos leopardos; e a alma parecia responder com a mesma voz inaudível enquanto se entregava: *Inter ubera mea commorabitur.*

Essa ideia de entrega tinha uma perigosa atração para a mente dele agora que sentia a alma mais uma vez assaltada pelas insistentes vozes da carne que mais uma vez haviam começado a murmurar durante as preces e meditações. Ele sentia ter à própria disposição um poder imenso por saber que, com um único ato de consentimento, com um único pensamento, poderia desfazer tudo o que havia feito. Tinha a impressão de sentir um fluxo que aos poucos avançava em direção aos pés nus e de estar à espera da primeira ondinha tímida suave e silenciosa que haveria de tocar sua pele febril. Então, quase no mesmo instante do toque, quase nas raias do consentimento pecaminoso, descobria-se de pé longe da água em uma orla seca, salvo por um súbito ato da vontade ou por uma súbita exortação: e, ao ver o tom prateado da maré ao longe começar mais uma vez o lento progresso em direção a seus pés, um novo calafrio de poder e de satisfação fazia-lhe a alma estremecer quando percebia que não havia cedido nem desfeito tudo.

Depois de frustrar a maré de tentação diversas vezes dessa maneira ficou perturbado e indagou-se se a graça que havia se negado a perder não estaria sendo roubada pouco a pouco. A certeza da própria imunidade feneceu e foi seguida por um medo vago de que a alma tivesse decaído sem perceber. Foi apenas depois de enfrentar certas dificuldades que recuperou a velha consciência relativa ao próprio estado de graça repetindo para si mesmo que havia rezado para Deus diante de cada tentação e que a graça pela qual havia rezado devia ter sido concedida uma vez que Deus era obrigado a concedê-la. A própria frequência e a violência das tentações por fim lhe mostraram a verdade do que tinha ouvido sobre as provações dos santos. Tentações frequentes e violentas eram prova de que a cidadela da alma não havia caído e de que o demônio enfurecido lutava pela queda.

Muitas vezes após confessar as dúvidas e os escrúpulos, uma distração momentânea durante as orações, um movimento trivial de raiva na alma ou uma sutil rebeldia na fala ou nas ações, o confessor pedia que relatasse um pecado da vida pregressa antes de conceder-lhe a absolvição. Ele o relatava com humildade e vergonha e mais uma vez tornava a se arrepender. Humilhava-o e envergonhava-o pensar que nunca poderia se livrar para sempre daquilo, por mais devota que fosse a vida a partir de então e por mais virtudes ou perfeições que pudesse conquistar. Um implacável sentimento de culpa estaria sempre presente: confessava e se arrependia e era absolvido, confessava e se arrependia outra vez era absolvido outra vez, em vão. Talvez aquela primeira confissão arrancada às pressas pelo medo do inferno não houvesse lhe feito bem? Talvez, preocupado apenas com o destino iminente, não tivesse demonstrado uma tristeza sincera em relação ao pecado cometido? De qualquer modo, o sinal mais confiável de que a confissão havia funcionado e de que havia demonstrado uma tristeza sincera em relação ao pecado, como bem sabia, era o endireitamento da própria vida.

– Eu endireitei a minha vida, não endireitei?, perguntou a si mesmo.

***

O diretor estava de pé junto ao recuo da janela, de costas para a luz, com um cotovelo apoiado no rolo da cortina marrom e, enquanto falava e sorria, distraía-se e fazia laços com o cordão da outra cortina. Stephen estava de pé logo à frente, e por um instante seguia com os olhos o esmaecer da longa luz de verão por cima dos telhados ou os hábeis movimentos descritos pelos dedos sacerdotais. O rosto do padre estava na escuridão total, mas a tênue luz ao fundo tocava-lhe os profundos sulcos das têmporas e as curvas do crânio. Stephen também seguia com os ouvidos as ênfases e os intervalos da voz do padre que falava em tom grave e cordial a respeito de temas indiferentes, as férias que recém haviam acabado, as universidades da ordem no estrangeiro, a transferência dos mestres. A voz grave e cordial seguiu contando a história, e durante as pausas Stephen sentia-se obrigado a reavivá-la com perguntas respeitosas. Sabia que a história era um prelúdio e seus pensamentos aguardavam a sequência. Desde que havia recebido o chamado do diretor seus pensamentos tentavam desvendar o significado da mensagem; e durante o longo tempo de irrequietude em que permanecera sentado no salão do colégio esperando o diretor seus olhos tinham vagado de um quadro a outro ao redor das paredes e seus pensamentos tinham vagado de um palpite a outro até que o significado daquele chamado houvesse se tornado quase claro. Então, no instante em que estava a desejar que uma causa imprevista impedisse a chegada do diretor, ouviu o girar de uma maçaneta e o farfalhar de uma sotaina.

O diretor havia começado a falar sobre os dominicanos e os franciscanos e sobre a amizade entre São Tomás de Aquino e São Bonaventura. O traje dos capuchinhos, segundo achava, era um tanto...

O rosto de Stephen retribuiu o sorriso indulgente do padre e, sem nenhuma ansiedade para emitir qualquer opinião, ele fez um discreto movimento dubitativo com os lábios.

– Parece-me, continuou o diretor, que hoje em dia os próprios capuchinhos estão considerando a possibilidade de acabar com aquilo e de seguir o exemplo dos outros franciscanos.

– Mas eu imagino que fossem manter os trajes no claustro, disse Stephen.

– Ah, certamente, respondeu o diretor. Para o claustro aquilo parece adequado, mas na rua eu acho que devia ser abolido, você não concorda?

– Deve ser problemático, imagino?

– Claro, claro. Imagine que quando eu estava na Bélgica eu costumava vê-los andando de bicicleta em climas os mais variados possíveis com aquele negócio enrolado acima dos joelhos! Era totalmente ridículo. *Les jupes,* é assim que os chamam na Bélgica.

A vogal soou tão modificada a ponto de ser indistinguível.

– Como é que os chamam?

– *Les jupes.*

– Ah.

Stephen tornou a sorrir em resposta ao sorriso que não podia ver no rosto ensombrecido do padre, com aquela imagem ou aquele espectro cruzando depressa seus pensamentos cada vez que o discreto sotaque chegava-lhe aos ouvidos. Lançou um olhar tranquilo adiante, em direção ao céu evanescente, feliz com o frio do entardecer e com o tênue brilho amarelo que a pequena chama tinha acendido em seu rosto.

Os nomes das peças de vestuário usadas pelas mulheres ou de certas fazendas macias e delicadas usadas na fabricação sempre o faziam pensar em um perfume delicado e pecaminoso. Ainda garoto, costumava imaginar as rédeas que usam para guiar os cavalos como estreitas fitas de seda, e chocou-se ao sentir em Stradbrook o couro ensebado do arreio. Também chocou-se ao sentir pela primeira vez sob os dedos trêmulos a textura quebradiça de uma meia-calça feminina porque, sem reter nada de tudo o que tinha lido a não ser o que parecia um eco ou uma profecia do próprio estado, era apenas em meio a frases de palavras macias ou no interior de fazendas cor-de-rosa e macias que se atrevia a conceber a alma ou o corpo de uma mulher se movendo com a ternura da vida.

Mas a frase nos lábios do padre soou canhestra porque ele sabia que um padre não devia falar de maneira leviana sobre esses assuntos. A frase tinha sido falada intencionalmente de maneira leviana e ele sentiu o rosto ser esquadrinhado pelos olhos na sombra. O que quer que tivesse ouvido a respeito do ofício dos jesuítas tinha sido deixado de lado com toda a franqueza como algo não corroborado pela experiência. Os mestres, mesmo quando não apresentavam nenhum grande atrativo, pelo menos tinham sempre dado a impressão de ser padres inteligentes e sérios, prefeitos atléticos e altivos. Pensava neles como homens que lavavam o corpo às pressas com água fria e trajavam linho frio e limpo. Durante todo o tempo que havia convivido com eles em Clongowes e em Belvedere tinha levado apenas dois bolos e, embora tivessem sido aplicados de maneira injusta, ele sabia que por muitas vezes tinha escapado do castigo. Durante todo aquele tempo jamais tinha ouvido de um único mestre uma palavra leviana: foram eles que lhe ensinaram a doutrina cristã e insistiram para que trilhasse o caminho da virtude e, quando sucumbiu a um terrível pecado, foram eles que o reconduziram ao estado de graça. A presença daqueles padres o fez sentir-se inseguro quando ainda era um novato em Clongowes e o fez sentir-se inseguro também quando ocupava a duvidosa posição em Belvedere. Essa impressão constante permaneceu com ele até o último ano da vida escolar. Nunca tinha desobedecido ou permitido aos colegas desordeiros que o convencessem a abandonar o hábito da obediência pacata: e, mesmo quando duvidava de uma afirmação do mestre, nunca tinha a presunção de duvidar abertamente. Nos últimos tempos certos julgamentos haviam soado pueris a seus ouvidos e assim o levado a sentir remorso e pena como se aos poucos estivesse deixando o mundo a que estava acostumado e ouvindo a linguagem desse mundo pela derradeira vez. Certo dia quando um grupo de garotos se reuniu ao redor de um padre sob o galpão próximo à capela, ouviu o padre dizer:

– Acredito que Lord Macaulay provavelmente nunca cometeu um pecado mortal na vida, ou melhor, nunca cometeu um pecado mortal com deliberação.

Alguns garotos então perguntaram ao padre se Victor Hugo não era o maior dos escritores franceses.

O padre respondeu que Victor Hugo perdeu boa parte da capacidade de escrever bem que tinha na época em que era católico depois de se voltar contra a igreja.

– Mas existem importantes críticos franceses, disse o padre, que consideram que mesmo Victor Hugo, por maior que tenha sido, não tinha um estilo tão puramente francês quanto Louis Veuillot.

A pequena chama que a alusão do padre tinha acendido nas faces de Stephen tornou a se apagar e o olhar calmo dele fixou-se no céu incolor. Porém uma dúvida inquietante permaneceu voando de um lado para o outro em seus pensamentos. Lembranças mascaradas passaram-lhe à frente: reconheceu cenas e pessoas mas notou que havia fracassado em perceber uma circunstância vital a respeito do que via. Viu-se a si mesmo caminhando nos pátios assistindo aos esportes em Clongowes e comendo *slim jim* do boné de críquete. Alguns jesuítas estavam caminhando ao longo da pista de ciclismo na companhia de mulheres. Os ecos de certas expressões usadas em Clongowes soaram nas remotas cavernas da memória.

Os ouvidos estavam ouvindo esses ecos distantes em meio ao silêncio da sala quando percebeu que o padre o estava interpelando em um tom um tanto diferente.

– Mandei chamar você hoje, Stephen, porque eu queria falar sobre um assunto muito importante.

– Pois não, senhor.

– Você já sentiu alguma vez que tinha uma vocação?

Stephen entreabriu os lábios para responder que sim e então reteve a palavra de repente. O padre continuou à espera da resposta e acrescentou:

– Quero saber se você já sentiu dentro de você, no fundo da sua alma, o desejo de se juntar à ordem. Pense bem.

– Eu já pensei a respeito, disse Stephen.

O padre deixou o cordão da cortina cair para um lado e, unindo as mãos, apoiou o queixo nelas com um gesto grave, em comunhão consigo mesmo.

– Em um colégio como esse, disse por fim, existe apenas um ou talvez dois ou três garotos a quem Deus chama para a vida religiosa. Um garoto assim se destaca dos colegas pela devoção, pelo bom exemplo que dá aos outros. Todos o admiram; talvez seja eleito prefeito pelos colegas da congregação. E você, Stephen, tem sido um garoto assim nesse colégio, o prefeito da Congregação Mariana. Talvez seja você o menino desse colégio que Deus chamou para Si.

A forte nota de orgulho que reforçou a gravidade da declaração do padre fez com que o coração de Stephen batesse mais depressa em resposta.

– Receber esse chamado, Stephen, disse o padre, é a maior honra que Deus Todo-Poderoso pode conceder a um homem. Nenhum rei e nenhum imperador da terra tem o poder dos sacerdotes de Deus. Nenhum anjo ou arcanjo no céu, nenhum santo, nem mesmo a própria Virgem Maria tem o poder de um sacerdote de Deus: o poder das chaves, o poder de prender e soltar o pecado, o poder do exorcismo, o poder de afastar das criaturas de Deus os espíritos maus que detêm poder sobre elas, o poder, a autoridade de fazer com que o grande Deus do Céu desça ao altar e tome a forma do pão e do vinho. É um poder extraordinário, Stephen!

Uma chama começou mais uma vez a se insinuar nas faces de Stephen quando percebeu nessa interpelação cheia de orgulho um eco de seus próprios devaneios. Quantas vezes não tinha se imaginado como um padre que detinha com serenidade e humildade o extraordinário poder que inspirava reverência nos anjos e nos santos! A alma dele adorava cogitar esse desejo em segredo. Tinha visto a si mesmo, um padre jovem de maneiras silenciosas, entrar depressa no confessionário, subir os degraus do altar, espalhar o incenso, fazer a genuflexão, executar as ações vagas do sacerdócio que tanto o agradavam em função da aparência de realidade e da distância que mantinham em relação a ela. Na vida difusa que vivera em todos esses devaneios assumia as vozes e os gestos que tinha observado em vários outros padres. Dobrava o joelho de lado como um, sacudia o turíbulo de leve como um outro, a casula se abria como a de um terceiro quando mais uma vez se voltava em direção ao altar depois de ter abençoado as pessoas. E acima de tudo gostava de preencher o segundo lugar nessas cenas difusas da imaginação. Evitava a dignidade do celebrante porque o desagradava imaginar que toda aquela pompa vaga devesse acabar em sua própria pessoa ou que o ritual devesse atribuir-lhe um ofício tão definitivo e peremptório. Ansiava pelos ofícios sagrados menores, por estar paramentado com a túnica do subdiácono durante a missa, por estar de pé no altar, esquecido pelos fiéis, com os ombros cobertos por um véu humeral, segurando a pátena em meio às dobras do tecido, ou, depois que o sacrifício se consumasse, por assumir o papel do deão que enverga uma dalmática de fios de ouro no degrau abaixo do celebrante, com as mãos postas e o rosto apontado em direção aos fiéis, e por entoar o cântico *Ite, missa est.* Se alguma vez havia se imaginado como celebrante fora com as figuras da missa no livro de orações para crianças, em uma igreja sem nenhum devoto além do anjo do sacrifício, em um altar nu e servido por um acólito pouco mais jovem do que ele próprio. Somente nesses vagos atos sacrificiais ou sacramentais a vontade parecia atraída a ponto de se encontrar com a realidade: e era em parte a ausência do rito celebrado que sempre o constrangia à inação independente de ter permitido que o silêncio encobrisse a raiva ou o orgulho ou de ter apenas se permitido receber o abraço que ansiava por dar.

Continuou a ouvir com um silêncio reverencial o apelo do padre e em meio às palavras ouvia em notas cada vez mais distintas uma voz que insistia em pedir que se aproximasse, oferecendo conhecimentos secretos e poderes secretos. Conheceria o pecado de Simão Mago e o pecado contra o Espírito Santo para o qual não havia perdão. Conheceria coisas obscuras, inacessíveis às demais pessoas, que eram concebidas e nasciam como filhos da ira. Conheceria os pecados, os anseios pecaminosos e os desejos pecaminosos e atos pecaminosos dos outros quando os ouvisse murmurados em seus ouvidos no confessional sob a vergonha de uma capela escura por lábios de mulheres e moças: porém tornada misteriosamente imune graças ao ordenamento pela impostação das mãos a alma passaria mais uma vez sem nenhum contágio rumo à paz branca do altar. Nenhum toque de pecado mancharia as mãos com que haveria de erguer e partir a hóstia; nenhum toque de pecado mancharia os lábios que haveriam de orar para que comesse e bebesse a danação, sem discernir o corpo do Senhor. Seria o detentor de conhecimentos secretos e de poderes secretos, imune ao pecado como os inocentes: e seria um padre por toda a eternidade segundo a ordem de Melquisedec.

– Vou dedicar a missa de amanhã de manhã, disse o diretor, a que Deus Todo-Poderoso possa revelar a você a vontade sagrada Dele. Quanto a você, Stephen, trate de fazer uma novena para o seu santo patrono, o primeiro mártir, que detém um enorme poder junto a Deus, para que Deus lhe ilumine os pensamentos. Mas você precisa ter certeza, Stephen, de que tem uma vocação, porque seria terrível se mais tarde você descobrisse que não a tem. Lembre-se, uma vez padre, sempre padre. O seu catequismo diz que o sacramento das Ordens Sagradas é um dos que podem ser recebidos apenas uma única vez porque faz na alma uma marca espiritual indelével que não pode ser apagada jamais. Você deve ponderar antes, não depois. É uma questão solene, Stephen, porque dela pode depender a salvação da sua alma imortal. Então, rezemos juntos a Deus.

O diretor abriu a pesada porta do corredor e estendeu a mão como a estenderia para um companheiro da vida espiritual. Stephen avançou pela ampla plataforma acima dos degraus e percebeu a carícia da suave brisa vespertina. Próximo à Findlater's Church um quarteto de jovens caminhava a passos largos e de braços dados, balançando as cabeças e movendo-se com a intensa melodia que saía da concertina tocada pelo líder. Em um instante, como sempre fazem os primeiros compassos de uma melodia súbita, a música atravessou as fantásticas fazendas de seus pensamentos, dissolvendo-se sem dor e sem barulho como uma onda súbita dissolve os castelos de areia das crianças. Sorrindo ante o ar trivial Stephen ergueu o olhar até o rosto do padre e, ao ver nele um esmorecido reflexo do dia que acabava, soltou devagar a mão que tinha consentido de maneira vaga com aquela companhia.

Enquanto descia os degraus a impressão que obliterou a problemática comunhão consigo mesmo foi a de uma máscara esmorecida que refletisse o fim de mais um dia no umbral do colégio. Então a sombra da vida no colégio passou-lhe com gravidade pela consciência. Era uma vida grave e ordeira e privada de paixões que o esperava, uma vida sem preocupações materiais. Imaginou como passaria a primeira noite no noviciado e a sensação de desalento que o acometeria ao despertar pela primeira vez no dormitório. O cheiro perturbador dos longos corredores de Clongowes retornou e ele ouviu o murmúrio discreto das chamas de gás. No mesmo instante sentiu que todas as partes do próprio ser começaram a irradiar inquietude. Uma aceleração febril dos pulsos veio a seguir e um clamor de palavras incompreensíveis começou a atirar-lhe os pensamentos de um lado para o outro em um grande tumulto. Os pulmões se enchiam e se esvaziavam como se estivesse inalando um ar quente e úmido e incapaz de sustê-lo e mais uma vez tornou a sentir o cheiro quente e úmido que envolvia o banheiro de Clongowes acima da vagarosa água cor de grama.

Um instinto, despertado por essas memórias, mais forte do que a educação ou a devoção, despertava em seu âmago toda vez que se aproximava dessa vida, um instinto sutil e hostil, e o armava contra o consentimento. O frio e a ordem daquela vida o repeliam. Viu-se levantando no frio matinal e descendo com os outros para a primeira missa enquanto em vão tentava lutar com orações contra o enjoo debilitante do estômago. Viu-se sentado à mesa de jantar com a comunidade de um colégio. O que, então, teria acontecido com a timidez profundamente arraigada que o tornava avesso a comer ou a beber sob um teto estranho? O que teria acontecido com o orgulho do espírito que sempre o havia levado a se considerar uma pessoa à parte em toda e qualquer ordem?

O Reverendo Stephen Dedalus, S. J.

As letras do nome que haveria de acompanhá-lo ao longo da nova vida saltaram-lhe aos olhos e a seguir ele teve uma sensação mental indefinida de um rosto ou das cores de um rosto. A cor esmaeceu e reavivou-se como o brilho cambiante de um pálido vermelho-tijolo.

Seria a aura de coloração vermelha que tantas vezes tinha avistado em manhãs de inverno nas bem-escanhoadas guelras dos padres? O rosto não tinha olhos e era azedo e devoto, injetado com as manchas rosadas de uma raiva sufocada. Não seria um espectro mental do rosto de um dos jesuítas que os meninos chamavam de Queixada e outros de Foxy Campbell?

Estava passando naquele instante em frente à casa dos jesuítas na Gardiner Street, e teve a vaga curiosidade de saber que janela ocuparia caso um dia se juntasse à ordem. A seguir admirou-se com o caráter vago dessa curiosidade, com a distância que separava-lhe a alma do local que até então tinha imaginado como um santuário, com a fragilidade do laço que o mantinha atrelado a tantos anos dedicados à ordem e à obediência quando um ato voluntário e irrevogável ameaçava destruir para sempre, no tempo e na infinitude, a liberdade de que gozava. A insistente voz do diretor chamando-o para o nobre compromisso com a igreja e para o mistério e o poder do sacerdócio repetiam-se em sua memória. Mas a alma dele não estava lá para ouvi-la e recebê-la e ele agora sabia que a exortação que tinha ouvido já havia se transformado em um formalismo inútil. Jamais balançaria o turíbulo em frente ao tabernáculo como padre. O destino enfim o levaria a evitar as ordens sociais ou religiosas. A sabedoria do apelo feito pelo padre não lhe tocou o âmago. Estava destinado a aprender sua própria sabedoria longe dos outros ou a aprender a sabedoria dos outros enquanto vagava em meio às armadilhas do mundo.

As armadilhas do mundo eram maneiras de pecar. Ele haveria de cair. Ainda não havia caído mas cairia em silêncio, em um instante. Não cair era difícil demais, difícil demais: e assim sentiu o lapso silencioso da alma, pois em um instante futuro estaria caindo, caindo mas não ainda caída, antes da queda mas prestes a cair.

Ele atravessou a ponte acima das águas do Tolka e por um instante lançou um olhar frio em direção à desbotada imagem azul da Virgem Abençoada que se empoleirava como uma galinha em uma vara no meio de um acampamento de pobres cabanas com o formato de um presunto. Então, tomando o caminho da esquerda, seguiu pela rua que levava até sua casa. O leve fedor azedo de repolhos podres soprava das hortas no terreno elevado acima do rio. Sorriu ao pensar que era essa desordem, o desregramento e a confusão da casa do pai e a estagnação da vida leguminosa, que ganharia o dia em sua alma. Logo uma breve risada escapou-lhe dos lábios quando pensou no trabalhador solitário que ficava nas hortas atrás da casa onde morava e que tinha ganhado o apelido de homem do chapéu. Uma segunda risada, que se originou da primeira após um breve intervalo, escapou-lhe involuntariamente quando pensou na forma como o homem do chapéu trabalhava, levando em consideração os quatro pontos celestes e então fincando a pá na terra.

Abriu a porta sem tranca na varanda e atravessou o austero corredor em direção à cozinha. Um grupo de irmãos e irmãs estava sentado ao redor da mesa. O jantar estava quase acabado e restava apenas o final da segunda rodada de chá aguado no fundo dos pequenos vidros e potes de geleia que faziam as vezes de xícaras. As cascas e os pedaços descartados de pão doce, escurecidos pelo chá que os havia molhado, espalhavam-se por cima da mesa. Diminutas poças de chá espalhavam-se aqui e acolá pela mesa e uma faca com um cabo de marfim quebrado estava fincada no recheio de um pastel destroçado.

O triste e silencioso brilho cinza-azulado do dia moribundo entrou pela janela e pela porta aberta, cobrindo e apaziguando um súbito instinto de remorso no coração de Stephen. Tudo que fora negado aos irmãos tinha sido concedido a ele, o mais velho: mas o brilho silencioso do entardecer não revelava naqueles rostos nenhum traço de rancor.

Sentou-se próximo a eles e perguntou onde o pai e a mãe estavam. Alguém respondeu:

– Pê e pê les pê fo pê ram pê ver pê u pê ma pê ca pê sa.

Mais um afastamento! Um menino chamado Fallon em Belvedere tinha perguntado em diversas ocasiões com uma risada idiota por que eles se mudavam com tanta frequência. Uma carranca de escárnio obscureceu-lhe a testa quando mais uma vez ouviu a risada idiota do interlocutor.

Ele perguntou:

– Por que vamos nos mudar de novo, posso saber?

A mesma irmã respondeu:

– Pê por pê que pê o pê se pê nho pê rio pê vai pê nos pê man pê dar pê em pê bo pê ra.

A voz do irmão mais novo no lado mais distante da lareira começou a cantar *Oft in the Stilly Night.* Um a um os outros juntaram as vozes à melodia até que um coral completo estivesse a cantar. Cantaram assim por horas, canção atrás de canção, alegria atrás de alegria, até que o último raio de luz pálida morresse no horizonte, até que as nuvens escuras da noite surgissem e a noite caísse.

Stephen esperou por alguns instantes, ouvindo, antes de juntar-se à melodia. Ouvia com uma dor no espírito os harmônicos de exaustão por trás daquelas vozes frescas e frágeis. Mesmo antes de embarcar na jornada da vida já pareciam todos cansados com o percurso.

Ele ouviu o coral de vozes na cozinha ecoar e multiplicar-se em uma reverberação infinita de corais de infinitas gerações de crianças: e também ouviu em todos os ecos um eco da nota recorrente de exaustão e dor. Todos pareciam exaustos da vida mesmo antes de adentrá-la. Então lembrou-se de que Newman tinha ouvido aquela nota também nas linhas quebradas de Virgílio *dando expressão, como a própria voz da Natureza, à dor e à exaustão, apesar da esperança em coisas melhores que tem sido a experiência de todos seus filhos em todas as épocas.*

***

Não havia mais como esperar.

Da porta da taverna de Byron até o portão da Clontarf Chapel, do portão da Clontarf Chapel à porta da taverna de Byron e depois mais uma vez de volta à capela e depois mais uma vez de volta à taverna ele havia caminhado devagar no início, plantando os pés com todo o cuidado nos espaços dos retalhos que compunham a calçada para então deixar os passos caírem no ritmo dos versos. Uma hora inteira havia se passado desde que o pai entrara com Dan Crosby, o tutor, para descobrir alguma coisa a respeito da universidade para ele. Por uma hora inteira tinha andado de um lado para o outro, esperando: mas não havia mais como esperar.

Partiu de repente rumo a Bull, caminhando depressa para que o assovio cortante do pai não pudesse chamá-lo de volta; e passados alguns instantes tinha dobrado a esquina do quartel da polícia e estava a salvo.

Claro, a mãe fora hostil em relação à ideia, conforme pôde ler no apático silêncio. Mesmo assim, essa desconfiança doeu mais do que o orgulho do pai e ele pensou friamente que tinha observado a fé que minguava na própria alma envelhecer e fortalecer-se nos olhos da mãe. Um antagonismo vago ganhou força em seu âmago e toldou-lhe os pensamentos como se fosse uma nuvem contra a deslealdade da mãe; e, quando passou como uma nuvem, deixando-lhe os pensamentos serenos e mais uma vez fiéis em relação à mãe, ele percebeu de maneira vaga e sem remorso o primeiro afastamento silencioso na vida de ambos.

A universidade! Então tinha vencido o desafio das sentinelas que haviam se erguido como guardiãs da meninice e tentado mantê-lo no mesmo lugar para que pudesse ser dominado e servir a propósitos alheios. O orgulho que veio após a satisfação encheu-o de ânimo como longas e vagarosas ondas. O fim que havia nascido para servir mesmo sem ver havia-o levado a fugir por um caminho invisível: e agora este mais uma vez o instigava e uma nova aventura estava prestes a se descortinar. Tinha a impressão de ouvir as notas de uma música espasmódica que subia um tom e descia uma quarta diminuta, subia um tom e descia uma terça maior, como chamas trifurcadas que dessem saltos intermitentes, chama após chama, em um bosque à meia-noite. Era um prelúdio feérico, interminável e informe; e, à medida que se tornava mais rápido e mais apaixonado, com as chamas saltando fora do ritmo, ele teve a impressão de ouvir por sob os galhos e gramas criaturas que corriam desvairadas, batendo as patas como chuva sobre as folhas. As patas atravessaram-lhe os pensamentos como um tumulto saltitante, as patas de coelhos e lebres, as patas de cervos e corças e antílopes, até que deixou de ouvi-las e se lembrou apenas de uma elegante cadência de Newman: *Cujos pés são como os pés dos cervos e sob os braços eternos.*

A elegância da imagem parda levou-o a pensar na dignidade do ofício que havia recusado. Ao longo de toda a infância tinha meditado acerca daquilo que tantas vezes havia encarado como sendo o próprio destino, e quando chegou o momento de atender a esse chamado simplesmente virou as costas, obedecendo a um instinto rebelde. Agora havia o tempo a separá-lo: os óleos da ordenação jamais lhe ungiriam o corpo. Ele tinha recusado. Por quê?

Dobrou em direção ao mar quando saiu da estrada em Dollymount e ao avançar em direção à estreita ponte de madeira sentiu as tábuas estremecerem sob o grande peso dos passos. Irmãos cristãos voltavam de Bull e haviam começado a passar, dois a dois, ao longo da ponte. Logo a ponte inteira tremia e ressoava. Os rostos desleixados passaram dois a dois, manchados de amarelo ou de vermelho ou tornados lívidos pelo mar, e enquanto tentava encará-los com naturalidade e indiferença um leve resquício de vergonha e comiseração pessoal subiu-lhe ao rosto. Irritado consigo próprio, tentou evitar aqueles rostos olhando para o lado em direção à água rasa que rodopiava sob a ponte mas continuou a ver um reflexo dos pesados chapéus de seda e das humildes golas que mais pareciam fitas e dos folgados trajes clericais.

– Irmão Rickey.

Irmão Quaid.

Irmão MacArdle.

Irmão Keogh. –

A devoção seria como aqueles nomes, como aqueles rostos, como aqueles trajes, e seria inútil tentar convencer-se de que aqueles corações humildes e contritos talvez pagassem um tributo bem mais abundante do que a própria devoção já havia pago, uma dádiva muitas vezes mais desejável do que a adoração elaborada que havia praticado. Seria inútil obrigar-se a ser generoso para com aquelas pessoas, dizer a si mesmo que se um dia chegasse a seus umbrais, despido do orgulho, surrado e vestindo os trapos de um mendigo, haveriam de recebê-los com generosidade, amando-o como a si próprios. Inútil e amargo, por fim, seria argumentar, contra a própria certeza desapaixonada, que o mandamento do amor não instou-nos a amar o próximo como a nós mesmos com a mesma quantidade e intensidade de amor mas apenas a amá-lo como a nós mesmos com o mesmo tipo de amor.

Tirou uma frase do repositório e repetiu-a para si mesmo a meia-voz:

– Um dia malhado com nuvens marinhas.

A frase e o dia e a cena harmonizaram-se em um acorde. Palavras. Que cores tinham? Permitiu que cintilassem e desaparecessem, matiz após matiz: o ouro do pôr do sol, o verde e o burel dos pomares de maçã, o cerúleo das ondas, o velocino plúmbeo das nuvens. Não, não eram as cores: eram a pose e o equilíbrio da própria frase. Será que amava o movimento rítmico das palavras mais do que as associações que tinham com as lendas e as cores? Ou será que, por ter olhos tão fracos como a timidez era forte, sentia menos prazer ao ver o reflexo do cintilante mundo sensível através do prisma de uma linguagem multicolorida e ricamente fabulosa do que ao contemplar um mundo íntimo de emoções individuais espelhadas com perfeição em uma prosa regular lúcida e ágil?

Passou então da ponte trêmula para a terra firme outra vez. Naquele instante, segundo lhe pareceu, o ar estava frio e olhando de soslaio em direção à água ele viu um vendaval de tempestade escurecer e encapelar de repente a maré. Um clique suave no coração e uma pulsação suave na garganta mais uma vez revelaram como a carne temia o odor frio e infra-humano do mar: porém mesmo assim não saiu correndo em meio aos planaltos à esquerda mas continuou avançando ao longo da espinha de pedras que apontava em direção à boca do rio.

A luz velada do sol iluminava de leve a superfície cinzenta da água onde o rio se enseava. Ao longe correndo ao longo do vagaroso Liffey mastros esbeltos salpicavam o céu e, ainda mais longe, a diáfana tessitura da cidade estendia-se em meio à névoa. Como uma cena em uma tapeçaria vaga, antiga como o cansaço do homem, a imagem da sétima cidade da cristandade estava visível através do ar atemporal, nem mais velho nem mais cansado nem mais paciente com a submissão do que na época do Thingmote.

Com o coração tomado pelo desânimo, ergueu os olhos rumo as nuvens que deslizavam no céu, malhadas e marinhas. Estavam viajando pelos desertos do céu, uma hoste de nômades em marcha, viajando acima da Irlanda rumo ao Ocidente. A Europa de onde tinham vindo estava além do Mar da Irlanda, a Europa de línguas estranhas com vales e bosques e cidadelas e raças entrincheiradas e belicosas. Ouviu uma música confusa dentro de si com sugestões de nomes e lembranças que chegaram a ponto de se tornar conscientes embora não as tenha podido capturar por um instante sequer; então a música pareceu recuar, recuar, recuar: e de cada rastro de música nebulosa deixado para trás caía sem parar a longa nota de um apelo, que penetrava como uma estrela o crepúsculo do silêncio. De novo! De novo! De novo! Uma voz de além do mundo o chamava.

– Olá, Stephanos!

– Lá vem o Dedalus!

– Ao...! Ah, chega, Dwyer, senão eu já disse que vou dar um murro na sua boca para você aprender... Ao!

– Muito bem, Towser! Dê um caldo nele!

– Venha com a gente, Dedalus! Bous Stephanoumenos! Bous Stephaneforos!

– Dê um caldo nele! Faça-o engolir água, Towser!

– Socorro! Socorro...! Ao!

Stephen reconheceu coletivamente a conversa antes mesmo que pudesse distinguir os rostos. A simples visão daquela miscelânea de nudez molhada enregelou-o até os ossos. Os corpos, de um branco cadavérico ou iluminados por uma pálida luz dourada ou bronzeados impiedosamente pelos sóis, brilhavam com a umidade do mar. O trampolim, empoleirado sobre uma estrutura rústica e balançando com o peso dos saltos, e as pedras irregulares do quebra-mar onde corriam naquela algazarra, reluziam com um lustre molhado. As toalhas com que batiam nos corpos estavam pesadas com a água do mar: e encharcados de salmoura fria estavam os cabelos baços.

Stephen deteve-se em respeito aos chamados e defendeu-se da conversa com palavras fáceis. Como aparentavam falta de caráter: Shuley sem o colarinho profundo e desabotoado, Ennis sem o cinto vermelho com a fivela que parecia uma cobra e Connolly sem o casaco de Norfolk com os bolsos laterais sem aba! Era doloroso vê-los e doloroso como um golpe de espada ver os sinais de adolescência que tornavam repugnante aquela nudez digna de pena. Talvez houvessem buscado na companhia uns dos outros e na algazarra um refúgio contra o pavor secreto em suas almas. Mas ele, ao longe e em silêncio, lembrou-se do pavor causado pelo mistério do próprio corpo.

– Stephanos Dedalos! Bous Stephanoumenos! Bous Stephaneforos!

A conversa não era nova e naquele instante lisonjeou seu discreto e soberano orgulho. Naquele instante, pela primeira vez, a estranheza do próprio nome soou como uma profecia. O ar quente e cinzento parecia tão atemporal, tão fluido e impessoal o estado de espírito em que se encontrava, que todas as épocas pareciam-lhe ser uma só. Poucos segundos atrás o fantasma do antigo reino da Dinamarca havia espiado em meio aos paramentos da cidade envolta em mantos. Naquele instante, quando soou o nome do fabuloso artífice, teve a impressão de ouvir o murmúrio de ondas distantes e de ver uma forma alada voando acima das ondas e ascendendo aos poucos. O que significava aquilo? Seria um curioso artifício a abrir a página de um livro medieval de profecias e símbolos, um homem-águia voando rumo ao sol com o mar sob os pés, uma profecia do fim que havia nascido para servir e que vinha seguindo em meio às névoas da infância e da meninice, um símbolo do artista que tornava a forjar na oficina, a partir da matéria inerte da terra, um novo ser impalpável altaneiro e imperecível?

O coração estremeceu; a respiração vinha mais rápida e um espírito inquieto varou-lhe os braços e as pernas como se estivesse alçando-se rumo ao sol. O coração estremeceu em um êxtase de medo e a alma pôs-se a fugir. A alma pairava nas alturas do mundo além e o corpo foi purificado com uma inspiração e livrado de toda a incerteza e tornou-se radiante e comungou com o elemento do espírito. O êxtase da fuga deixou-lhe radiantes os olhos e inquieta a respiração e inquietos e radiantes os braços e pernas soprados pelo vento.

– Um! Dois...! Olhem!

– Ah, merda, vou me afogar!

– Um! Dois! Três e já!

– Agora sou eu! Agora sou eu!

– Um...! Ah!

– Stephaneforos!

A garganta ardia com o desejo de gritar, o grito de um gavião ou de uma águia nas alturas, um grito penetrante que contasse da redenção nos ventos. Esse foi o chamado da vida à alma, não a rude e abafada voz do mundo e das obrigações e do desespero, não a voz inumana que o havia chamado ao pálido ofício do altar. Um instante de voo livre libertou-o e o grito de triunfo retido pelos lábios partiu-lhe o cérebro ao meio.

– Staphaneforos!

O que eram naquele momento senão mortalhas arrancadas ao corpo da morte – o medo em que havia caminhado noite e dia, a incerteza que havia ressoado ao redor, a vergonha que o humilhara por dentro e por fora – mortalhas, as fazendas do túmulo?

A alma tinha se erguido do túmulo da meninice, desprezando os trajes da morte. Ah! Ah! Ah! Haveria de criar com orgulho a partir da liberdade e do poder da alma, como o grande artífice cujo nome ostentava, uma coisa viva, nova e altaneira e bela, impalpável, imperecível.

Ergueu-se com um gesto nervoso do bloco de pedra pois não podia mais conter a chama que ardia no sangue. Sentiu o rosto esbraseado e a garganta a palpitar com música. Sentiu nos pés um anseio por viajar que o impelia a partir rumo aos confins da terra. Avante! Avante!, o coração parecia gritar. A noite ficaria mais densa acima do mar, a noite cairia sobre as planícies, o entardecer cintilaria para o caminhante e mostraria estranhos campos e morros e rostos. Onde?

Ele olhou para o norte em direção a Howth. O nível da água estava abaixo da linha das bodelhas no lado mais raso do quebra-mar e a maré já havia começado a vazar depressa ao longo da orla. Um longo banco de areia oval estendia-se quente e seco em meio às ondas da margem. Aqui e acolá quentes ilhotas de areia reluziam acima da maré baixa, e ao redor das ilhotas e ao redor do longo banco de areia em meio às correntes rasas da praia havia figuras com trajes leves e trajes alegres, molhando os pés e cavoucando.

Dentro de poucos momentos Stephen também estava de pés descalços, com as meias dobradas nos bolsos e os sapatos de lona pendurados nos ombros pelos cadarços amarrados: e, depois de juntar um galho pontudo e carcomido pelo sal nos destroços em meio às rochas, desceu a encosta do quebra-mar.

Havia um longo córrego na areia: e, enquanto molhava os pés no curso d'água, pensou a respeito das algas eternamente à deriva. Esmeralda e preta e burel e oliva, a alga movia-se sob a corrente, ondulando e rolando. A água do córrego tinha uma cor escura por estar eternamente à deriva e espelhava as nuvens que deslizavam nas alturas. As nuvens deslizavam acima em silêncio e em silêncio o emaranhado marítimo deslizava abaixo; e o ar cinzento e quente estava imóvel: e uma nova vida cantava em suas veias.

Onde estava a meninice naquele instante? Onde estava a alma que havia se furtado ao próprio destino para meditar sobre a vergonha das próprias feridas e, na casa da sordidez e do subterfúgio, consagrá-la rainha em uma mortalha desbotada que se desfazia ao simples toque? Senão onde estava?

Estava sozinho. Estava despreocupado, feliz e próximo ao coração pulsante da vida. Estava sozinho e era jovem e caprichoso e tinha o coração selvagem, estava sozinho em meio a uma desolação de brisas ingovernáveis e águas salgadas e à colheita marinha de conchas e emaranhados e luz cinzenta e velada do sol e a figuras com trajes alegres e trajes leves, a crianças e meninas e vozes infantis de meninas no ar.

Uma moça apareceu logo à frente, sozinha e imóvel, olhando para o mar. Parecia ter sido transformada por um passe de mágica em uma bela e estranha ave marítima. As pernas longas e esbeltas eram delicadas como as de uma garça e puras a não ser no ponto onde um cordão esmeralda de algas marinhas havia se prendido à carne como um símbolo. As coxas, mais rechonchudas e com os tons suaves do marfim, estavam nuas quase até os quadris onde a barra branca dos calções lembrava um chumaço de plumas brancas e macias. O vestido azul-ardósia estava preso com vigor em torno à sua cintura e firme em suas costas. O seio era macio e delicado como o dos pássaros, macio e delicado como o peito de uma ave de plumagem escura. Mas os longos fios loiros eram femininos: e feminino, e agraciado com a beleza mortal, o rosto.

Estava sozinha e imóvel, olhando para o mar; e quando sentiu a presença e a adoração do olhar que a contemplava, voltou os olhos em direção a ele com uma aceitação silenciosa daquele olhar, sem vergonha ou lascívia. Por um longo, longo tempo ela deixou que olhasse e então em silêncio desviou os olhos e virou-os em direção ao córrego, agitando suavemente a água com o pé de um lado para o outro. O primeiro marulho discreto da água se movendo suave quebrou o silêncio, baixo e discreto e sussurrante, discreto como os sinos do sono; de um lado para o outro: e uma chama discreta tremulou-lhe nas faces.

– Meu Deus do Céu!, gritou a alma de Stephen em uma explosão de alegria profana.

Desviou-se da moça de repente e pôs-se a caminhar ao longo da praia. Sentia o rosto em brasa; o corpo estava em chamas; os braços e as pernas tremiam. Então andou e andou e andou e andou em meio às areias, cantando como um louco para o mar, gritando para saudar o advento da vida que o havia saudado.

A imagem da moça havia lhe adentrado a alma para sempre e nenhuma palavra havia quebrado o silêncio sagrado daquele êxtase. Os olhos dela o haviam chamado e a alma dele havia dado um salto ao receber o chamado. Viver, errar, cair, triunfar, recriar a vida a partir da vida! Um anjo selvagem tinha aparecido diante de seus olhos, o anjo da juventude e da beleza mortal, um emissário das belas cortes da vida, para descortinar-lhe em um instante de êxtase todos os caminhos do erro e da glória. Adiante e adiante e adiante e adiante!

De repente deteve o passo e no coração ouviu o silêncio. Quanto havia caminhado? Que horas eram?

Não havia nenhuma figura humana nos arredores nem qualquer som trazido pelo vento. Mas a maré estava prestes a mudar e o sol já estava se pondo. Ele se virou em direção à terra e correu rumo à margem e, depois de subir correndo a margem da praia, sem prestar atenção às pedrinhas afiadas, encontrou um recanto arenoso em meio a um círculo de dunas cobertas de grama e lá se deitou para que a paz e o silêncio da noite pudessem aplacar o tumulto do sangue.

Sentiu acima de si a vasta e indiferente abóbada e os calmos processos dos corpos celestes; e a terra abaixo de si, a terra que o havia carregado no ventre, que o havia trazido junto ao seio.

Fechou os olhos no langor do sono. As pálpebras tremeram como se pudessem sentir o movimento cíclico da terra e de seus observadores, tremeram como se pudessem sentir a estranha luz de um novo mundo. A alma desfalecia rumo a um novo mundo, fantástico, nebuloso, incerto como se estivesse submerso e atravessado por formas e seres esfumaçados. Um mundo, um brilho ou uma flor? Brilhando e tremulando, tremulando e se abrindo, como uma luz que emerge, como uma flor que desabrocha, abria-se em uma sucessão infinita para si mesmo, revelando-se em escarlate e se abrindo e desbotando-se até o mais pálido rosa, folha após folha e onda de luz após onda de luz, inundando os céus com matizes suaves, cada matiz mais profundo que o anterior.

A noite havia caído quando ele acordou e a areia e as gramas áridas do leito não mais brilhavam. Levantou-se devagar e, ao recordar o êxtase do sono, suspirou ante tamanho júbilo.

Subiu até o alto da duna e olhou ao redor. A noite havia caído. A borda da lua recém-surgida fendia a desolação pálida do céu como a borda de uma argola prateada que estivesse parcialmente encoberta pela areia cinza; e a maré subia depressa em direção à terra com o murmúrio grave das ondas, deixando as últimas figuras ilhadas em poças distantes.

V

Ele bebeu a terceira xícara de chá aguado até o fim e pôs-se e mastigar as crostas de pão frito que se espalhavam ao redor enquanto olhava em direção à poça negra do bule. O gotejamento amarelo tinha sido retirado com a colher como se fosse um pântano e o acúmulo logo abaixo fez com que se lembrasse da água cor de turfa no banheiro de Clongowes. A caixa de bilhetes de penhor que tinha junto ao cotovelo acabara de ser remexida e ele tomou um por um nos dedos engordurados os canhotos azuis e brancos, rabiscados e amassados e enxovalhados que traziam o nome do depositário como Daly ou MacEvoy

1 Par de Borzeguins.

1 Casaco D.

3 Peças de roupa.

1 Par de calças masculinas.

A seguir deixou-os de lado e olhou pensativo para a tampa da caixa, salpicada de marcas de piolho, e perguntou-se de maneira vaga:

– Quanto o relógio está adiantado?

A mãe endireitou o despertador surrado que estava de lado no meio do consolo da cozinha até que os ponteiros marcassem quinze para o meio-dia e então tornou a deitá-lo de lado.

– Uma hora e vinte e cinto minutos, disse. O horário correto era dez e vinte. Deus sabe que você podia tentar chegar na hora para as aulas.

– Encha o lugar para que eu me lave, disse Stephen.

– Katey, encha o lugar para que o Stephen se lave.

– Boody, encha o lugar para que o Stephen se lave.

– Não posso, eu estou indo pegar tintura. Encha você, Maggie.

Quando a bacia esmaltada foi posta no buraco da pia e a antiga luva de lavar foi atirada ao lado ele permitiu à mãe que lhe esfregasse o pescoço e se aprofundasse nas voltas das orelhas e nos interstícios das narinas.

– Bem, me parece ser um caso perdido, disse, quando um universitário está sujo a ponto de precisar que a mãe o lave.

– Mas você bem que gosta, disse Stephen com a voz calma.

Um assovio ensurdecedor foi ouvido no andar de cima e a mãe atirou-lhe um macacão úmido nas mãos, dizendo:

– Trate de se secar e saia daqui, pelo amor de Deus.

Mais um assovio estridente, prolongado pela raiva, levou uma das garotas até o pé da escada.

– Pois não, pai?

– Aquela cadela imprestável do seu irmão já saiu?

– Já, pai.

– Tem certeza?

– Tenho, pai.

– Hm!

A garota voltou indicando com gestos que se apressasse e saísse em silêncio pelos fundos. Stephen riu e disse:

– O pai tem uma ideia estranha sobre gêneros se acha que uma cadela é masculino.

– Ah, que vergonha para você, Stephen, disse a mãe, você ainda vai viver para se arrepender do dia em que fincou o pé naquele lugar. Eu sei que aquilo mudou você.

– Bom dia para todo mundo, disse Stephen, sorrindo e beijando a ponta dos dedos em sinal de adeus.

A ruela atrás do terraço estava tomada pelo barro e enquanto descia aos poucos, calculando os passos entre montes de lixo úmido, Stephen ouviu uma freira louca urrando por trás da parede no hospício das freiras.

– Meu Deus! Ah meu Deus! Meu Deus!

Afastou o som dos ouvidos com um violento meneio de cabeça e seguiu em frente às pressas, tropeçando na imundície podre, com uma pontada de repulsa e amargura no coração. O assovio do pai, os balbucios da mãe, os urros de uma maníaca invisível pareceram-lhe um clamor de vozes que insultava e ameaçava humilhar o orgulho da juventude. Tentou afastar os ecos do peito com uma execração: mas, enquanto descia a avenida e sentia a luz cinzenta da manhã espalhar-se ao redor após filtrar pelas copas gotejantes e sentia o estranho e rústico cheiro de folhas e troncos úmidos, sentiu a alma despir-se de todas as misérias.

As copas encharcadas pela chuva ao longo da avenida evocaram, como sempre, memórias das meninas e mulheres nas peças de Gerhart Hauptmann; e a memória daquelas tristezas pálidas e a fragrância exalada pelos galhos úmidos misturaram-se em uma atmosfera de júbilo silencioso. O passeio matinal pela cidade havia começado, e ele pressentiu que, à medida que passava ao longo dos lodaçais de Fairview, começaria a pensar na prosa enclausurada e argêntea de Newman, que enquanto caminhava pela North Strand Road, olhando como quem não quer nada para as vitrines das lojas de secos e molhados, recordaria o humor de Guido Cavalcanti com um sorriso, que ao passar pela lapidaria de Baird em Talbot Place o espírito de Ibsen o atravessaria como um vento forte, um espírito de beleza infantil e matreiro, e que ao passar junto a um imundo comércio de barcos além do Liffey repetiria a canção de Ben Jonson que começa assim:

*I was not wearier where I lay.**

Os pensamentos, quando se cansavam de buscar a essência da beleza em meio às palavras espectrais de Aristóteles ou de São Tomás de Aquino, com frequência voltavam-se para as elegantes canções dos elisabetanos. Os pensamentos, trajados com as vestes de um monge desconfiado, muitas vezes se encontravam mergulhados nas trevas sob as janelas desse período para ouvir a música grave e satírica dos alaudistas ou a gargalhada solta das meretrizes, até que uma gargalhada grave demais, uma frase, tisnada pelo tempo, de concupiscência e honra falsa, ferroasse o orgulho monástico e o afastasse do esconderijo.

A sabedoria que dava a impressão de passar os dias a contemplar e que o afastava dos companheiros de juventude era apenas um florilégio de frases curtas retiradas da poética e da psicologia de Aristóteles e um volume do *Synopsis Philosophiæ Scholasticæ ad mentem divi Thomæ*. As cogitações eram um crepúsculo de dúvidas e desconfianças que em certos momentos reavivavam-se com as luzes da intuição, mas eram luzes de tanto esplendor que nesses instantes o mundo perecia a seus pés como se tivesse sido consumido pelo fogo: e então a língua tornava-se pesada e ele passava a encarar os outros com um olhar implacável, pois sentia que o espírito da beleza o havia envolvido como um manto e que naquele devaneio pelo menos tinha conhecido a nobreza. Porém, quando esse breve orgulho silencioso deixava de ocupá-lo, folgava ao sentir-se mais uma vez

* Eu não estava mais enfarada na cama. (N.E.)

em silêncio no meio de outras vidas comuns, seguindo o caminho em meio à sordidez e ao barulho e à preguiça da cidade sem medo e com o coração leve.

Junto às placas do canal avistou o homem tísico com rosto de boneca e o chapéu sem aba que foi encontrá-lo no desnível da ponte com passos miúdos, fortemente abotoado no sobretudo chocolate e com o guarda-chuva dobrado estendido um ou dois palmos à frente como se fosse uma vara de vedor. Deviam ser onze horas, pensou, e então olhou para dentro de uma leiteria para ver as horas. O relógio na leiteria informou-lhe que faltavam cinco minutos para as onze, mas, quando se virou, ouviu um relógio próximo, mas de localização ignorada, soar as onze badaladas com precisão. Riu quando ouviu o som porque aquilo o levou a pensar em MacCann e então viu uma figura atarracada trajando uma jaqueta de tiro e calções e com um belo cavanhaque, de pé no vento da esquina dos Hopkins, e ouviu-o dizer:

– Dedalus, você é um ser antissocial voltado para si mesmo. Eu não. Sou um democrata: estou disposto a agir em nome da liberdade social e da igualdade entre as classes e os sexos nos futuros Estados Unidos da Europa.

Onze horas! Nesse caso estaria atrasado mais uma vez para a aula. Que dia da semana era aquele? Ele se deteve na banca de revistas para ler a primeira linha de uma placa. Quinta-feira. Das dez às onze, inglês; das onze ao meio-dia, francês; do meio-dia à uma, física. Imaginou-se na aula de inglês e sentiu-se, mesmo àquela distancia, irrequieto e incapaz. Viu as cabeças dos colegas inclinadas para frente em um gesto de fraqueza enquanto rabiscavam nos cadernos os detalhes que eram instados a anotar, definições nominais, definições essenciais e exemplos de datas de nascimento e morte, principais obras, uma crítica favorável e uma desfavorável lado a lado. Ele não tinha a cabeça inclinada, uma vez os pensamentos se perdiam ao longe e independente de olhar para a pequena classe de alunos ou para fora da janela em direção aos desolados jardins do parque era assediado por um odor triste viciado e pútrido. Mais uma cabeça, postada logo à frente nos primeiros bancos, erguia-se como um quadrado acima das companhias inclinadas como a cabeça de um padre que sem nenhuma humildade estivesse a fazer exortações ao tabernáculo em nome dos humildes fiéis ao redor. Por que ao pensar em Cranly ele nunca conseguia reconstruir a imagem completa do corpo mas apenas a imagem da cabeça e do rosto? Mesmo naquele instante de encontro à cortina cinzenta do amanhecer ele a viu diante de si como o fantasma de um sonho, o rosto de uma cabeça decapitada ou de uma máscara mortuária, colmada nas têmporas por tufos de cabelos pretos e duros e espevitados que mais pareciam uma coroa de ferro. Era um rosto digno de um padre, com o palor de um padre, com as narinas amplas, com as sombras abaixo dos olhos e ao longo da mandíbula, com os lábios longos e exangues e sorridentes de um padre: e Stephen, ao lembrar-se depressa de quando havia contado a Cranly sobre os tumultos e a irrequietude e os anseios da própria alma, dia após dia e noite após noite, apenas para receber com resposta o silêncio atento do amigo, teria dito a si mesmo que aquele era o rosto de um padre que tinha ouvido as confissões daqueles que não tinha o poder de absolver se não tivesse sentido mais uma vez na memória o olhar daqueles escuros olhos femininos.

Através daquela imagem teve o vislumbre de uma estranha e escura caverna de especulação mas no mesmo instante afastou-se, sentindo que ainda não seria a hora de adentrá-la. Porém a mandrágora da desatenção do amigo parecia espalhar na atmosfera ao redor uma tênue e letal exalação, e quando deu por si estava olhando de uma palavra fortuita para a outra à esquerda ou à direita com discreto espanto ao perceber que em silêncio esvaziavam-se do sentido imediato e logo todas as humildes legendas das lojas passaram a ocupar-lhe os pensamentos como as palavras de um feitiço e a alma encolheu-se, suspirando por conta da idade enquanto caminhava por uma ruela em meio a pilhas de linguagem morta. A própria consciência em relação à linguagem começava a escorrer dos pensamentos em direção às palavras, que se punham a formar e a dispersar grupos em ritmos casuais:

A hera espera na parede
Se espalha e espera na parede
A hera espera na parede
Hera amarela na parede
Hera, hera na parede

Será que alguém já tinha ouvido tamanho dislate? Deus do Céu! Quem já teria ouvido falar de uma hera à espera? Hera amarela: até aí tudo bem. Marfim amarelo também. Mas e hera de marfim?

A palavra refulgia nos pensamentos dele, mais clara e mais luminosa do que qualquer marfim serrado das presas malhadas dos elefantes. *Marfim, ivoire, avorio, ebur*. Uma das primeiras frases que tinha aprendido em latim era: *India mittit ebur;* e então lembrou-se do arguto semblante nortista do reitor que o havia ensinado a interpretar as *Metamorfoses* de Ovídio em inglês da corte, que se tornava inusitado por conta das menções a porqueiros e a lascas de cerâmica e a cortes de toucinho. Tinha aprendido o pouco que sabia a respeito da metrificação latina com um livro enxovalhado escrito por um padre português.

Contrahit orator, variant in carmine vates.

As crises e as vitórias e as secessões da história romana lhe foram entregues com a banal formulação *in tanto discrimine* e ele havia tentado ganhar um vislumbre da vida na cidade das cidades através das palavras *implere ollam denarorium* que o reitor havia lido com uma voz bem-soante, como o som dos dinares a encher um pote. As páginas do Horácio desgastado pelo tempo jamais eram frias ao toque nem mesmo quando os dedos estavam frios: eram páginas humanas: e há cinquenta anos tinham sido folheadas pelos dedos humanos de John Duncan Inverarity e pelo irmão, William Malcolm Inverarity. Estes nomes nobres encontravam-se na crepuscular página de rosto e, mesmo para um latinista pobre, aqueles versos crepusculares eram fragrantes como se tivessem passado todo aquele tempo guardados com murta e lavanda e verbena; porém mesmo assim machucava-o saber que nunca seria nada além de um convidado tímido no banquete da cultura mundial e que a erudição monástica, em cujos termos se esforçava por forjar uma filosofia estética, não era mais valorizada pela época em que vivia do que os sutis e curiosos jargões da heráldica e da falcoaria.

O bloco cinzento do Trinity à esquerda, pesadamente incrustado sobre a ignorância da cidade como uma pedra baça engastada em um anel ponderoso, arrastou-lhe os pensamentos para baixo; e enquanto tentava de um jeito ou de outro livrar os pés dos grilhões da consciência reformada chegou à divertida estátua do poeta nacional da Irlanda.

Encarou-o sem nenhum ressentimento: pois, embora a preguiça do corpo e da alma o envolvesse como vermes invisíveis, acima dos pés em movimento e das dobras do manto e ao redor da cabeça servil, a estátua parecia ter uma humilde consciência da própria indignidade. Era um *firbolg* no manto emprestado de um milesiano; e ele pensou no amigo Davin, o aluno camponês. Era um nome jocoso entre os dois mas o jovem camponês fazia pouco caso dizendo:

– Pode continuar, Stevie, você sabe que eu tenho a cabeça dura. Pode me chamar do que você quiser.

A versão familiar do nome cristão nos lábios do amigo havia tocado Stephen de maneira agradável na primeira vez em que o ouviu pois ainda tratava os outros com a mesma formalidade com que era tratado. Muitas vezes, sentado nos aposentos de Davin na Grantham Street, admirando as botas bem-feitas do amigo que flanqueavam a parede de par em par e repetindo para os ouvidos simples do amigo os versos e as cadências de outros que eram os véus do próprio anseio e do próprio desalento, a rústica mentalidade *firbolg* do interlocutor atraía a mente dele para em seguida tornar a repeli-la, atraindo-a por meio de uma silenciosa cortesia de atenção consanguínea ou por um inusitado giro de frase em inglês antigo ou pela força do júbilo encontrado na rustiqueza da habilidade corporal – pois Davin havia sentado aos pés de Michael Cusack, o Gael – e repelindo-a de maneira rápida e súbita com uma grosseria da inteligência ou uma obtusidade de sentimento ou com um aspecto indefinível de terror nos olhos, o terror da alma de um vilarejo irlandês faminto onde o toque de recolher ainda era um temor noturno.

Lado a lado com a memória das proezas do tio Mat Davin, o atleta, o jovem camponês idolatrava a triste lenda irlandesa. Os boatos dos colegas que tentavam a qualquer custo dar algum significado à maçante vida universitária adoravam vê-lo como um jovem feniano. A babá lhe havia ensinado o irlandês e cultivado uma imaginação rústica com as luzes quebradas da mitologia irlandesa. Davin se voltava para esse mito sobre o qual nenhuma mente individual jamais havia traçado uma linha de beleza e às narrativas canhestras que se dividiam à medida que desciam pelos círculos com a mesma postura que adotava em relação à igreja católica, a postura de um servo leal e estúpido. Quaisquer pensamentos ou sentimentos que o alcançassem vindos da Inglaterra ou por meio da cultura inglesa eram recebidos pelo intelecto de arma em punho à espera de uma senha: e do mundo além da Inglaterra conhecia apenas a Legião Estrangeira na França, onde falava em servir.

Juntando essa ambição com o humor do rapaz Stephen muitas vezes o chamara de ganso adestrado: e havia nesse nome até mesmo uma ponta de irritação apontada contra a relutância em falar e em agir do amigo que tantas vezes parecia separar a mente de Stephen, ávida por especulações, e os costumes secretos da vida irlandesa.

Certa noite o jovem camponês, com o espírito arrebatado pela linguagem violenta ou exuberante com que Stephen escapava ao frio silêncio da revolta intelectual, havia conjurado na mente de Stephen uma estranha visão. Os dois estavam caminhando devagar em direção ao quarto de Davin pelas ruas estreitas e escuras dos judeus mais pobres.

– Uma coisa aconteceu comigo no outono passado, Stevie, já perto do inverno, e eu nunca contei para ninguém e você é o primeiro a quem vou contar. Deslembro se era outubro ou novembro. Devia ser outubro porque foi antes que eu viesse para a classe de matrícula.

Stephen tinha apontado os olhos sorridentes em direção ao rosto do amigo, lisonjeado pela confiança e conquistado pela simpatia no sotaque simples do interlocutor.

– Eu passei o dia inteiro longe da minha casa em Buttevant – não sei se você sabe onde fica – assistindo a uma partida de *hurling* entre o Croke's Own Boys e os Fearless Thurles e por Deus, Stevie, foi uma disputa muito dura! Meu primo, Fonsy Davin, estava sem camisa naquele dia cuidando a defesa dos Limericks mas passava metade do tempo na frente com os *forwards* berrando como um louco. Eu nunca vou esquecer aquele dia. De repente um dos Crokes usou o *camaun* para rebater a bola com toda a força na direção dele e eu juro por Deus que não faltou mais do que um fio de cabelo para acertá--lo na têmpora. Ah, eu juro por Deus, se aquele pilantra tivesse acertado o meu primo já não estava mais aqui.

– Que bom que ele escapou, disse Stephen com uma risada, mas com certeza não foi essa a coisa estranha que aconteceu!

– Bom, acho que talvez não te interesse mas enfim teve uma barulheira danada no fim da partida e eu acabei perdendo o trem de volta para casa e não consegui carona de jeito nenhum, mas por sorte tinha uma missa naquele mesmo dia em Castletownroche e todos os carros do país estavam por lá. Então não tinha mais nada a fazer senão pousar lá mesmo ou bater pé. Bom, eu comecei a caminhar e tomei o meu caminho e a noite começou a escurecer quanto entrei nas Montanhas de Ballyhoura; assim é melhor do que andar os quinze quilômetros desde Kilmallock e em seguida vem uma estrada longa e solitária. Você não vê uma casa que seja ao longo da estrada e também não ouve som nenhum. Era uma escuridão quase de breu. Parei uma ou duas vezes junto de um arbusto no caminho para acender o cachimbo e se não fosse o orvalho eu teria me acomodado lá mesmo para dormir. No fim, depois de uma curva na estrada, enxerguei uma cabaninha com uma luz na janela. Fui até lá e bati na porta. Uma voz perguntou quem era e eu disse que tinha ido assistir à partida em Buttevant e estava voltando para casa e que eu agradeceria se pudessem me dar um copo d'água. Demorou um pouco mas uma moça abriu a porta e me deu uma canecona de leite. Ela estava meio despida como se estivesse indo se deitar quando eu bati e tinha os cabelos soltos; e alguma coisa naquela figura e naquele olhar me disse que ela devia trazer uma criança no ventre. Nós dois conversamos por um bom tempo na porta e eu achei estranho porque o seio e os ombros dela estavam nus. Ela me perguntou se eu estava cansado e se eu gostaria de passar a noite lá. Disse que estava sozinha na casa e que naquela manhã o marido tinha ido até Queenstown para levar a irmã dela. E por todo esse tempo, Stevie, essa moça tinha os olhos fixos no meu rosto e estava tão perto de mim que eu podia escutar a respiração dela. Quando devolvi a caneca ela pegou a minha mão para me levar para dentro e disse: *Entre e passe a noite aqui. Não há do que ter medo. Não tem ninguém aqui além de nós dois...* Eu não entrei, Stevie. Eu agradeci e segui o meu caminho, tomado de febre. Na primeira curva da estrada eu olhei para trás e ela continuava de pé na porta.

As últimas palavras na história de Davin cantaram na lembrança de Stephen e a figura da mulher surgiu, refletida em outras figuras de camponesas que Stephen tinha visto de pé nas portas de Clane enquanto os coches passavam, como um espécime de sua própria raça e também da dele, uma alma de morcego que desperta para a consciência de si mesma na escuridão e no sigilo e na solitude, graças aos olhos e à voz e aos gestos de uma mulher sem artimanhas que chama um estranho à própria cama.

Dedos pousaram em seu braço e uma voz jovem exclamou:

– Ah, cavalheiro, para a sua amada! A primeira venda de hoje, cavalheiro. Compre esse belo ramalhete. O que me diz, cavalheiro?

As flores azuis que a menina estendeu em direção a ele e os jovens olhos azuis pareceram-lhe imagens instantâneas da inocência; e permaneceu imóvel até que a imagem desaparecesse e ele visse apenas o vestidinho roto e o cabelo úmido e desgrenhado e as feições rústicas.

– Por favor, senhor! Não esqueça da sua amada!

– Não tenho dinheiro, disse Stephen.

– Mas o senhor vai comprar essas lindas flores, não? Custam apenas um *penny*.

– Você não ouviu o que eu disse?, perguntou Stephen, inclinando-se em direção à menina. Eu disse que não tenho dinheiro. Estou dizendo mais uma vez.

– Bem, um dia o senhor há de ter, se Deus quiser, respondeu a menina no instante seguinte.

– Pode ser, disse Stephen, mas não acho muito provável.

Então se afastou às pressas, temendo que aquela intimidade pudesse transformar-se em escárnio e desejando sair do caminho antes que a menina oferecesse a mercadoria para outro, um turista inglês ou um aluno do Trinity College. A Grafton Street, por onde caminhava, prolongou aquele momento de pobreza desencorajada. Na cabeceira da rua havia um marco em memória de Wolfe Tone e ele lembrou de ter acompanhado o lançamento da pedra fundamental com o pai. Lembrou-se com amargura daquela cena de homenagem barata. Havia quatro delegados franceses em um breque e um deles, um jovem gorducho e sorridente, trazia, preso em uma haste de madeira, um cartão onde se lia: *Vive l'Irlande!*

Mas as árvores no Stephen's Green estavam fragrantes por causa da chuva e a terra úmida emanava o odor mortal, um leve incenso que se erguia rumo ao céu por entre o mofo de inúmeros corações. A alma da cidade galante e venal a respeito da qual os pais haviam lhe contado tinha encolhido com o tempo até se reduzir a um discreto aroma mortal que se erguia da terra e ele sabia que no instante seguinte quando adentrasse o sombrio prédio da universidade perceberia outra corrupção além da de Buck Egan e de Burnchapel Whaley.

Era tarde demais para subir as escadas e assistir à aula de francês. Ele atravessou o saguão e tomou o corredor à esquerda, que levava ao laboratório de física. O corredor estava escuro e silencioso mas não desatento. Por que teve a impressão de que o corredor não estava desatento? Seria porque tinha ouvido dizer que na época de Buck Whaley havia uma escadaria secreta naquele lugar? Ou a casa dos jesuítas seria extraterritorial e portanto estaria caminhando em meio a estrangeiros? A Irlanda de Tone e de Parnell dava a impressão de ter se afastado no espaço.

Stephen abriu a porta do laboratório e deteve-se ao perceber a luz cinzenta que se esforçava por atravessar as janelas empoeiradas. Havia uma figura agachada em frente à enorme grade da lareira e pela magreza e pelas vestes cinzentas ele soube que devia ser o decano de estudos acendendo o fogo. Stephen fechou a porta em silêncio e se aproximou da lareira.

– Bom dia, senhor! Posso ajudar em alguma coisa?

O padre ergueu os olhos e disse:

– Espere um momento, sr. Dedalus, e o senhor verá. Fazer fogo é uma arte. Existem as artes liberais e as artes úteis. Essa é uma das artes úteis.

– Vou tentar aprender, disse Stephen.

– Não se pode exagerar no carvão, disse o decano, executando a tarefa com grande destreza, esse é um dos segredos.

Então tirou quatro tocos de vela dos bolsos laterais da sotaina e colocou-os com movimentos ágeis em meio aos carvões e papéis torcidos. Stephen observou-o em silêncio. Ajoelhado sobre as lajes para acender o fogo e ocupado com a disposição dos rasgos de papel e dos tocos de vela parecia mais do que nunca um humilde servo preparando o lugar do sacrifício para um templo vazio, um levita do Senhor. Como o manto de linho desadornado de um levita a sotaina gasta e desbotada envolvia a figura ajoelhada a quem os paramentos ou os éfodes ornados com sinetas estorvariam e incomodariam. O próprio corpo havia envelhecido com a prestação de serviços menores ao Senhor – enquanto cuidava o fogo do altar, transmitia mensagens com sigilo, servia aos mundanos, atacava com ímpeto quando era solicitado – e mesmo assim parecia não ter sido agraciado com uma beleza sagrada ou prelática. Não, a própria alma tinha envelhecido naquele serviço sem crescer em direção à luz e à beleza nem espalhar ao redor o doce aroma da santidade – uma vontade mortificada que não respondia melhor ao frêmito da obediência do que ao frêmito do amor ou do combate naquele corpo envelhecido, frágil e descarnado, tornado cinzento por uma penugem rematada em prata.

O decano ajeitou-se de cócoras e observou os gravetos prenderem fogo. Stephen, a fim de preencher o silêncio, disse:

– Tenho certeza de que eu não conseguiria fazer fogo.

– Mas o senhor é um artista, não é mesmo, sr. Dedalus?, perguntou o decano, erguendo e piscando os olhos pálidos. O objetivo do artista é a criação do belo. O que é o belo é uma outra questão.

O homem esfregou as mãos secas devagar enquanto ponderava aquela dificuldade.

– O senhor acha que consegue resolver essa questão?, perguntou.

– São Tomás de Aquino, respondeu Stephen, disse *Pulcra sunt quæ visa placent.*

– Esse fogo à nossa frente, disse o decano, vai agradar os olhos. Vai ser bonito, portanto?

– No que diz respeito à apreensão do olhar, que nesse caso parece equivaler a uma intelecção estética, vai ser bonito. Mas São Tomás de Aquino também diz *Bonum est in quod tendit appetites.* Uma vez que satisfaz a necessidade primitiva de calor o fogo é bom. Já no inferno é um mal.

– Exato, disse o decano. O senhor com certeza acertou na mosca.

Então o decano se ergueu com um movimento ágil e seguiu em direção à porta, abriu uma fresta e disse:

– Dizem que uma corrente de ar tem boa serventia nesse assunto.

Enquanto o padre voltava para a lareira, manquejando de leve apesar do passo acelerado, Stephen viu a alma silenciosa de um jesuíta observá-lo por aqueles olhos pálidos e desamorosos. Como Santo Inácio, era coxo, mas nos olhos não brilhava a mesma chama do entusiasmo de Santo Inácio. Nem mesmo o legendário ofício da companhia, esse ofício mais sutil e mais secreto do que os fabulosos livros de sabedoria oculta, havia lhe abrasado a alma com a energia do apostolado. Dava a impressão de usar as mudanças e a sabedoria e a astúcia do mundo, como era requisitado a fazer, para aumentar a glória de Deus, sem que sentisse alegria em relação a essa atividade ou ódio em relação ao que encerravam de mau, mas, com um firme gesto de obediência, virando essas coisas sobre si mesmas: e apesar de todo esse trabalho silencioso dava a impressão de não amar o mestre e de amar pouco, ou nada, os propósitos a que servia. Era *similiter atque senis baculus*, como o fundador queria, um cajado na mão de um velho, um objeto a ser largado em um canto, a ser usado como apoio na beira da estrada ao cair da noite ou durante uma intempérie, a ser deixado com o buquê de uma senhora em um banco de jardim, a ser erguido em ameaça.

O decano voltou para a lareira e começou a passar os dedos pelo queixo.

– Para quando podemos esperar alguma coisa do senhor no que diz respeito à questão estética?, perguntou.

– De mim?, exclamou Stephen um tanto surpreso. Eu tenho uma ideia a cada quinze dias quando dou sorte.

– Essas questões são muito profundas, sr. Dedalus, respondeu o decano. É como olhar para baixo no pico das Falésias de Moher. Muitos descem às profundezas e nunca mais retornam. Apenas o mergulhador treinado pode descer àquelas profundezas para explorá-las e depois voltar à superfície.

– Se o senhor refere-se à especulação, disse Stephen, também estou convencido de que não existe nada parecido com o pensamento livre, uma vez que todo pensamento é limitado pelas leis próprias que o regem.

– Ha!

– Para o meu objetivo eu posso trabalhar por ora à luz de uma ou duas ideias de Aristóteles e São Tomás de Aquino.

– Sei. Eu entendo o que o senhor está dizendo.

– Preciso que me guiem e orientem até que eu tenha feito alguma coisa eu mesmo à luz deles. Se a lamparina começar a soltar fumaça ou a cheirar mal eu posso tentar arrumá-la. Mas se não der luz suficiente eu a vendo e compro outra.

– Epíteto também tinha uma lamparina, emendou o decano, que foi vendida por um alto preço quando morreu. Foi a lamparina que o iluminou enquanto trabalhava nas dissertações filosóficas. O senhor conhece Epíteto?

– Um cavalheiro antiquado, disse Stephen com modos rudes, que disse que a alma se parece com um balde cheio d'água.

– Ele nos conta em linguagem simples, prosseguiu o decano, que pôs uma lamparina de ferro em frente à estátua de um deus e que um ladrão roubou essa lamparina. O que fez o filósofo? Refletiu que roubar fazia parte do caráter do ladrão e decidiu comprar no dia seguinte uma lamparina de cerâmica e não de ferro.

O cheiro de sebo derretido ergueu-se dos tocos de vela e fundiu-se à consciência de Stephen com o tilintar das palavras, balde e lamparina e lamparina e balde. A voz do padre aumentou de volume e soou como um forte tilintar. Os pensamentos de Stephen foram detidos pelo instinto, detidos pelo estranho tom e pela estranha imagética e pelo rosto do padre que parecia uma lamparina apagada ou um refletor pendurado em um foco falso. O que estaria por dentro ou por trás daquilo? Um torpor indiferente da alma ou a indiferença de uma nuvem de tempestade, carregada de intelecção e capaz da escuridão de Deus?

– Eu me referia a um outro tipo de lamparina, senhor, disse Stephen.

– Sem dúvida, respondeu o decano.

– Uma dificuldade nas discussões estéticas, continuou Stephen, é saber se as palavras estão sendo usadas de acordo com a tradição literária ou de acordo com a tradição do mercado. Eu me lembro de uma frase em que Newman diz que a Bem-Aventurada Virgem estava detida com toda a companhia dos santos. O uso da palavra no contexto do mercado é bem diferente. *Não se detenha por minha causa.*

– Não, de maneira alguma, respondeu educadamente o decano.

– Não, não, disse Stephen, eu quis dizer...

– Eu sei, eu sei: eu entendi, apressou-se em explicar o decano, e percebi o que o senhor quer dizer: *deter.*

Então projetou o queixo para frente e deu um breve tossido seco.

– Mas, para voltar à lamparina, disse, alimentá-la também é um problema e tanto. O senhor precisa escolher um óleo puro e tomar cuidado para não enchê-la demais, para não encher além da capacidade do funil.

– Que funil?, perguntou Stephen.

– O funil que o senhor usa para colocar o óleo na lamparina.

– Aquilo?, perguntou Stephen. Aquilo se chama funil? Não é um trasvasador?

– O que é um trasvasador?

– Aquilo. O... o funil.

– É assim que se chama um funil na Irlanda?, perguntou o decano. Eu nunca ouvi essa palavra na minha vida.

– É assim que se chama um funil em Lower Drumcondra, disse Stephen com uma risada. Lá se fala o melhor vernáculo que existe.

– Um trasvasador, disse o decano com um ar reflexivo. Que palavra interessante! Eu vou procurá-la no dicionário. Juro que vou.

Aqueles modos corteses soavam um pouco falsos, e Stephen olhou para o devoto inglês com o mesmo olhar que o irmão mais velho da parábola deve ter lançado em direção ao pródigo. Como um humilde seguidor na esteira de clamorosas conversões, como um pobre inglês na Irlanda, aquele homem parecia ter entrado no palco da história jesuíta num momento em que o estranho jogo de intriga e sofrimento e inveja e esforço e indignidade havia quase desaparecido – um epígono, um espírito tardio. De onde havia partido? Talvez tivesse nascido e crescido em meio a dissidentes, vendo Jesus como a única salvação e abominando as pompas vãs do *status quo*. Será que teria sentido a necessidade de uma fé implícita em meio ao caos de sectarismo e ao jargão das turbulentas cisões, de seis homens de princípios, de pessoas excêntricas, de batistas da semente e da serpente, supralapsários e dogmatistas? Será que teria encontrado a igreja verdadeira de repente, enrolando até o fim como um carretel de algodão a fina linha de raciocínio sobre a insuflação ou a imposição de mãos ou a procissão do Espírito Santo? Ou será que o Senhor Jesus Cristo o havia tocado e pedido que o seguisse, como sucedeu ao discípulo na recepção da alfândega, enquanto estava sentado junto à porta de uma capela com teto de zinco, bocejando e contando os trocados da igreja?

O decano tornou a repetir a palavra.

– Trasvasador! Ora, que coisa mais interessante!

– A pergunta que o senhor me fez agora há pouco parece-me mais interessante ainda. O que é a beleza que o artista tenta expressar a partir dos torrões de terra, disse Stephen com um tom de voz frio.

O pequeno mundo parecia ter virado a ponta de rapieira da sensibilidade de Stephen contra aquele inimigo vigilante e cortês. Sentiu uma pontada de melancolia ao perceber que o homem com quem falava era um compatriota de Ben Jonson. Pensou:

– A língua em que estamos falando pertence primeiro a ele, e só depois a mim. Como as palavras soam diferentes nos lábios dele! Não posso falar nem escrever certas palavras sem uma inquietação do espírito. A língua dele, familiar e ao mesmo tempo estrangeira, vai ser eternamente para mim uma língua aprendida. Não fiz nem aceitei as palavras que a compõem. Minha voz mantém-nas longe. Minha alma lamenta a sombra dessa língua.

– E distinguir entre o belo e o sublime, acrescentou o decano. Distinguir entre a beleza moral e a beleza material. E indagar sobre o tipo de beleza próprio a cada uma das artes. Essas são questões interessantes que podemos analisar.

Stephen, desencorajado pelo tom frio do decano, permaneceu em silêncio. O decano também permaneceu em silêncio: e em meio ao silêncio o rumor de várias botas e de vozes confusas subiu a escada.

– Na busca dessas especulações, no entanto, afirmou o decano de maneira conclusiva, existe o risco de perecer de inanição. Mas primeiro o senhor deve conquistar o diploma. Defina esse como o primeiro objetivo. Depois, aos poucos, o senhor há de encontrar o caminho. Digo em todos os sentidos, tanto na vida como nas ideias. No início pode ser como subir uma encosta de bicicleta. Pense no sr. Moonan. Demorou um bocado até que chegasse ao topo. Mas no fim chegou.

– Talvez eu não tenha esse talento, disse Stephen a meia-voz.

– Nunca se sabe, respondeu o decano com evidente otimismo. Nunca sabemos ao certo o que está em nós. Eu com certeza não perderia a esperança. *Per aspera ad astra.*

O homem afastou-se da lareira com passos rápidos e saiu em direção ao patamar a fim de recepcionar a classe de primeiras artes.

Escorado contra o consolo da lareira Stephen ouviu-o a oferecer saudações repentinas e imparciais a todos os alunos da classe e quase pôde ver o sorriso sincero dos alunos mais rústicos. Um desalento caiu como orvalho no coração amargurado por aquele fiel servidor do valeroso Loyola, por aquele meio-irmão do clero, mais venal do que os outros na fala, mais obstinado que os outros na fala, alguém a quem nunca poderia chamar de pai espiritual: e Stephen pensou em como aquele homem e aqueles companheiros tinham recebido a alcunha de mundanos não somente pelas mãos dos devotos como também pelas mãos de outros mundanos, por ter, ao longo da história, suplicado perante a justiça de Deus pela alma dos indolentes e dos aborrecidos e dos prudentes.

A chegada do professor foi acompanhada pelos disparos de Kent vindos das pesadas botas dos alunos sentados na fileira mais alta da classe escura sob as janelas cinzentas e cobertas por teias de aranha. O mestre começou a fazer a chamada e as respostas foram dadas em todos os tons imagináveis até que o nome de Peter Byrne foi chamado.

– Aqui!

Um baixo grave veio em resposta da fileira mais alta, e foi seguido por tossidos de protesto vindos de outros bancos.

O professor interrompeu a leitura e chamou o nome seguinte:

– Cranly!

Não houve resposta.

– Sr. Cranly!

Um sorriso despontou no rosto de Stephen quando pensou nos estudos do amigo.

– Experimente chamar Leopardstown!, disse uma voz no banco de trás.

Stephen olhou depressa para cima, mas o rosto e o focinho de Moynihan, delineados contra a luz cinzenta, permaneciam impassíveis. Uma fórmula foi dada. Em meio ao farfalhar dos cadernos Stephen se virou e disse:

– Me consiga umas folhas pelo amor de Deus.

– Você é mesmo tão mau assim?, perguntou Moynihan com um sorriso largo.

Então arrancou uma folha do caderno e alcançou-a a Stephen, cochichando:

– Em caso de necessidade qualquer leigo ou mulher serve.

A fórmula escrita obedientemente na folha de papel, o enrolar e o desenrolar dos cálculos feitos pelo mestre e os símbolos espectrais de força e velocidade fascinavam e exauriam a mente de Stephen. Tinha ouvido os colegas dizer que o velho professor era um maçom ateu. Ah, que dia mais lúgubre! Parecia um limbo de consciência paciente e indolor através do qual as almas dos matemáticos vagavam, projetando longas e esguias fazendas de um plano a outro em um crepúsculo a cada instante mais rarefeito e pálido que irradiava torvelinhos velozes até os últimos confins de um universo cada vez mais vasto, mais longínquo e mais impalpável.

– Precisamos então distinguir entre formas elípticas e formas elipsoides. Talvez alguns dos senhores conheçam as obras do sr. W. S. Gilbert. Em uma das canções, Gilbert fala a respeito de um craque do bilhar que é condenado a jogar:

On a cloth untrue
With a twisted cue
*And elliptical billiard balls.**

– A canção se refere a uma bola com a forma de um elipsoide nos eixos principais, como falamos há poucos instantes.

Moynihan inclinou-se em direção ao ouvido de Stephen e murmurou:

– Que bolas elipsoides mais valiosas! Venham, senhoras, estou na cavalaria!

O humor grosseiro dos colegas soprava como uma rajada pelo claustro dos pensamentos de Stephen, conferindo uma vida alegre aos paramentos eclesiásticos que se encontravam suspensos nas paredes e levando-os a balançar e a brincar em um sabá de traquinagens. As formas da comunidade emergiam dos paramentos soprados pelo vento, o decano de estudos, o rotundo e espalhafatoso tesoureiro com a boina de pelo cinza, o presidente, o padrezinho de cabelos diáfanos que escrevia versos de devoção, o porte de camponês atarracado do professor de economia, a silhueta alongada do jovem professor de ciência mental que discutia no patamar um caso de consciência com os alunos como uma girafa que se alimenta das folhas acima de uma manada de antílopes, o grave e perturbado prefeito da congregação, o gorducho professor de italiano com a cabeça redonda e olhos de gatuno. Vieram cambaleando e tropeçando, rolando e brincando, prendendo as batinas para a brincadeira de pula-sela, atrapalhando uns aos outros, dobrando-se com uma profunda risada fingida, dando tapas por trás uns dos outros e rindo daquela malícia grosseira, chamando uns aos outros por apelidos, protestando

* Num pano amassado / Com um taco fora de prumo / E bolas elípticas de bilhar. (N.E.)

com uma dignidade súbita contra aquele uso indevido, sussurrando em duplas por trás das mãos.

O professor tinha ido até os mostruários de vidro na parede lateral em direção a uma prateleira de onde retirou um conjunto de bobinas, soprou a poeira que se acumulava em vários pontos e, depois de transportá-lo cuidadosamente até a mesa, pousou um dedo em cima do conjunto e começou a aula. Explicou que a fiação das bobinas modernas era feita de um composto chamado de platinoide recém-descoberto por F. W. Martino.

Enunciou com muita clareza as iniciais e o sobrenome do descobridor. Moynihan cochichou logo atrás:

– O bom e velho Martino!

– Pergunte se o professor quer um voluntário para a eletrocussão, cochichou Stephen de volta com um humor cansado. Eu me ofereço.

Moynihan, ao ver o professor debruçar-se por cima das bobinas, ergueu-se no banco e, estalando os dedos da mão direita sem fazer nenhum som, começou a chamar com a voz de um pivete chorão:

– Por favor, professor! Por favor, professor! Esse menino está dizendo coisas feias, professor.

– O platinoide, disse o professor em tom solene, é preferível à prata alemã porque apresenta menos variações no coeficiente de resistência em função da temperatura. O fio do platinoide é isolado e a camada de seda que o isola é enrolada nessa bobina de ebonite onde está o meu dedo. Com um único fio enrolado na bobina surgiria uma corrente extra. As bobinas estão saturadas de cera de parafina quente...

Uma voz com um carregado sotaque de Ulster soou no banco logo abaixo de Stephen:

– Vamos ter que responder questões de ciência aplicada?

O professor começou a fazer malabarismos sérios com termos de ciência pura e de ciência aplicada. Um estudante corpulento com óculos de aro dourado encarou o inquiridor com espanto. Moynihan murmurou com a voz natural:

– O MacAlister não é um demônio atrás de uma libra de carne?

Stephen lançou um olhar frio em direção ao crânio oblongo coberto por cabelos desgrenhados da cor de cânhamo logo abaixo. A voz, o sotaque e a mente do inquiridor o ofenderam e Stephen deixou que a ofensa o aproximasse da grosseria intencional, obrigando-se a pensar que o pai daquele aluno teria feito melhor se houvesse mandado o filho estudar em Belfast e assim economizado um pouco com as passagens de trem.

O crânio oblongo logo abaixo não se voltou para defrontar-se com aquela flecha de pensamento mas assim mesmo a flecha voltou para o arco: pois um instante depois Stephen viu-lhe o rosto pálido como soro de leite.

– Esse pensamento não é meu, disse para si mesmo às pressas. Veio daquele irlandês cômico no banco de trás. Paciência. Você poderia dizer com certeza por quem a alma da sua raça foi trocada e por quem teve o eleito traído – pelo inquiridor ou pelo detrator? Paciência. Lembre-se de Epíteto. Provavelmente está no caráter dele fazer uma pergunta dessas num momento desses e num tom desses e ainda por cima pronunciar *ciência* como um dissílabo.

A voz monocórdia do professor continuou a se enrolar pouco a pouco ao redor das bobinas sobre as quais falava, dobrando, triplicando, quadruplicando a energia sonolenta à medida que a bobina multiplicava os ohms de resistência.

A voz de Moynihan se fez ouvir mais uma vez atrás em resposta a um sino distante:

– Cavalheiros, é o fim do expediente!

O saguão de entrada estava lotado e cheio de conversa. Em uma mesa próxima à porta havia duas fotografias emolduradas e entre as duas um longo rolo de papel que trazia uma cauda irregular de assinaturas. MacCann andava impaciente de um lado para o outro em meio aos alunos, falando depressa, respondendo a grosserias e levando um após o outro até a mesa. No interior do saguão o decano de estudos estava de pé conversando com um jovem professor, alisando o queixo com gestos graves e meneando a cabeça.

Stephen, impedido de avançar pela multidão em frente à porta, deteve-se sem saber o que fazer. Por sob a ampla aba caída de um chapéu os olhos negros de Cranly o observavam.

– Você assinou?, perguntou Stephen.

Cranly fechou a longa boca de lábios finos, entrou em comunhão consigo mesmo por um instante e respondeu:

– *Ego habeo.*

– Para que é?

– *Quod?*

– Para que é?

Cranly voltou o rosto pálido em direção a Stephen e disse com amarga indiferença:

– *Per pax universalis.*

Stephen apontou para a fotografia do tzar e disse:

– Tem o rosto de um Cristo apalermado.

A zombaria e a raiva na voz fizeram com que os olhos de Cranly interrompessem o calmo exame das paredes do saguão.

– Você está incomodado?, perguntou.

– Não, respondeu Stephen.

– Está de mau humor?

– Não.

– *Credo ut vox sanguinarius mendax estis,* disse Cranly, *quia facies vostra monstrat ut vos in damno malo humore estis.*

Moynihan, a caminho da mesa, cochichou no ouvido de Stephen:

– O MacCann está na ponta dos cascos. Disposto a dar até a última gota de sangue. Um novo mundo. Nada de estimulantes e votos para as cadelas.

Stephen abriu um sorriso ao perceber a maneira dessa confidência e, quando Moynihan passou, mais uma vez encarou os olhos de Cranly.

– Talvez você saiba me dizer, continuou, por que ele derrama a própria alma com tanta liberalidade nos meus ouvidos. Você sabe?

Uma ruga escarninha despontou na testa de Cranly. Olhou para a mesa onde estava a lista em que Moynihan tinha escrito o nome e então disse em tom neutro:

– Um doce!

– *Quis est in malo humore,* disse Stephen, *ego aut vos?*

Cranly não respondeu à provocação. Manteve-se amargurado e entregue aos próprios pensamentos e repetiu com a mesma força indiferente:

– Um porcaria de um docinho, é isso o que ele é!

Esse era o epitáfio que concedia a todas as amizades mortas e Stephen se perguntou se alguma vez seria proferido no mesmo tom em relação à lembrança de si próprio. A frase pesada e desconfortável aos poucos afundou como uma pedra em um palude. Stephen viu-a afundar como tinha visto muitas outras, sentindo o peso oprimir-lhe o coração. A fala de Cranly, diferente do que tinha acontecido com a de Davin, não apresentava nem frases de inglês elisabetano nem versões inusitadas de provérbios irlandeses. A fala arrastada era um eco dos cais de Dublin causado por um porto sórdido e decrépito, cuja energia era um eco da eloquência sagrada de Dublin causado por um púlpito em Wicklow.

A profunda ruga escarninha no rosto de Cranly desapareceu quando MacCann chegou marchando a passos rápidos desde o outro lado do saguão.

– Aqui está você!, disse MacCann com alegria na voz.

– Aqui estou eu!, respondeu Stephen.

– Atrasado como sempre. Você não consegue mesmo se adaptar à tendência progressista de respeito à pontualidade?

– Esse assunto não está na pauta, disse Stephen. Vamos ao próximo.

Os olhos sorridentes de Stephen estavam fixos no tablete de chocolate ao leite embalado em papel prata que espiava pelo bolso no peito do propagandista. Um pequeno grupo de ouvintes se aproximou para ouvir o duelo de intelectos. Um estudante magro de pele trigueira e cabelo preto e liso enfiou a cara entre os dois e começou a olhar de um para o outro a cada frase, como se quisesse apanhar cada frase que voava ainda nos lábios úmidos dos contendentes. Cranly tirou uma pequena bola cinza do bolso e começou a examiná-la de perto, virando-a de um lado para o outro.

– Próximo assunto?, perguntou MacCann. Hm!

Tossiu uma sonora risada, abriu um sorriso largo e por duas vezes puxou o cavanhaque cor de palha que pendia do queixo rústico.

– O próximo assunto diz respeito à assinatura da petição.

– Você vai me pagar alguma coisa se eu assinar?, perguntou Stephen.

– Eu achei que você era um idealista, respondeu MacCann.

O estudante com ares de cigano olhou ao redor e dirigiu-se aos espectadores em uma voz indistinta que mais parecia um balido.

– Mas que diabos, essa ideia é bem esquisita! Eu diria que é uma ideia mercenária.

A voz então deu vez ao silêncio. Ninguém prestou atenção àquelas palavras. Então o rosto trigueiro de feições equinas virou-se em direção a Stephen, convidando-o a falar mais uma vez.

MacCann começou a falar com fluência e entusiasmo sobre o rescrito do tzar, sobre Stead, sobre o desarmamento geral, sobre a arbitragem em caso de disputas internacionais, sobre os sinais dos tempos, sobre a nova humanidade e o novo evangelho da vida que encarregaria a comunidade de assegurar da forma mais barata possível a maior felicidade possível ao maior número de pessoas possível.

O estudante cigano respondeu logo após o fim da frase gritando:

– Três vivas para a irmandade universal!

– Vamos, Temple, disse um estudante robusto e corado que estava próximo. Depois eu pago um caneco para você.

– Eu acredito na irmandade universal, reafirmou Temple, olhando ao redor com os olhos escuros e ovalados. Marx não passa de um vigarista.

Cranly agarrou-lhe o braço com força para deter aquela língua, com um sorriso tenso nos lábios, e repetiu:

– Calma, calma, calma!

Temple debateu-se para soltar o braço mas continuou, com uma fina espuma no canto da boca:

– O fundador do socialismo foi um irlandês e o primeiro homem na Europa a pregar a liberdade do pensamento foi Collins! Duzentos anos atrás. O filósofo de Middlesex denunciou o clero. Três vivas para John Anthony Collins!

Uma voz fina na beirada do círculo respondeu:

– Pip! Pip!

Moynihan cochichou no ouvido de Stephen:

– E o que dizer sobre a pobre irmãzinha de John Anthony:

Lottie Collins lost her drawers;
*Won't you kindly lend her yours?**

Stephen riu e Moynihan, contente com o resultado, tornou a cochichar:

– Vamos apostar cinco xelins na ponta e no placê em John Anthony Collins.

– Estou aguardando uma resposta, disse MacCann.

– O assunto não tem interesse nenhum para mim, disse Stephen com ares de enfado. Você sabe muito bem. Por que fazer uma cena?

– Ótimo!, disse MacCann, estalando os lábios. Então você é um reacionário?

– Você acha que me impressiona, perguntou Stephen, brandindo uma espada de brinquedo?

– Metáforas!, disparou MacCann. Vamos aos fatos.

Stephen enrubesceu e deu-lhe as costas. MacCann não desistiu e disse com uma nota de humor hostil:

– Poetas menores. Imagino que você esteja acima de questões triviais como a questão da paz universal.

Cranly ergueu a cabeça e segurou a bola entre os dois estudantes como uma oferta de paz, dizendo:

– *Pax super totum sanguinarium globum.*

Stephen, afastando os espectadores, abriu caminho com o ombro em direção à imagem do tzar, dizendo:

* Lottie Collins perdeu as calçolas; / Você não faria o favor de emprestar as suas? (N.E.)

– Fique com o seu ícone. Se vamos ter um Jesus, que pelo menos seja um Jesus legítimo.

– Ah, essa é boa!, disse o estudante cigano para os colegas ao redor. É uma bela expressão. Gostei demais dessa expressão.

Engoliu o catarro na garganta como se estivesse a engolir a frase e, mexendo na ponta do boné de tweed que Stephen trazia na cabeça, virou-se para dizer:

– Perdoe-me senhor, mas o que significa a expressão que o senhor acaba de empregar?

Sentindo-se cutucado pelos estudantes ao redor, explicou-se:

– Estou curioso para saber o que ele quis dizer com aquela expressão.

Então voltou o rosto mais uma vez em direção a Stephen e sussurrou:

– Você acredita em Jesus? Eu acredito nos homens. Mas, claro, não sei se você acredita nos homens. Eu o admiro, senhor. Admiro o intelecto de um homem que não depende de religião alguma. Essa é a sua opinião sobre a mente de Jesus?

– Vamos, Temple, disse o estudante robusto e corado, retomando, como de costume, a ideia inicial, um caneco espera por você.

– Ele acha que sou imbecil, explicou Temple a Stephen, porque acredito no poder da mente.

Cranly deu o braço a Stephen e ao admirador e disse:

– *Nos ad manum ballum jocabimus.*

Stephen, enquanto era levado embora, percebeu o rubor no semblante rústico de MacCann.

– A minha assinatura não tem importância nenhuma, disse educadamente. Você está certo em seguir o seu caminho. Mas deixe que eu me encarrego do meu.

– Dedalus, disse MacCann com a enunciação clara, me parece que você é um bom sujeito, mas ainda tem que aprender sobre a dignidade do altruísmo e sobre a responsabilidade do indivíduo.

Uma voz disse:

– O fanatismo intelectual fica melhor fora desse movimento do que dentro.

Stephen, ao reconhecer o tom rude de MacAlister, não olhou em direção à voz. Cranly abriu caminho de maneira solene por entre os estudantes, unindo Stephen e Temple como um celebrante acompanhado pelos ministros no caminho até o altar.

Temple inclinou-se entusiasmado por cima do peito de Cranly e perguntou:

– Você ouviu o que o MacAlister disse? Aquele garoto tem inveja de você! Você viu? Aposto que o Cranly não viu. Ah, mas eu vi na mesma hora.

Enquanto atravessavam o interior do saguão o decano de estudos se esquivava do aluno com quem vinha conversando. Estava junto à cabeceira da escada, com um pé no degrau mais baixo e a sotaina puída arrumada com um cuidado feminino ao redor do corpo para a subida, mas balançava a cabeça com frequência e repetia:

– Não há dúvida, sr. Hackett! Muito bem! Não há dúvida!

No meio do saguão o prefeito da congregação falava sério, em uma voz macia e tagarela, com um aluno. Enquanto falava, enrugava um pouco a testa sardenta e mordiscava, entre uma e outra frase, uma pequena lapiseira de osso.

– Espero que todo o pessoal da classe de matrícula apareça. Os alunos da classe de primeiras artes vêm com certeza. Os da segunda também. Mas precisamos ter muita atenção com os recém-chegados.

Temple mais uma vez se inclinou na direção de Cranly, enquanto os três atravessavam a porta, e disse em um cochicho suave:

– Você sabia que ele é casado? Ele era casado antes de se converter. Tem uma esposa e filhos em algum lugar. Ah, é a coisa mais estranha que eu já ouvi! Não?

O cochicho transformou-se em uma gargalhada. No momento em que chegaram ao outro lado da porta Cranly agarrou-lhe o pescoço com um gesto brusco e o sacudiu, dizendo:

– Seu tolo tapado e estúpido! Aposto a Bíblia da minha extrema-unção que não existe um primata mais primitivo do que você em toda essa porcaria de mundo!

Temple debateu-se nas mãos do captor, rindo com uma satisfação astuta, enquanto Cranly repetia em tom indiferente a cada nova sacudida:

– Um tolo tapado e estúpido como uma toupeira!

Os três atravessaram juntos o jardim tomado pelo inço. O presidente, envolto em um amplo e pesado manto, vinha na direção dos três por um dos passeios, lendo o ofício. No fim do passeio deteve-se antes de fazer a curva e ergueu os olhos. Os alunos saudaram-no, e Temple mexeu na ponta do chapéu como antes. Então continuaram a caminhar em silêncio. Quando se aproximaram da rua Stephen pôde ouvir o baque das mãos dos jogadores e os estalos úmidos da bola e a voz de Davin berrando com entusiasmo cada vez que a bola quicava.

Os três estudantes detiveram o passo junto à caixa onde Davin estava sentado para acompanhar o jogo. Temple, passados alguns instantes, aproximou-se de Stephen e disse:

– Me desculpe, mas eu queria perguntar se você acha que Jean-Jacques Rousseau era um homem sincero.

Stephen deu uma sonora risada. Cranly, após juntar a aduela quebrada de um barril que estava caída na grama sob os pés, virou-se de repente e disse com modos graves:

– Temple, juro pelo Deus vivo que se você disser mais uma palavra, sabe, para qualquer pessoa sobre qualquer assunto eu vou matar você *super spottum.*

– Acho que ele foi como você, disse Stephen, um homem que se deixa levar pela emoção.

– Pois que se dane, que vá para o inferno!, bradou Cranly. Não fale com ele. Claro, você poderia muito bem falar com um penico estúpido em vez de falar com Temple. Vá para casa, Temple. Pelo amor de Deus, vá para casa.

– Eu não me importo nem um pouco com você, Cranly, retrucou Temple, afastando-se da aduela erguida e apontando o dedo em direção a Stephen. O Stephen é o único sujeito nessa instituição que tem uma mente individual.

– Instituição! Individual!, gritou Cranly. Vá para casa e dane-se... não resta nenhuma esperança para um desgraçado como você!

– Eu sou um homem que se deixa levar pela emoção, disse Temple. Essa colocação foi muito bem feita. E tenho orgulho de não ser um emocionalista.

Temple se afastou da rua com um sorriso matreiro enquanto Cranly o observava com uma expressão indiferente.

– Veja só!, disse. Onde é que já se viu tamanho covarde?

O comentário foi recebido pela estranha risada de um aluno escorado contra o muro, com o chapéu a tapar-lhe os olhos. A risada aguda vinda de um corpo tão musculoso parecia o bramido de um elefante. O corpo do estudante se convulsionou e, para acalmar tamanha alegria, esfregou as duas mãos por cima da virilha.

– O Lynch está acordado, disse Cranly.

Lynch, em resposta, endireitou as costas e estufou o peito.

– O Lynch estufou o peito, disse Stephen, para fazer uma crítica à vida.

Lynch bateu com força no peito e disse:

– Quem tem alguma reclamação a fazer sobre a minha circunferência?

Cranly retrucou e os dois começaram a brigar. Quando os rostos enrubesceram em função do esforço os dois se separaram, arquejando. Stephen se inclinou em direção a Davin, que, atento à partida, não prestava atenção à conversa dos outros.

– E como está o meu pequeno ganso amestrado?, perguntou. Também assinou?

Davin acenou a cabeça e disse:

– E você, Stevie?

Stephen balançou a cabeça.

– Você é terrível, Stevie, disse Davin, tirando o cachimbo da boca. Sempre sozinho.

– Agora que assinou a petição em nome da paz universal, disse Stephen, espero que você queime aquele caderninho que você tem no quarto.

Como Davin não respondeu Stephen começou a citar de cabeça:

– Passo largo, *fianna*! Para a direita, *fianna*! *Fianna*, façam a saudação de acordo com os números, um, dois!

– Essa questão é diferente, respondeu Davin. Eu sou acima de tudo um nacionalista irlandês. Mas você é assim mesmo. Você nasceu com o espírito de porco, Stevie.

– Quando você fizer a próxima revolução com os tacos de *hurley*, disse Stephen, e precisar do imprescindível informante, me avise. Posso conseguir alguns aqui na universidade.

– Não entendo você, disse Davin. Uma vez eu ouvi você falar contra a literatura inglesa. Agora você fala contra os informantes irlandeses. Para não falar do seu nome e das suas ideias... Você tem certeza de que é irlandês?

– Vá comigo ao Colégio de Armas e eu mostro a você a árvore genealógica da minha família, disse Stephen.

– Então seja um de nós, disse Davin. Por que você não aprende a falar irlandês? Por que abandonou a turma depois de uma única aula?

– Você conhece uma das razões, respondeu Stephen.

Davin fez um gesto brusco com a cabeça e deu uma risada.

– Ora, vamos, disse. Você diz por causa daquela moça e do padre Moran? Aquilo foi coisa da sua cabeça, Stevie. Os dois estavam apenas conversando e rindo um pouco.

Stephen fez uma pausa e colocou a mão no ombro de Davin em um gesto amistoso.

– Você lembra, perguntou, da vez em que nos conhecemos? Na primeira manhã em que nos encontramos você pediu que eu mostrasse o caminho para a classe de matrícula, com um sotaque bem estranho. Lembra? E você costumava se referir aos jesuítas como padre, lembra? Quando penso em você eu me pergunto: *Será que ele é tão inocente quanto parece ao falar?*

– Eu sou uma pessoa simples, disse Davin. Você sabe. Quando naquela noite você me falou a respeito da sua vida particular, Stevie, eu juro por Deus que não consegui engolir o jantar. Fiquei mal. Passei muito tempo acordado naquela noite. Por que você me contou aquelas coisas?

– Obrigado, disse Stephen. Você quer dizer que eu sou um monstro.

– Não, disse Davin, mas eu preferia que você não tivesse me dito.

A maré começou a subir por sob a plácida superfície amistosa de Stephen.

– Essa raça e esse país e essa vida fizeram de mim quem eu sou, disse. Vou me expressar da maneira como sou.

– Tente ser um de nós, repetiu Davin. No fundo você é um irlandês mas você tem orgulho demais para admitir.

– Meus antepassados jogaram fora essa língua e adotaram outra, respondeu Stephen. Permitiram que um punhado de forasteiros os subjugassem. Você acha que vou pagar com minha vida e com a minha pessoa as dívidas que contraíram? Por quê?

– Pela nossa liberdade, disse Davin.

– Desde a época de Tone até à de Parnell, disse Stephen, não houve um único homem sincero e honrado que tenha sacrificado a vida e a juventude e as próprias afeições pelos irlandeses sem que mais tarde o tenham vendido ao inimigo ou renegado na hora de maior necessidade ou abandonado em favor de outro. E você ainda me convida para ser um de vocês. Vá para o inferno.

– Essas pessoas morreram por um ideal, Stevie, disse Davin. Acredite, o nosso dia vai chegar.

Stephen, entretido com os pensamentos, manteve-se em silêncio por alguns instantes.

– A alma nasce, afirmou de maneira vaga, em instantes como aqueles que contei para você. É um nascimento lento e obscuro, mais cercado de mistérios do que o nascimento do corpo. Quando a alma de um homem nasce nesse país é necessário prendê-la com redes para que não fuja. Você fala sobre nacionalidade, língua, religião. Se eu puder vou evitar essas redes.

Davin bateu as cinzas do cachimbo.

– Isso é profundo demais para mim, Stevie, disse por fim. Mas a pátria de um homem vem antes de qualquer outra coisa. A Irlanda acima de tudo, Stevie. Depois você pode ser poeta ou místico se quiser.

– Você sabe o que é a Irlanda?, perguntou Stephen com uma violência fria. A Irlanda é uma porca velha que come as próprias crias.

Davin se levantou triste da caixa e foi em direção aos jogadores, balançando a cabeça. Porém em um instante a tristeza o abandonou e ele começou uma discussão inflamada com Cranly e os dois jogadores que haviam terminado a partida. Uma partida de quatro foi arranjada, embora Cranly insistisse em usar a bola que havia levado. Deixou-a quicar duas ou três vezes na mão e a seguir atirou-a com força e agilidade em direção à base da cancha, exclamando em resposta ao baque:

– A sua alma!

Stephen ficou com Lynch até que o placar começasse a subir. Então puxou-o pela manga e fez um convite para que se afastassem. Lynch obedeceu, dizendo:

– Então nos vamos nós também, como diz Cranly.

O cutucão pôs um sorriso no rosto de Stephen. Os dois voltaram pelo jardim e saíram pelo corredor onde o cambaleante porteiro estava prendendo um aviso no quadro. Detiveram-se junto ao pé da escada e Stephen tirou uma carteira de cigarros do bolso e ofereceu-a ao companheiro.

– Eu sei que você é pobre, disse.

– Vá para o inferno com essa insolência amarela, retrucou Lynch.

Essa segunda prova da cultura de Lynch levou Stephen a sorrir mais uma vez.

– Foi um dia e tanto para a cultura europeia agora que você resolveu xingar em amarelo.

Os dois acenderam os cigarros e dobraram à direita. Após um breve intervalo Stephen voltou a falar:

– Aristóteles não definiu o sentimento de pena nem o de terror. Eu defini. Quer dizer...

Lynch se deteve e exclamou de repente:

– Pare! Eu não quero escutar! Estou enjoado. Ontem bebi até a minha cara ficar amarela com o Horan e o Goggins.

Stephen prosseguiu:

– A pena é o sentimento que detém o espírito na presença de qualquer coisa grave e constante na vasta gama de sofrimentos humanos e que o une ao sofredor humano. O terror é o sentimento que detém o espírito na presença de qualquer coisa grave e constante na vasta gama de sofrimentos humanos e que o une à causa secreta.

– Repita, pediu Lynch.

Stephen repetiu vagarosamente as definições.

– Uma garota entrou em um coche uns dias atrás, prosseguiu, em Londres. Estava indo encontrar a mãe que não via há muitos anos. Na esquina de uma rua o varão de um caminhão quebrou a janela do coche no formato de uma estrela. Uma longa agulha do vidro quebrado se cravou no coração da moça. Ela morreu na hora. O repórter disse que tinha sido uma morte trágica. Mas não é. Essa morte está muito longe dos sentimentos de pena e de terror segundo as minhas definições.

– A emoção trágica é na verdade um rosto que olha para dois lados, em direção à pena e em direção ao terror, sendo ambos partes integrantes dessa emoção. Como você percebe, usei a palavra *deter*. Quero dizer com isso que a emoção trágica é estática. Ou antes a emoção dramática. Os sentimentos despertados pela arte imprópria são cinéticos. Desejo ou repulsa. O desejo nos impele a possuir, a nos aproximar; a repulsa nos impele a abandonar, a nos afastar. Essas são emoções cinéticas. As artes pornográficas ou didáticas que as incitam são portanto artes impróprias. A emoção estética (uso o termo no sentido genérico) é portanto estática. A mente se detém e se eleva acima do desejo e da repulsa.

– Você diz que a arte não deve excitar o desejo, disse Lynch. Como eu já contei a você, outro dia escrevi o meu nome a lápis na parte traseira da Vênus de Praxíteles no Museu. Não foi desejo?

– Me refiro a homens de natureza madura e normal, disse Stephen. Você também me contou que quando era menino comeu bosta de vaca seca naquela encantadora escola carmelita.

Lynch mais uma vez explodiu em um surto de gargalhadas e mais uma vez esfregou as duas mãos por cima da virilha mas dessa vez sem retirá-las dos bolsos.

– Ah, se comi! Eu comi!, exclamou.

Stephen virou-se em direção ao companheiro e encarou-o fundo nos olhos por alguns instantes. Lynch, ao recobrar-se do surto de gargalhadas, respondeu com um olhar humilde. O longo e magro crânio por baixo do longo chapéu bicudo evocou nos pensamentos de Stephen a imagem de um réptil encapuzado. Os olhos também tinham um brilho e uma expressão reptiliana. Porém naquele instante, com aquele olhar caído e alerta, estavam iluminados por um minúsculo ponto de humanidade, a janela de uma alma ressequida, pungente e amargurada.

– No que diz respeito a isso, disse Stephen em um aparte cortês, somos todos animais. Eu também sou um animal.

– Sem dúvida, disse Lynch.

– Mas nesse momento estamos em um mundo mental, prosseguiu Stephen. O desejo e a repulsa despertados por meios estéticos impróprios são emoções inestéticas não apenas porque têm um caráter cinético, mas também porque não transcendem a fisicalidade. Nossa carne se afasta de tudo aquilo que teme e responde ao estímulo daquilo que deseja graças a um simples reflexo do sistema nervoso. Nossas pálpebras se fecham antes que possamos notar a mosca prestes a entrar em nosso olho.

– Nem sempre, observou Lynch de maneira crítica.

– Da mesma forma, disse Stephen, a sua carne respondeu ao estímulo de uma estátua nua, mas segundo o que estou dizendo foi apenas um reflexo nervoso. A beleza expressa pelo artista não pode despertar em nós uma emoção cinética ou uma sensação puramente física. Essa beleza desperta, ou deve despertar, ou ainda induz, ou deve induzir, uma estase estética, um sentimento ideal de pena ou de terror, uma estase causada, prolongada e por fim dissolvida por aquilo que chamo de ritmo da beleza.

– E o que exatamente é isso?, quis saber Lynch.

– O ritmo, explicou Stephen, é a primeira relação estética formal entre duas partes em qualquer todo estético ou entre um todo estético e uma parte ou partes ou entre qualquer parte e um todo estético do qual faça parte.

– Se essa é a definição de ritmo, eu gostaria de ouvir o que você tem a dizer sobre o que chama de beleza: e por favor lembre-se de que, embora eu tenha comido bosta de vaca, eu não admiro nada além da beleza.

Stephen ergueu o chapéu como se estivesse a fazer um cumprimento. Então, após corar de leve, pousou a mão na grossa manga de tweed de Lynch.

– Nós estamos certos, disse, e os outros estão errados. Falar sobre essas coisas e tentar entender a natureza delas e, depois de entendê-la, tentar aos poucos e com humildade e constância expressar, extrair mais uma vez da terra rústica ou daquilo que nela germina, dos sons e das formas e das cores que são o acesso à prisão da alma, uma imagem da beleza que chegamos a compreender – isso é arte.

Os dois haviam chegado à ponte do canal e, desviando do caminho, seguiram ao longo das árvores. Uma luz cinzenta e rústica, espelhada na água modorrenta, e um cheiro de galhos úmidos acima da cabeça de ambos pareciam ter declarado guerra contra o raciocínio de Stephen.

– Mas você não respondeu à minha pergunta, disse Lynch. O que é arte? Que tipo de beleza expressa?

– Essa foi a primeira definição que eu apresentei, seu preguiçoso dorminhoco, quando comecei a pensar no assunto. Você se lembra daquela noite? Cranly perdeu a cabeça e começou a falar sobre o toucinho de Wicklow.

– Eu lembro, disse Lynch. Ele falou sobre porcos enormes de gordos.

– A arte, disse Stephen, é a disposição humana de matéria sensível ou inteligível para um fim estético. Você se lembra dos porcos e se esquece disso. Vocês dois são uma dupla triste, você e o Cranly.

Lynch fez uma careta em direção ao céu desnudo e cinza e falou:

– Se vou ficar escutando você falar sobre filosofia estética, pelo menos me dê mais um cigarro. Eu não me importo com isso. Não me importo nem com as mulheres. Vá para o inferno você e tudo o que existe. Tudo que eu quero é um emprego de quinhentas libras por ano. Não é você que vai me arranjar um.

Stephen alcançou-lhe a carteira de cigarros. Lynch pegou o último, dizendo apenas:

– Prossiga!

– São Tomás de Aquino, disse Stephen, afirmou que o belo é a apreensão daquilo que agrada.

Lynch acenou a cabeça.

– Eu lembro, emendou. *Pulcra sunt quæ visa placent.*

– Ele empregou a palavra *visa*, disse Stephen, para cobrir apreensões estéticas de todo tipo, sejam visuais ou aurais ou perceptíveis através de qualquer outro canal de apreensão. Essa palavra, embora vaga, é clara o bastante para excluir o bem e o mal que despertam o desejo e a repulsa. Sem dúvida se refere a uma estase e não a uma cinese. Mas e quanto ao verdadeiro? O verdadeiro também produz uma estase na mente. Você não escreveria o nome a lápis na hipotenusa de um triângulo retângulo.

– Não, respondeu Lynch. Prefiro a hipotenusa da Vênus de Praxíteles.

– Temos portanto a estase. Platão, se não me engano, disse que a beleza é o esplendor da verdade. Não acho que isso possa dizer outra coisa senão que o verdadeiro e o belo encontram-se relacionados. A verdade é contemplada pelo intelecto, que então se deleita com as mais agradáveis relações do inteligível: e a beleza é contemplada pela imaginação, que então se deleita com as mais agradáveis relações do sensível. O primeiro passo em direção à verdade é a compreensão da estrutura e do escopo do próprio intelecto, uma compreensão do próprio ato de intelecção. Todo o sistema filosófico de Aristóteles se baseia no livro de psicologia e, segundo penso, esse livro se baseia na afirmação segundo a qual o mesmo atributo não pode ao mesmo tempo e em uma mesma relação pertencer e não pertencer a um único sujeito. O primeiro passo em direção à beleza é a compreensão da estrutura e do escopo da imaginação, uma compreensão do próprio ato da apreensão estética. Está claro?

– Mas o que é a beleza?, perguntou Lynch impaciente. Me dê outra definição. Uma coisa que nos agrada os olhos! Isso é o melhor que você e São Tomás de Aquino podem fazer?

– Vamos pegar a mulher, disse Stephen.

– Agora mesmo!, disse Lynch com fervor.

– Os gregos, os turcos, os chineses, os coptas, os hotentotes, disse Stephen, todos admiram um tipo diferente de beleza feminina. Esse parece ser um labirinto do qual não existe saída. Mas eu vejo duas saídas. Uma é a seguinte hipótese: a de que cada qualidade física admirada pelos homens nas mulheres tem uma ligação direta com as diversas funções das mulheres na propagação da espécie. Pode ser. O mundo, pelo que consta, é mais lúgubre do que até mesmo você imaginava, Lynch. Quanto a mim, essa saída não me agrada. Você acaba chegando à eugenia, e não à estética. Você sai do labirinto mas entra em uma sala de aula espalhafatosa onde MacCann, tendo de um lado *A origem das espécies* e do outro lado o novo testamento, diz que você se tomou de admiração pelos quadris largos da Vênus porque sentiu que ela haveria de produzir filhos robustos e se tomou de admiração pelos seios fartos porque sentiu que ela haveria de produzir bom leite para os seus filhos e a sua família.

– Nesse caso MacCann seria um mentiroso amarelo-enxofre, disse Lynch com entusiasmo.

– Mas ainda resta uma outra saída, disse Stephen, rindo.

– A saber?, indagou Lynch.

– Essa hipótese, começou Stephen.

Uma carroça cheia de ferro-velho dobrou a esquina do Sir Patrick Dun's Hospital, abafando o restante da explicação de Stephen com o rangido estridente do metal rumorejante. Lynch tapou os ouvidos e soltou imprecação atrás de imprecação enquanto a carroça passava. Então se virou sobre os calcanhares com um gesto brusco. Stephen também se virou e esperou alguns instantes até que o mau humor do companheiro se dissipasse.

– Essa hipótese, repetiu Stephen, é a outra saída: a de que, embora o mesmo objeto possa não parecer belo a todas as pessoas, todas as pessoas que admiram um objeto belo encontram nele certas relações que satisfazem e coincidem com os próprios estágios da apreensão estética. Essas relações do sensível, visíveis a você através de uma forma e a mim através de outra, devem portanto ser as qualidades necessárias da beleza. E agora podemos retornar ao nosso velho amigo São Tomás de Aquino para mais um bocado de sabedoria.

Lynch riu.

– Acho muito divertido, comentou, escutar você citando São Tomás de Aquino a todo instante como se fosse um frade gordo e bonachão. Você está rindo às escondidas?

– MacAlister, respondeu Stephen, diria que a minha teoria estética é uma aplicação de São Tomás de Aquino. Nessa concepção da filosofia estética São Tomás de Aquino pode me levar até o fim da linha. Mas quando chegamos ao fenômeno da concepção artística, da gestação artística e da reprodução artística, preciso de uma nova terminologia e de uma nova experiência pessoal.

– Claro, disse Lynch. Afinal de contas, São Tomás de Aquino, apesar do intelecto privilegiado, era um típico frade gordo e bonachão. Mas você vai me contar sobre a nova experiência pessoal e a nova terminologia outra hora. Agora termine a primeira parte, e depressa!

– Quem sabe?, perguntou Stephen com um sorriso. Talvez São Tomás de Aquino me entendesse melhor do que você. Ele era poeta. Escreveu um hino para a

Quinta-Feira Santa. Começa com as palavras *Pange lingua gloriosi.* Dizem que essa é a mais alta glória do hinário. É um hino complexo e sereno. Eu gosto, mas nenhum hino se compara àquela canção processional cheia de majestade e desalento, a *Vexilla Regis* de Venâncio Fortunato.

Lynch pôs-se a cantar com voz suave e solene em um baixo profundo:

Impleia sunt quæ concinit
David fideli carmine
Dicendo nationibus
Regnavit a ligno Deus.

– Ótimo!, disse Stephen, muito satisfeito. É uma ótima música!

Os dois entraram na Lower Mount Street. A alguns passos da esquina um jovem gordo, que usava um lenço de pescoço de seda, cumprimentou-os e deteve o passo.

– Vocês ouviram os resultados dos exames?, perguntou. O Griffin foi reprovado. O Halpin e o O'Flynn foram aprovados no exame para o serviço público. O Moonan tirou quinto lugar para a Índia, o O'Shaughnessy ficou em décimo quarto. Os irlandeses do Clark's ofereceram um jantar ontem à noite. Todo mundo comeu *curry.*

O rosto pálido e intumescido expressava uma lábia benévola e, enquanto avançava nos relatos de sucesso, os olhinhos rodeados de gordura sumiram e a vozinha estridente desapareceu.

Em resposta a uma pergunta de Stephen os olhos e a voz tornaram a sair do esconderijo.

– É, o MacCullagh e eu, disse. Ele está estudando matemática pura e eu história constitucional. São vinte matérias. Também escolhi botânica. Você sabe que eu sou membro do clube de campo.

O recém-chegado se afastou dos outros dois com modos suntuosos e levou a mão gorducha envolta por uma luva de lã ao peito, de onde uma risada estridente saiu no mesmo instante.

– Traga-nos uns nabos e umas cebolas da próxima vez que você sair, disse Stephen em tom seco, para fazer um cozido.

O estudante gordo riu satisfeito e disse:

– Somos todos pessoas altamente respeitáveis no clube de campo. Sábado passado fomos a Glenmalure, em um grupo de sete.

– Com mulheres, Donovan?, perguntou Lynch.

Donovan mais uma vez levou a mão ao peito e disse:

– Nosso objetivo é a aquisição de conhecimento.

A seguir emendou:

– Ouvi dizer que você estava escrevendo um ensaio sobre estética.

Stephen fez um gesto vago de negação.

– Goethe e Lessing, disse Donovan, escreveram bastante sobre esse assunto, a escola clássica e a escola romântica e tudo mais. O *Laocoonte* me interessou muito quando o li. Claro que é uma obra idealista, germânica, ultraprofunda.

Nenhum dos outros dois respondeu. Donovan se despediu com bons modos.

– Preciso ir, disse de maneira suave e benévola. Tenho uma forte suspeita, quase uma convicção, de que a minha irmã vai fazer panquecas hoje à noite para o jantar da família Donovan.

– Até mais, disse Stephen quando Donovan se afastou. Não esqueça dos nabos para mim e para o meu amigo.

Lynch acompanhou-o com o olhar enquanto os lábios se retorciam de escárnio, até que por fim o rosto parecesse uma máscara diabólica:

– E pensar que um excremento amarelo comedor de panquecas como esse pode conseguir um bom emprego, disse por fim, enquanto eu preciso fumar cigarros baratos!

Os dois voltaram o rosto em direção ao Merrion Square e caminharam por alguns instantes em silêncio.

– Para encerrar o que eu estava dizendo a respeito da beleza, disse Stephen, as relações mais satisfatórias do sensível devem corresponder às fases necessárias da apreensão artística. Descubra quais são essas fases e você terá descoberto as qualidades da beleza universal. São Tomás de Aquino disse: *ad pulcritudinem tria requiruntur, integritas, consonantia, claritas.* Eu traduzo assim: *Três coisas são necessárias à beleza: completude, harmonia e radiância.* Será que correspondem às fases da apreensão? Você está acompanhando o meu raciocínio?

– Claro que estou, respondeu Lynch. Se você acha que eu tenho uma inteligência de excremento, peça ao Donovan que escute você!

Stephen apontou para a cesta invertida que o filho de um açougueiro tinha posto na cabeça.

– Veja aquela cesta, disse.

– Estou vendo, disse Lynch.

– Para ver aquela cesta, disse Stephen, a sua mente primeiro tem que separar a cesta do restante do universo visível que não diz respeito à cesta. A primeira fase da apreensão é uma linha traçada ao redor do objeto a ser apreendido. Uma imagem estética apresenta-se a nós no espaço ou no tempo. O que é audível se apresenta no tempo, e o que é visível se apresenta no espaço. Mas, seja temporal ou espacial, a imagem estética em um primeiro momento é apreendida de maneira luminosa como algo limitado e contido em si mesmo sobre o pano de fundo imensurável do espaço e do tempo que não a constitui. Você a apreende como *uma* coisa. Você a vê como um todo. Você apreende essa completude. A *integritas.*

– Na mosca!, disse Lynch, rindo. Continue.

– Então, disse Stephen, você passa de um ponto ao outro, conduzido pelas linhas formais; você os apreende como um conjunto de partes equilibradas contidas no interior dos próprios limites; você sente o ritmo da estrutura. Em outras palavras, a síntese da percepção imediata é seguida pela análise da apreensão. Depois de sentir que o objeto era *uma* coisa, você passa a sentir que se trata de uma *coisa.* Você o apreende como algo complexo, múltiplo, divisível, separável, composto por diferentes partes, apreende-o como resultado da soma dessas partes, como uma estrutura harmônica. Essa é a *consonantia.*

– Na mosca outra vez!, disse Lynch em tom espirituoso. Diga-me agora o que é a *claritas* e você ganha um charuto.

– A conotação dessa palavra, explicou Stephen, é bastante vaga. São Tomás de Aquino usa um termo que parece inexato. Eu mesmo fiquei perplexo durante muito tempo. Você tem a impressão de que ele tinha em mente um simbolismo ou um idealismo em que a qualidade suprema da beleza seria a luz de um outro mundo, em relação à cuja ideia a matéria não passaria de uma sombra, em relação à cuja realidade não passaria de um símbolo. Achei que a *claritas* seria a descoberta artística e a representação do propósito divino em qualquer coisa ou então uma força de generalização capaz de transformar a imagem estética em universal para que assim ofuscasse a própria especificidade. Mas tudo isso não passa de conversa literária. Vou explicar o que eu penso. Depois de apreender aquela cesta como *uma* coisa e depois de analisá-la de acordo com a forma e a apreender como uma *coisa* você faz a única síntese permissível em termos lógicos e estéticos. Você percebe que ela é aquilo que é e não qualquer outra coisa. A radiância de que São Tomás de Aquino fala é a *quidditas* dos eruditos, a *quididade* de uma coisa. Essa qualidade suprema é percebida pelo artista quando a imagem estética se forma pela primeira vez na imaginação. A mente naquele instante misterioso que Shelley equiparou de maneira poética a uma brasa que aos poucos se apaga. O instante em que a qualidade suprema da beleza, a radiância luminosa da imagem estética, é apreendida de maneira luminosa pela mente detida pela completude e fascinada pela harmonia, é a silenciosa estase luminosa do prazer estético, um estado de espírito muito similar à condição cardíaca que o fisiologista italiano Luigi Galvani, usando uma frase quase tão poética quanto a de Shelley, chamou de encantamento do coração.

Stephen calou-se e, embora o companheiro não tenha dito nada, sentiu que aquelas palavras tinham evocado um silêncio encantado pelas ideias.

– O que eu acabei de dizer, continuou a seguir, diz respeito à beleza no sentido mais amplo da palavra, no sentido em que a palavra adquiriu na tradição literária. No contexto do mercado o sentido é outro. Quando falamos sobre a beleza no segundo sentido da palavra o nosso juízo se deixa influenciar acima de tudo pela obra de arte e pela forma daquela arte. A imagem, é claro, deve estar situada entre a mente ou os sentidos do próprio artista e entre a mente ou os sentidos dos outros. Se você tiver essas ideias em mente vai perceber que a arte necessariamente se divide em três formas que progridem de uma para a outra. Essas formas são a forma lírica, aquela em que o artista nos apresenta uma imagem em relação imediata consigo próprio; a forma épica, aquela em que nos apresenta uma imagem em relação mediata consigo próprio e com outros; e a forma dramática, aquela em que nos apresenta uma imagem em relação imediata com os outros.

– Foi o que você me disse umas noites atrás, comentou Lynch, quando começamos a famosa discussão.

– Eu tenho um livro em casa, disse Stephen, em que anotei questões bem mais intrigantes do que as suas. Enquanto buscava respostas, encontrei a teoria estética que estou tentando explicar. Eis algumas perguntas que fiz a mim mesmo: *Uma cadeira bem-feita é trágica ou cômica? O retrato da Mona Lisa é bom se desejo vê-lo? O busto de Sir Phillip Crampton é lírico, épico ou dramático? Um punhado de excremento ou uma criança ou um piolho podem ser obras de arte? Se não, por que não?*

– Por que não, de fato?, repetiu Lynch, rindo.

– *Se um homem furioso que está rachando lenha,* prosseguiu Stephen, *entalhar por acaso a imagem de uma vaca, essa imagem é uma obra de arte? Se não, por que não?*

– Essa é ótima, comentou Lynch, rindo mais uma vez. Essa tem o legítimo cheiro da academia.

– Lessing, disse Stephen, não devia ter escrito sobre um grupo de estátuas. A arte, por ser inferior, não apresenta as formas que mencionei com distinções claras entre si. Mesmo na literatura, a forma de arte mais elevada e mais espiritual, as formas muitas vezes confundem-se. A forma lírica é na verdade o mais simples traje verbal de um instante de emoção, um brado rítmico como aquele que muito tempo atrás dava ânimo ao homem que se esfalfava nos remos ou carregava pedras encosta acima. Quem solta esse brado está mais consciente do instante da própria emoção do que de si mesmo como receptor de emoção. A forma épica mais simples surge da literatura lírica quando o artista prolonga e medita a respeito de si mesmo como centro de um evento épico e essa forma progride até que o centro de gravidade emocional se encontre em um ponto equidistante entre o próprio artista e os outros. A narrativa já não é mais puramente pessoal. A personalidade do artista se transfere para a própria narrativa e flui ao redor dos personagens e da ação como um mar de vida. Você percebe facilmente esse progresso na antiga balada inglesa *Tierpin Hero*, que começa na primeira pessoa e termina na terceira pessoa. A forma dramática é alcançada quando a maré de vitalidade que subiu e baixou ao redor de cada personagem enche cada personagem de uma força vital tão intensa que ele ou ela adquire uma vida estética completa e intangível. A personalidade do artista, a princípio um grito ou uma cadência ou um estado de espírito e mais tarde uma narrativa fluida e radiante, por fim se refina a ponto de abandonar a existência e por assim dizer se despersonaliza. A imagem estética da forma dramática é a vida purificada e reprojetada a partir da imaginação humana. Os mistérios da estética bem como os da criação material se concretizam. O artista, como Deus da criação, permanece dentro ou atrás ou além ou acima do trabalho manual, invisível, refinado a ponto de abandonar a existência, indiferente, aparando as unhas.

– Tentando refiná-las para que também abandonem a existência, completou Lynch.

Uma chuva fina começou a cair do altaneiro céu velado e a dupla se apressou rumo ao pátio do duque, com planos de chegar à biblioteca nacional antes que o temporal caísse.

– O que você pretende, indagou Lynch de mau humor, tagarelando desse jeito sobre a beleza e a imaginação nessa ilha abandonada às baratas? Não espanta saber que o artista tenha se escondido dentro ou atrás do próprio trabalho depois de ter perpetrado essa ilha.

A chuva começou a engrossar. Quando atravessaram a passagem ao lado da Royal Irish Academy, os dois amigos encontraram vários estudantes abrigados sob a arcada da biblioteca. Cranly, escorado de encontro a um pilar, estava palitando os dentes com um fósforo afiado e escutando os amigos. Algumas garotas estavam perto da entrada. Lynch sussurrou a Stephen:

– A sua amada está aqui.

Stephen escolheu um lugar em silêncio no degrau abaixo do grupo de alunos, sem importar-se com a chuva que caía depressa, olhando em direção a ela de tempos em tempos. Ela permanecia em silêncio em meio às amigas. Não tinha nenhum padre com quem flertar, pensou Stephen com amargura, lembrando da última vez em que a tinha visto. Lynch tinha razão. A mente de Stephen, vazia de teoria e de coragem, sucumbiu a uma paz desatenta.

Então ouviu os estudantes conversando entre si. Falavam sobre dois amigos que tinham passado no exame final de medicina, sobre as chances de se conseguir uma vaga em um cruzeiro, sobre os hábitos dos ricos e dos pobres.

– Essa ideia não passa de um delírio. Um consultório no interior da Irlanda seria bem melhor.

– O Hynes passou dois anos em Liverpool e disse a mesma coisa. Que era um buraco terrível. Não aparecia nada além de partos. Atendimentos de meia coroa.

– Você está querendo dizer que é melhor trabalhar no interior da Irlanda do que em uma cidade rica? Eu conheço um sujeito que...

– O Hynes não tem cérebro. Mal conseguiu ser aprovado mesmo depois de se matar com os estudos.

– Não preste atenção. Tem muito dinheiro a ser feito em uma grande cidade comercial.

– Depende do consultório.

– *Ego credo ut vita pauperum est simpliciter atrox, simpliciter sanguinarius atrox, in Liverpoolio.*

As vozes chegavam-lhe aos ouvidos como se viessem de longe em pulsações interrompidas. Ela estava se preparando para ir embora com as amigas.

A chuva tinha passado, demorando-se apenas em amontoados de trapézios em meio aos arbustos do quadrângulo de onde uma exalação era soprada pela terra escurecida. As botas elegantes tilintaram enquanto permaneceram nos degraus da colunata, falando em tom baixo e alegre, olhando para as nuvens, segurando os guarda-chuvas em ângulos sagazes contra as últimas gotas de chuva, tornando a fechá-los, segurando as saias com um gesto tímido.

E se a tivesse julgado com demasiada severidade? E se a vida da garota fosse um rosário de horas, uma vida simples e estranha como a vida de um pássaro, alegre pela manhã, incansável ao longo do dia e cansada ao pôr do sol? Será que o coração seria simples e voluntarioso como o coração de um pássaro?

***

Quando acordou o dia estava quase raiando. Ah, que música suave! Sentiu a alma úmida de orvalho. Por braços e pernas ainda entregues ao sono ondas pálidas e frias de luz haviam passado. Continuou deitado, como se a alma flutuasse em águas frias, consciente da música suave. Os pensamentos despertavam lentamente para um trêmulo conhecimento matinal, uma inspiração matinal. Um espírito o preencheu, puro como a água mais pura, suave como o orvalho, comovente como a música. No entanto era inspirado com um gesto calmo, desapaixonado, como se os próprios serafins estivessem soprando em cima dele! A alma despertava lentamente, temerosa de acordar por completo. Era aquela hora sem vento da aurora em que a loucura desperta e estranhas plantas se abrem para a luz e as mariposas alçam voo em silêncio.

Um encantamento do coração! A noite tinha sido encantada. Em um sonho ou em uma visão tinha conhecido o êxtase da vida seráfica. Seriam apenas instantes de encantamento ou longas horas e dias e anos e eras?

De repente o instante da inspiração deu a impressão de refletir-se por todos os lados em uma multitude de circunstâncias nebulosas relativas a tudo o que tinha acontecido ou ao que podia ter acontecido. O instante brilhou como um ponto de luz e de nuvem em nuvem de circunstâncias vagas uma forma confusa ocultava suavemente essa radiância. Ah! No ventre virgem da imaginação a palavra se fez carne. O serafim Gabriel tinha chegado à câmara da virgem. Uma radiância aprofundou-se no espírito de Stephen, de onde a chama branca havia passado, transformando-se em um rosa mais intenso de luz ardente. Essa luz rosada e ardente era o estranho e voluntarioso coração daquela mulher, tão estranho que homem nenhum o havia conhecido nem haveria de conhecer, voluntarioso desde antes do princípio do mundo: e atraídos por aquela cintilação rosácea os coros de serafins puseram-se a cair do céu.

Não te cansas de provocar,
Zelo do negro serafim?
Em sonhos não hás de falar.

Os versos passaram dos pensamentos aos lábios e, enquanto os murmurava, ele sentiu o movimento rítmico de uma villanelle perpassá-los. O brilho rosáceo fez brilhar da rima os raios: serafim, confim, enfim, marfim. Os raios consumiram o mundo em chamas, consumiram os corações dos homens e dos anjos: os raios da rosa que era o coração voluntarioso dela.

Peitos abrasas co' esse olhar
E tua vontade é feita assim.
Não te cansas de provocar?

E depois? O ritmo dissipou-se, cessou, e então começou mais uma vez a se mover e a pulsar. E depois? Fumaça, incenso subindo desde o altar do mundo.

A fumaça se ergue no altar
E vai do mundo até o confim.
Em sonhos não hás de falar.

A fumaça desprendia-se de toda a terra, dos oceanos vaporosos, a fumaça rendia homenagens a ela. A terra era como o incensário que balança e esfumaça e oscila de um lado para o outro, uma bola de incenso, uma bola elipsoide. O ritmo morreu de repente; o clamor do coração se interrompeu. Os lábios puseram-se a murmurar os primeiros versos repetidas vezes; depois continuaram a tropeçar em versos incompletos, gagos e perplexos; e então pararam. O clamor do coração se interrompeu.

A hora velada e sem vento havia passado e por trás das vidraças da janela nua a luz da manhã se intensificava. Um suave soar de sino ao longe. Um pássaro gorjeava; dois pássaros, três. O sino e o pássaro cessaram: e a luz branca e baça espalhou-se por leste e oeste, cobrindo o mundo, cobrindo a luz rosácea em seu coração.

Temeroso de perder tudo, ele se apoiou de repente nos cotovelos e ergueu o corpo em busca de lápis e papel. Não havia nem um nem outro em cima da mesa; apenas o prato de sopa onde havia comido arroz no jantar e o candelabro com as gavinhas de sebo e o suporte de papel, chamuscado pela última chama. Stephen estendeu o braço com um gesto cansado em direção ao pé da cama, tentando alcançar com as mãos os bolsos do casaco que lá estava pendurado. Os dedos encontraram um lápis e a seguir uma carteira de cigarros. Então se recostou e, depois de abrir a carteira, pôs o último cigarro no parapeito da janela e começou a escrever os versos da villanelle em pequenas letras caprichadas na superfície de papelão.

Quando terminou de escrevê-las, recostou-se no travesseiro encaroçado e tornou a murmurá-las. Os caroços de penas enredadas sob a cabeça levaram-no a pensar nos caroços de pelo de cavalo enredado no sofá da sala dela onde costumava sentar, sorrindo ou sério, perguntando-se por que tinha ido até lá, desgostoso com ela e consigo próprio, confuso pela gravura do Sagrado Coração junto do aparador vazio. Ele a viu se aproximar durante um cochilo da conversa e implorar para que cantasse uma das músicas curiosas que tinha por hábito cantar. Então se viu sentado ao velho piano, ferindo acordes suaves nas teclas pontilhadas e cantando, em meio à conversa que mais uma vez havia tomado conta do recinto, para aquela que se escorava junto ao consolo da lareira uma canção galante dos elisabetanos, uma triste e doce canção de despedida, o canto da vitória de Agincourt, a melodia alegre de Greensleeves. Enquanto cantava e ela escutava, ou fingia escutar, o coração dele conseguiu descansar, mas quando as estranhas canções antigas chegaram ao fim e mais uma vez se ouviram as vozes no recinto ele se lembrou do próprio sarcasmo: a casa onde os rapazes são chamados pelo primeiro nome um pouco cedo demais.

Em certos momentos os olhos dela pareciam estar prestes a confiar, mas ele havia esperado em vão. Ela passou dançando pelas lembranças da maneira como ele a tinha visto no baile de carnaval, com o vestido branco um pouco erguido, um ramalhete de flores brancas a abanar nos cabelos. Ela dançou na ronda com leveza. Estava dançando em direção a ele e, enquanto se aproximava, trazia os olhos um pouco afastados e tinha um leve rubor nas faces. Durante uma pausa na corrente de mãos tinha pousado os dedos na palma dele por um instante, uma mercadoria fina.

– Agora você é um grande estranho.

– Sou. Eu nasci para ser monge.

– Mas parece que você está mais para herege.

– Você tem medo?

Em resposta ela dançou para longe ao longo da corrente de mãos, dançou com leveza e discrição, sem entregar-se a ninguém. O ramalhete branco abanava no ritmo da música e quando ela se postava à sombra o rubor era mais intenso nas faces.

Um monge! A própria imagem surgiu como um profanador do claustro, um franciscano herético, disposto e indisposto a servir, urdindo como Gherardino da Borgo San Donnino uma diáfana teia de sofismas e de sussurros junto ao ouvido dela.

Não, não era a imagem dele. Era como a imagem do jovem padre em cuja companhia a tinha visto na última vez, enquanto ela o encarava com olhos de pombo, brincando com as páginas do livro de irlandês.

– Sim, sim, as mulheres estão vindo ao nosso encontro. Percebo a cada dia que passa. As mulheres estão do nosso lado. São as melhores armas que a língua tem.

– E a igreja, padre Moran?

– A igreja também. Também vem ao nosso encontro. O trabalho está avançando nesse campo também. Não lamente a situação da igreja.

Pfui! Tinha feito bem em deixar a sala tomado de desprezo. Tinha feito bem em não cumprimentá-la nos degraus da biblioteca. Tinha feito bem em deixá-la flertar com o padre, brincar com uma igreja que era a lavadora de louça da cristandade.

Uma fúria rude e brutal dissipou o último instante de êxtase que trazia na alma. Estilhaçou a imagem dela com violência e espalhou os cacos por todos os lados. Por todos os lados reflexos distorcidos daquela imagem pululavam na memória; a garota das flores com o vestido roto e o cabelo úmido e desgrenhado e o rosto de menino que tinha dito que era a garota dele e tinha implorado para fazer a primeira venda do dia, a garota da cozinha na casa ao lado que cantava em meio ao tilintar de pratos com o sotaque de uma camponesa os primeiros compassos de *Killarney's Lakes and Fells,* uma garota que tinha rido com alegria ao vê-lo tropeçar quando a grade de metal na estradinha próxima a Cork Hill prendeu a sola quebrada do sapato que ele usava, uma garota que tinha observado, atraído pela boquinha madura enquanto ela saía da fábrica de biscoitos Jacob's, que tinha gritado para ele por cima do ombro:

– Gostou do que viu, dos cabelos lisos e das sobrancelhas crespas?

Porém mesmo assim sentiu que, por mais que pudesse espezinhar e zombar daquela imagem, a raiva também era uma forma de homenagem. Tinha deixado a sala de aula cheio de um desdém que não era totalmente sincero, sentindo que talvez o segredo daquela raça estivesse nos olhos escuros sobre os quais as longas pestanas lançavam uma sombra ligeira. Tinha dito com amargura para si mesmo enquanto caminhava pelas ruas que ela representava a figura da mulher daquele país, uma alma de morcego despertando para a consciência de si mesma na escuridão e no sigilo e na solidão, demorando-se um pouco, sem amor e sem pecado, com o amante plácido para que depois sussurrasse transgressões inocentes no ouvido treliçado de um padre. A raiva que sentia dela se manifestava em xingamentos grosseiros lançados contra o amante, que tinha um nome e uma voz e um rosto que lhe ofendiam o orgulho frustrado: um camponês que havia tomado as ordens sacras, com um irmão policial em Dublin e um irmão taverneiro em Moycullen. A ele haveria de revelar a nudez recatada da própria alma, a ele, que não era escolado senão na execução de um rito formal, e não a si próprio, um padre da imaginação eterna, que transmutava o pão diário da experiência no corpo radiante da vida eterna.

A imagem radiante da eucaristia uniu mais uma vez aqueles pensamentos amargos e desesperados, cujos gritos se erguiam ininterruptos em meio a um hino de ação de graças.

Nosso choro e nosso pesar
São para ti loa sem fim.
Não te cansas de provocar?

No sacrifício é erguida ao ar
A taça que transborda enfim,
Em sonhos não hás de falar.

Stephen repetiu os versos em voz alta desde as primeiras linhas até que a música e o ritmo saturassem-lhe os pensamentos, que então se voltaram a uma indulgência plácida; e então copiou-os dolorosamente para sentir melhor ao vê-los; e por fim deitou-se de costas no travesseiro.

A luz da manhã havia chegado com toda força. Não se ouvia nenhum som: mas ele sabia que por toda parte ao redor a vida estava prestes a despertar com barulhos corriqueiros, vozes roucas e orações sonolentas.

Afastando-se dessa vida, virou-se em direção à parede, fazendo um capuz com o cobertor e olhando em direção às enormes flores escarlate no papel de parede rasgado. Tentou acalentar a alegria minguante naquele brilho escarlate, imaginando um caminho de rosas desde o lugar onde estava até o céu, repleto de flores escarlate. Cansado! Cansado! Ele também estava cansado daquelas provocações.

Um calor gradual, uma exaustão langorosa invadiu-lhe o corpo, descendo pela espinha desde a cabeça encapuzada. Sentiu aquela sensação descer e, quando viu-se a si mesmo deitado, sorriu. Logo haveria de dormir.

Tinha escrito versos mais uma vez para ela dez anos depois. Dez anos antes ela tinha usado o xale como um capuz ao redor da cabeça enquanto espalhava sopros de hálito quente no ar noturno e estalava os sapatos ao longo da rua coberta pela geada. Era o último bonde; os cavalos magros e pardos sabiam e balançavam as sinetas para admoestar a noite clara. O condutor falava com o motorista, e os dois trocavam frequentes acenos de cabeça sob a luz verde do farol. Ficaram nos degraus do bonde, ele no de cima, ela no de baixo. Ela subiu até o degrau dele várias vezes entre uma frase e outra e tornou a descer e por uma ou duas vezes ficou bem perto dele esquecida de descer e depois desceu. Que assim fosse! Que assim fosse!

Dez anos entre aquela sabedoria infantil e o desatino. E se mandasse os versos para ela? Seriam lidos durante o café da manhã em meio ao quebrar de ovos. Desatino, de fato! Os irmãos dariam gargalhadas e tentariam arrancar a página uns dos outros com dedos rígidos e fortes. O tio dela, um padre suave, sentado na poltrona, haveria de segurar a página com o braço estendido, lê-la com um sorriso e aprovar a forma literária.

Não, não: aquilo era um desatino. Mesmo que mandasse os versos ela não os mostraria para outras pessoas. Não, não: ela não poderia.

Começou então a sentir que havia cometido uma injustiça. A sensação de inocência quase o levou a se enternecer, uma inocência que nunca tinha entendido até que viesse a conhecê-la através do pecado, uma inocência que ela tampouco havia compreendido enquanto era inocente ou antes que a estranha humilhação da natureza a atingisse pela primeira vez. Foi então que a alma dela começou a viver como a alma dele tinha vivido ao conhecer o pecado pela primeira vez: e uma compaixão terna encheu-lhe o coração quando se lembrou do palor frágil e do olhar, entristecido e humilhado pela vergonha obscura das mulheres.

Quando a alma dele passou do êxtase ao langor, por onde estaria ela? Será que, nos caminhos misteriosos da vida, a alma dela naqueles exatos momentos haveria tomado consciência daquela homenagem? Talvez.

Uma cintilação de desejo mais uma vez inflamou-lhe a alma e esbraseou-o e preencheu-lhe o corpo inteiro. Consciente desse desejo, ela acordava de um sono perfumado, a tentadora da villanelle que havia escrito. Os olhos dela, escuros e de olhar langoroso, começavam a se abrir para os olhos dele. A nudez dela se entregava para ele, radiante, quente, perfumada e exuberante, envolvia-o como uma nuvem cintilante, envolvia-o como água com uma vida líquida: e como uma nuvem de vapor ou como águas circunfluentes no espaço as letras líquidas da fala, símbolos do elemento do mistério, jorraram em seus pensamentos.

Não te cansas de provocar,
Zelo do negro serafim?
Em sonhos não hás de falar.

Peitos abrasas co' esse olhar
E tua vontade é feita assim.
Não te cansas de provocar?

A fumaça se ergue no altar
E vai do mundo até o confim.
Em sonhos não hás de falar.

Nosso choro e nosso pesar
São para ti loa sem fim.
Não te cansas de provocar?

No sacrifício é erguida ao ar
A taça que transborda enfim.
Em sonhos não hás de falar.

E fixo manténs o olhar
Na impassível tez de marfim!
Não te cansas de provocar?
Em sonhos não hás de falar.

***

Que pássaros seriam? Ele parou nos degraus da biblioteca para observá-los, escorando-se com enfaro na bengala de freixo. Voavam de um lado para o outro ao redor do ombro protuberante de uma casa na Molesworth Street. O ar do entardecer no fim de março deixava o voo claro, com os corpos trêmulos e dardejantes a voar claramente sobre o fundo do céu como se voassem sobre um pano suspenso de azul tênue e vaporoso.

Observou aquele voo; pássaro após pássaro: um lampejo escuro, uma guinada, mais um lampejo, uma investida lateral, uma curva, um ruflar de asas. Tentou contá-los antes que todos os corpos trêmulos e dardejantes passassem: seis, dez, onze: e perguntou-se se estariam em número par ou ímpar. Doze, treze: pois dois chegaram rodopiando desde as alturas celestes. Estavam voando por toda parte mas sempre de um lado para o outro em linhas retas e curvas e sempre voando da esquerda para a direita, girando ao redor de um templo de ar.

Ele ouviu todos os gritos: como o chiado de ratos por trás do forro: uma nota estridente em dois tempos. Mas as notas eram longas e estridentes e trinantes, diferentes dos barulhos dos ratos, e caíam uma terça ou uma quarta e trilavam enquanto os bicos voadores fendiam o ar. Aqueles gritos eram claros e belos e estridentes e caíam como fios de luz sedosa que se desenrolavam de carretéis trinantes.

O clamor inumano acalmou-lhe os ouvidos onde os soluços e reprimendas da mãe sussurravam com insistência e os frágeis corpos trêmulos que rodopiavam e esvoaçavam e davam guinadas em volta de um tênue templo de céu acalmaram-lhe os olhos que ainda viam a imagem do rosto da mãe.

Por que estava olhando para cima nos degraus da varanda, ouvindo aquele grito estridente e duplo, observando aquele voo final? Por um augúrio de bens ou de males futuros? Uma frase de Cornelius Agrippa voou em meio a seus pensamentos e então de um lado para o outro voaram pensamentos informes de Swedenborg sobre a correspondência entre os pássaros e as coisas do intelecto e sobre como as criaturas aéreas têm conhecimento e conhecem as diferentes épocas e estações porque, diferente do que acontece com o homem, estas coisas para elas fazem parte da ordem da vida e essa ordem não foi corrompida pela razão.

E por séculos e séculos os homens olharam para cima enquanto observavam pássaros em pleno voo. A colunata mais acima despertou pensamentos vagos de um templo antigo e a bengala de freixo onde se escorava exausto levou-o a pensar no graveto curvo de um augúrio. Uma sensação de medo do desconhecido moveu-se no coração da exaustão, um medo de símbolos e de portentos, do homem aquilino cujo nome trazia voando nas alturas para longe do claustro com asas feitas de vime, de Thoth, o deus dos escritores, escrevendo com um junco em um tablete e ostentando na estreita cabeça de íbis a lua pontuda.

Sorriu enquanto pensava na imagem do deus porque a imagem fazia-o pensar em um juiz emperucado com nariz de batata, colocando vírgulas em um documento segurado com o braço estendido, e assim soube que não teria recordado o nome do deus se por acaso também não fosse um xingamento em irlandês. Era um desatino. Mas seria por causa desse desatino que estava prestes a deixar para sempre a casa de oração e prudência na qual havia nascido e da qual havia saído?

Os pássaros voltaram com gritos estridentes junto ao ombro protuberante da casa, voando sombrios contra a luz que se apagava. Que pássaros seriam? Pensou que deviam ser andorinhas recém-chegadas do sul. Nesse caso ele haveria de ir embora pois eram pássaros eternamente em movimento, que construíam eternamente um lar temporário sobre os beirais das casas dos homens e que eternamente abandonavam os lares que haviam construído para continuar vagando.

Baixem o rosto, Oona e Aleel,
Eu os olho como olha a andorinha
Para o ninho sob o beiral da casa
Antes de voar sobre a água.

Uma suave alegria líquida como o barulho de muitas águas fluiu pela memória e Stephen sentiu no coração a paz suave dos espaços silenciosos que se apagavam no tênue céu acima das águas, do silêncio oceânico, das andorinhas que voavam pelo crepúsculo marinho acima das águas que escorriam.

Uma suave alegria líquida fluiu através das palavras onde as suaves vogais longas corriam sem fazer barulho e caíam, chapinhando e fluindo de volta e sempre fazendo soar o sino branco das ondas com uma nota abafada e um apelo mudo e um grito quase desfalecido e grave; e ele sentiu que o augúrio que havia buscado nos pássaros rodopiantes e dardejantes e no espaço pálido do céu logo acima havia saído do próprio coração como um pássaro que sai de uma torre em silêncio e às pressas.

Símbolo da partida ou da solidão? Os versos cantados no ouvido da memória compunham para os olhos memoriosos a cena do saguão na noite em que o teatro nacional foi inaugurado. Estava sozinho na lateral da galeria, olhando com olhos desalentados para a cultura de Dublin na plateia baixa e para os cenários baratos e os bonecos humanos emoldurados pelas luzes espalhafatosas do palco. Um policial robusto suava logo atrás e parecia estar prestes a agir a qualquer momento. As vaias e bufos e gritos de zombaria corriam em rajadas grosseiras pelo saguão desde os lugares por onde os colegas haviam se espalhado.

– Um libelo contra a Irlanda!

– Feito na Alemanha!

– Blasfêmia!

– Nunca vendemos a nossa fé!

– Nenhuma irlandesa jamais fez isso!

– Não queremos ateus amadores.

– Não queremos budistas em botão.

Um bufo repentino veio das janelas mais acima e ele soube que as lâmpadas elétricas tinham sido ligadas na sala do líder. Virou-se em direção aos pilares do saguão, naquele instante calmamente iluminados, subiu a escada e passou com um clique pela roleta.

Cranly estava sentado próximo aos dicionários. Um volume grosso, aberto no frontispício, estava aberto no suporte de madeira. Ele permanecia recostado na cadeira, inclinando o ouvido como um confessor para o estudante de medicina que lia em voz alta um problema na página de xadrez de algum periódico. Stephen sentou-se à direita e o padre no lado oposto da mesa fechou o exemplar de *The Tablet* com uma expressão irritada e se levantou.

Cranly o observou de maneira vaga e distante. O estudante de medicina disse com uma voz suave:

– Peão do rei na quarta casa.

– É melhor sairmos daqui, Dixon, alertou Stephen. O padre foi reclamar.

Dixon fechou o jornal e se ergueu com um movimento digno, dizendo:

– Nossos homens recuaram de forma ordeira.

– Com armas e gado, acrescentou Stephen, apontando para a página de rosto do livro de Cranly, onde estava impresso o título *As doenças do gado.*

Enquanto passavam por uma fileira de mesas, Stephen disse:

– Cranly, eu quero falar com você.

Cranly não respondeu nem se virou. Deixou o livro em cima do balcão e saiu, com os pés bem-calçados estalando contra o assoalho. Na escada, deteve-se e, lançando um olhar distante em direção a Dixon, repetiu:

– Peão do rei na merda da quarta casa.

– Pois não, respondeu Dixon.

Falou com uma voz baixa e indefinida e com boas-maneiras e em um dedo da mão gorducha às vezes se via um anel de sinete.

Enquanto atravessavam o saguão um homem nanico veio em direção ao trio. Sob o domo do minúsculo chapéu o rosto com barba abriu um sorriso satisfeito e então murmurou alguma coisa. Os olhos eram melancólicos como os de um macaco.

– Boa noite, capitão, disse Cranly, detendo o passo.

– Boa noite, cavalheiros, disse o rosto símio com barba a fazer.

– Está fazendo calor para março, disse Cranly. As janelas estão abertas no andar de cima.

Dixon sorriu e girou o anel no dedo. O rosto símio com cicatrizes de varíola retesou a boca humana com um delicado prazer: e a voz ronronou:

– Um tempo maravilhoso para março. Simplesmente maravilhoso.

– Lá em cima estão duas belas jovens, capitão, e parecem cansadas de esperar, respondeu Dixon.

Cranly sorriu e disse gentilmente:

– O capitão tem um único amor: sir Walter Scott. Não é verdade, capitão?

– O que o senhor está lendo agora, capitão?, perguntou Dixon. *A noiva de Lammermoor?*

– Eu adoro o velho Scott, disseram os lábios flexíveis. Acho que escreve coisas adoráveis. Não existe nenhum outro autor que esteja à altura de Walter Scott.

Mais uma vez levou a mão trigueira e murcha ao ar no mesmo ritmo do elogio enquanto as pálpebras finas e ligeiras fechavam-se diversas vezes sobre os olhos tristes.

Cada vez mais triste aquela fala parecia aos ouvidos de Stephen: um sotaque aristocrático, grave e úmido, arruinado por erros: e ao escutá-lo perguntou-se se a história seria verdadeira e se o fino sangue que corria por aquela figura murcha seria mesmo nobre e nascido de um amor incestuoso.

As árvores do parque estavam pesadas com a chuva e a chuva continuava sempre a cair no lago, que se estendia como um escudo cinzento. Uma revoada de cisnes passou por cima d'água e a margem logo abaixo foi conspurcada pela sujeira verde que deixaram para trás. Reuniam-se em abraços macios, instigados pela luz cinzenta e chuvosa, pelas árvores úmidas e silenciosas, pelo lago que testemunhava tudo como um escudo, os cisnes. Abraçaram-se sem alegria nem paixão, o braço dele ao redor do pescoço da irmã. Um manto de lã cinzenta envolvia a figura dela em ângulo oblíquo do ombro ao quadril: e a bela cabeça vinha inclinada em uma vergonha assumida. Ele tinha cabelos soltos castanho-arruivados e mãos fortes elegantes bem-talhadas e sardentas. O rosto. Não se via nenhum rosto. O irmão trazia o rosto voltado para os cabelos dela, claros e perfumados pela chuva. A mão sardenta e forte e elegante e carinhosa era a mão de Davin.

Ele franziu a testa irritado com esse pensamento e com o anão que a tinha invocado. As invectivas do pai contra o pessoal de Bantry acudiram-lhe à memória. Manteve-as à distância e refletiu com desconforto a respeito, sozinho com os pensamentos. Por que não eram as mãos de Cranly? Será que a simplicidade e a inocência de Davin haviam-no atingido de forma um pouco mais sutil?

Ele atravessou o saguão com Dixon, deixando para Cranly a tarefa de se despedir elaboradamente do anão.

Sob a colunata, Temple estava de pé no meio de um pequeno grupo de estudantes. Um deles gritou:

– Dixon, venha ouvir uma coisa. O Temple está em boa forma!

Temple voltou os olhos escuros de cigano em direção à voz.

– Você é um hipócrita, O'Keefe, disse, e o Dixon é um bobo alegre. Mas que diabos, essa é uma boa expressão literária!

Ele soltou uma gargalhada astuta, olhando para o rosto de Stephen enquanto repetia:

– Mas que diabos, estou muito satisfeito com essa designação. Um bobo alegre.

Um estudante robusto que estava em um degrau abaixo deles falou:

– Fale mais sobre a patroa, Temple. Queremos saber mais.

– Ele tinha, eu juro, disse Temple. E também era casado. E todos os padres costumavam jantar lá. Mas que diabos, acho que todos rolavam entre os mesmos lençóis.

– Quem não tem cão caça com gato, sentenciou Dixon.

– Diga-nos, Temple, quantos canecos de porter você já tomou?

– Toda a sua alma intelectual se resume a essa frase, O'Keefe, disse Temple em um evidente tom de escárnio.

Então virou-se com um gesto trôpego e dirigiu-se a Stephen.

– Você sabia que os Forster são os reis da Bélgica?, perguntou.

Cranly apareceu na porta de entrada, com o chapéu empurrado para trás até a nuca e palitando os dentes com todo cuidado.

– Chegou o espertalhão, disse Temple. Você sabia esse negócio a respeito dos Forster?

Ele se deteve à espera de uma resposta. Cranly desalojou a semente de figo que tinha presa entre os dentes com a ponta do rústico palito de dente e observou-a com atenção.

– A família Forster, disse Temple, é descendente de Baldwin Primeiro, rei de Flandres. Chamavam-no de "Forester". E Forester e Forster são o mesmo nome. Um descendente de Baldwin Primeiro, o capitão Francis Forster, estabeleceu-se na Irlanda e casou-se com a filha do último líder dos Clanbrassil. Existem também os Blake Forster. É um ramo diferente da família.

– O do careca que é o rei de Flandres, repetiu Cranly, mais uma vez palitando de propósito os dentes expostos e reluzentes.

– De onde você tirou essa história?, perguntou O'Keefe.

– Eu conheço toda a história da sua família também, disse Temple, dirigindo-se a Stephen. Você sabe o que Giraldus Cambrensis disse a respeito da sua família?

– Que também é descendente de Baldwin?, perguntou um estudante alto e tísico de olhos escuros.

– Do careca, repetiu Cranly, chupando ar por uma fresta entre os dentes.

– *Pernobilis et pervetusta família*, disse Temple para Stephen.

Por um breve momento o estudante robusto que estava um pouco mais abaixo nos degraus peidou. Dixon virou-se em direção a ele e disse com uma voz macia:

– Será que ouvi um anjo falar?

Cranly também se virou e disse com veemência mas sem aparentar raiva:

– Goggins, você é um demônio, o demônio mais imundo que eu já conheci, sabia?

– Eu estava com vontade de dizer exatamente isso, veio a firme resposta de Goggins. Não machuquei ninguém, machuquei?

– Esperamos, respondeu Dixon de maneira civilizada, que não tenha sido do tipo conhecido pela ciência como *paulo post futurum.*

– Eu não disse que era um bobo alegre?, perguntou Temple enquanto olhava de um lado para o outro. Não foi como eu o chamei?

– Foi. Não somos surdos, disse o tísico alto.

Cranly continuou a franzir a testa para o estudante mais abaixo. Então, com uma fungada de desprezo, empurrou-o com violência pelos degraus.

– Saia daqui, exclamou de forma grosseira. Vá embora, seu fedorento. Você fede.

Goggins desceu em pulinhos até o cascalho e no mesmo instante voltou bem-humorado para o mesmo lugar. Temple voltou-se em direção a Stephen e perguntou:

– Você acredita na lei da hereditariedade?

– Você está bêbado ou o que ou o que você está querendo dizer?, perguntou Cranly, encarando-o com uma expressão de espanto.

– A frase mais profunda já escrita, disse Temple com entusiasmo, é a frase no fim do livro de zoologia. A reprodução é o princípio da morte.

Então tocou Stephen timidamente no cotovelo e disse com afobação:

– Você que é poeta percebe como essa frase é profunda?

Cranly apontou com o longo indicador.

– Olhem para ele!, disse para os outros em tom de escárnio. Olhem para a esperança da Irlanda!

Os outros riram das palavras e dos gestos. Temple interpelou-o cheio de bravura, dizendo:

– Cranly, você está sempre zombando de mim. Eu vejo. Mas eu sou tão bom quanto você. Sabe o que penso quando comparo você a mim?

– Meu caro, disse Cranly educadamente, você é incapaz, sabia, absolutamente incapaz de pensar.

– Mas você sabe, prosseguiu Temple, o que eu penso a respeito de nós dois em termos de comparação?

– Fale de uma vez, Temple!, gritou o estudante robusto que estava nos degraus. Não esqueça de nenhum detalhe!

Temple olhou de um lado para o outro, fazendo gestos súbitos e débeis enquanto falava.

– Eu sou um colhão, disse, balançando a cabeça em desespero. Sou mesmo. E eu sei que sou. E eu admito que sou.

Dixon deu-lhe um suave tapinha nas costas e disse com uma voz pacata:

– E você merece todo o crédito, Temple.

– Mas ele, disse Temple, apontando para Cranly. Ele também é um colhão assim como eu. A única diferença é que não sabe. E essa é a única diferença a meu ver.

Uma explosão de risada abafou-lhe as palavras. Mas então se voltou mais uma vez na direção de Stephen e disse com repentino entusiasmo:

– Essa palavra é uma palavra interessantíssima. É o único número dual em inglês. Sabia?

– É mesmo?, respondeu Stephen meio sem dar por si.

Estava observando o rosto sofredor e impassível de Cranly, naquele momento iluminado por um sorriso de falsa paciência. O nome grosseiro passou como água suja despejada em cima de uma antiga imagem em pedra, paciente em relação aos estragos: e, enquanto o observava, percebeu que tinha erguido o chapéu para saudá-lo e assim descoberto os cabelos negros que se erguiam duros na altura da testa como uma coroa de ferro.

Ela deixou a varanda da biblioteca e se inclinou em frente a Stephen em resposta à saudação de Cranly. Ele também? Não havia um pequeno rubor nas faces de Cranly? Ou será que teria surgido em função das palavras de Temple? A luz havia minguado. Ele não conseguia ver.

Será que aquilo explicaria o silêncio melancólico do amigo, os comentários ferinos, as súbitas intrusões de fala rude com que tantas vezes havia despedaçado as ardentes e obstinadas confissões de Stephen? Stephen o tinha perdoado porque também havia encontrado essa rudeza em si em relação a si. E lembrou-se de um entardecer em que apeou de uma bicicleta emprestada para rezar a Deus em um bosque próximo a Malahide. Ergueu os braços e falou em êxtase com a nave sombria das árvores, com a certeza de que se encontrava em um lugar sagrado em uma hora sagrada. E quando dois policiais surgiram ao dobrar uma curva na estrada obscura ele interrompeu a oração para assoviar a plenos pulmões uma canção da mais recente pantomima.

Começou a bater a extremidade gasta da bengala de freixo contra a base de um pilar. Será que Cranly não o tinha ouvido? De qualquer modo poderia esperar. A conversa ao redor cessou por um instante; e um sibilo suave caiu mais uma vez de uma janela logo acima. Mas não havia nenhum outro som no ar e as andorinhas cujo voo havia seguido com olhos desocupados estavam adormecidas.

Ela tinha atravessado o crepúsculo. E por esse motivo o ar estava em silêncio a não ser pelo suave sibilo que caiu. E por esse motivo as línguas ao redor tinham cessado o burburinho. As trevas estavam caindo.

*Darkness falls from the air.**

Um júbilo trêmulo, radiante como uma luz tênue, brincava como uma revoada de espíritos ao redor. Mas por quê? Por causa da passagem pela atmosfera obscura ou por causa do verso com as vogais sombrias e o som da abertura, rico como as notas de um alaúde?

Stephen caminhou devagar em direção às sombras mais profundas no fim da colunata, batendo na pedra com golpes suaves da bengala a fim de ocultar o devaneio aos estudantes que havia deixado para trás: e assim permitir que os pensamentos recordassem a época de Dowland e Byrd e Nash.

Olhos, despertando da escuridão do desejo, olhos que velavam a alvorada no oriente. Que lânguida graça teriam senão a languidez da concupiscência? E que brilho teriam senão o brilho da escuma que envolvia a fossa na corte de um Stuart gago? Então degustou na linguagem da memória vinhos com âmbar, o som moribundo de melodias doces, a orgulhosa pavana: e viu com os olhos da memória gentis mulheres no Covent Garden flertando a partir das sacadas com as bocas chuponas e as moças com cicatrizes de varíola nas tavernas e as jovens esposas que, entregando-se com alegria aos violadores, sucumbiam a abraços e mais abraços.

As imagens que tinha evocado não lhe deram prazer. Eram imagens secretas e flamejantes mas a imagem dela não se misturava. Não era aquele o modo de pensar nela. Não era sequer o modo como pensava nela. Será que a própria mente não podia confiar em si mesma? Frases antigas, adocicadas apenas pela doçura desinteressada como as sementes de figo que Cranly desalojou do espaço entre os dentes lustrosos.

---

* A escuridão cai do ar. (N.E.)

Não era o pensamento nem a visão embora ele soubesse de maneira vaga que a figura dela estava atravessando a cidade para voltar para casa. De maneira vaga a princípio e depois com mais intensidade sentiu o cheiro daquele corpo. Uma irrequietude consciente fervilhou no sangue dele. Sim, era o cheiro daquele corpo que sentia: um cheiro primitivo e lânguido: o corpo por onde a música dele havia fluído com desejo e a roupa de cama macia onde aquela carne destilava fragrâncias e um orvalho.

Um piolho subiu-lhe pela nuca e, colocando o polegar e o indicador com um gesto ágil por sob a gola solta, ele o pegou. Rolou aquele corpo diminuto, suave porém mesmo assim duro como um grão de arroz, entre o polegar e o dedo por um instante antes de largá-lo e se indagou se o animal haveria de viver ou morrer. Acudiu--lhe à mente uma curiosa frase de Cornelius a Lapide segundo a qual os piolhos nascidos do suor humano não foram criados por Deus junto com os outros animais no sexto dia. Mas a coceira na pele do pescoço deixou-lhe os pensamentos vermelhos e irritados. A vida do corpo, malvestido, malnutrido e devorado por piolhos levou-o a fechar as pálpebras em um súbito espasmo de desespero: e na escuridão viu os corpos brilhantes dos piolhos caindo pelo ar e girando enquanto caíam. Sim; e não era a escuridão que caía do ar. Era a claridade.

*Brightness falls from the air.**

Não tinha sequer recordado direito o verso de Nash. Todas as imagens que aquilo tinha despertado eram falsas. Na mente dele os ratos se multiplicavam. Os pensamentos eram piolhos nascidos no suor da preguiça.

* A claridade cai do ar. (N.E.)

Voltou depressa pela colunata em direção ao grupo de estudantes. Muito bem, então que ela fosse embora e se danasse. Ela poderia amar um atleta limpo que se lavasse todas as manhãs até a cintura e tivesse cabelos pretos no peito. O melhor seria deixá-la em paz.

Cranly havia pegado mais um figo do estoque que trazia no bolso e pôs-se a comê-lo com gestos lentos e ruidosos. Temple estava sentado no frontão de um pilar, escorado para trás, com o chapéu por cima dos olhos sonolentos. Um jovem atarracado saiu da varanda com um porta-fólio de couro enfiado debaixo do braço. Marchou em direção ao grupo, fazendo as pedras do calçamento estalarem com os calcanhares das botas e a férula do pesado guarda-chuva. A seguir, erguendo o guarda-chuva em saudação, disse a todos:

– Boa noite, senhores.

Então voltou a bater nas pedras e a soltar risadas nervosas enquanto a cabeça estremecia com discretos movimentos nervosos. O estudante alto e tísico e Dixon e O'Keefe estavam conversando em irlandês e não responderam. Então, voltando-se em direção a Cranly, ele disse:

– Boa noite, em particular ao senhor.

Mexeu o guarda-chuva para fazer a indicação e tornou a soltar risadas nervosas. Cranly, que ainda estava mastigando o figo, respondeu com movimentos audíveis dos maxilares.

– Boa? Sim. É uma noite boa.

O estudante atarracado lançou-lhe um olhar sério e balançou o guarda-chuva com um movimento gentil mas reprobatório.

– Estou vendo, disse, que você está decidido a fazer comentários óbvios.

– Hm, respondeu Cranly, estendendo o restante do figo parcialmente mastigado e empurrando-o e direção à boca do estudante atarracado para indicar que também devia comer.

O estudante atarracado não comeu mas, para tirar proveito daquele humor especial, disse em tom grave, ainda soltando risadas nervosas e pontuando a frase com o guarda-chuva:

– Você pretende que...

Interrompeu-se, apontou com um gesto brusco para a polpa já mascada do figo e disse em alto e bom som:

– Me refiro a isso.

– Hm, disse Cranly como havia dito antes.

– Você pretende fazer uma coisa dessas agora, indagou o estudante, *ipso facto* ou, digamos, por assim dizer?

Dixon se afastou do grupo, dizendo:

– Goggins estava esperando por você, Glynn. Ele foi até o Adelphi procurando você e o Moynihan. O que você tem aí?, perguntou, batendo no porta-fólio que Glynn trazia debaixo do braço.

– Provas, respondeu Glynn. Aplico provas mensais para garantir que os alunos estejam se beneficiando das minhas aulas.

Então deu um tapinha no porta-fólio e deu um leve tossido e sorriu.

– Aulas!, repetiu Cranly com desdém. Parece então que você acha que aquelas crianças de pés descalços aprendem alguma coisa com um macaco dos infernos igual a você. Deus ajude as pobrezinhas!

Ele mordeu o restante do figo e atirou longe o toco.

– Deixo que as crianças venham a mim, disse Glynn em tom amistoso.

– Macaco dos infernos, repetiu Cranly com marcada ênfase, um macaco blasfemo dos infernos!

Temple ergueu-se e, depois de empurrar Cranly para abrir caminho, dirigiu-se a Glynn:

– A frase que você usou agora, disse, é do Novo Testamento sobre deixai as criancinhas virem a mim.

– Temple, vá dormir, disse O'Keefe.

– Muito bem, então, prosseguiu Temple, ainda se dirigindo a Glynn, se Jesus permitiu que as crianças fossem até ele, por que a igreja manda-as todas para o inferno quando morrem sem receber o batismo? Por quê?

– Você por acaso foi batizado, Temple?, perguntou o estudante tísico.

– Mas por que elas vão para o inferno se Jesus pediu que fossem a ele?, perguntou Temple, tentando fixar os olhos de Glynn.

Glynn tossiu e respondeu com gentileza, abafando com certa dificuldade um riso nervoso na voz e movimentando o guarda-chuva a cada palavra:

– E, conforme você diz, se é assim eu pergunto enfaticamente de onde vem essa assindade.

– Porque a igreja é cruel como todos os velhos pecadores, respondeu Temple.

– E você é muito ortodoxo em relação a esse assunto, Temple?, perguntou Dixon de modo cortês.

– Santo Agostinho disse que as crianças não batizadas vão para o inferno, respondeu Temple, porque ele também era um velho pecador cruel.

– Me curvo diante de você, falou Dixon, mas eu tinha a impressão de que o limbo existia para esses casos.

– Não discuta com ele, Dixon, disse Cranly de maneira bruta. Não discuta nem o encare. Leve-o para casa atado em uma corda, como você faria com um bode.

– Limbo!, exclamou Temple. Essa é mais uma invenção e tanto. Como o inferno.

– Menos todas as partes desagradáveis, completou Dixon. Ele se virou em direção aos outros com um sorriso no rosto e disse:

– Acho que estou dando voz à opinião de todos os presentes ao me manifestar assim.

– Está, emendou Glynn com a voz firme. Em relação a isso toda a Irlanda está unida.

Ele bateu a férula do guarda-chuva contra o chão de pedra da colunata.

– Inferno, disse Temple. Eu respeito essa invenção da consorte cinzenta de Satã. O inferno é romano, como as muralhas romanas, fortes e feias. Mas o que é o limbo?

– Ponha-o de volta no andador, Cranly, gritou O'Keefe.

Cranly deu um passo ligeiro em direção a Temple, deteve-se por um instante e, batendo o pé, gritou como se estivesse a afugentar uma galinha:

– Xô!

Temple afastou-se com um movimento ágil.

– Você sabe o que é o limbo? perguntou. Sabe como chamamos uma ideia dessas em Roscommon?

– Xô! Vá para o diabo! exclamou Cranly, batendo palmas.

– Nem uma coisa nem a outra!, bradou Temple em tom de puro escárnio. É isso o que *eu* chamo o limbo.

– Nos dê aqui essa bengala, disse Cranly.

Ele arrancou a bengala de freixo das mãos de Stephen com um gesto brusco e desceu correndo os degraus: mas Temple, ao ouvir que vinha em perseguição, fugiu pelo entardecer como um animal selvagem, ágil e de passos leves. As pesadas botas de Cranly estalaram pelo quadrângulo durante a carga e então voltaram cheias de peso, frustradas e refugando o cascalho a cada passo.

Os passos estavam irritados e com gestos irritados e abruptos ele enfiou a bengala de volta na mão de Stephen. Stephen percebeu que aquela raiva tinha outra causa mas, fingindo paciência, tocou-lhe o braço de leve e disse a meia-voz:

– Cranly, eu disse que queria falar com você. Venha.

Cranly encarou-o por alguns instantes e perguntou:

– Agora?

– É, agora, disse Stephen. Não podemos falar aqui. Venha.

Os dois atravessaram o quadrângulo juntos sem trocar uma palavra. O suave canto do pássaro de *Siegfried* assoviou enquanto os seguia até os degraus da varanda. Cranly se virou: e Dixon, que tinha assoviado, gritou:

– Aonde vocês estão indo? E aquele jogo, Cranly?

Os dois palestraram aos gritos em meio à atmosfera de silêncio sobre uma partida de bilhar que seria disputada no hotel Adelphi. Stephen continuou a caminhar sozinho e chegou ao silêncio da Kildare Street. Parou e esperou defronte ao Maple's Hotel, mais uma vez paciente. O nome do hotel, a madeira polida e sem cor e a fachada silenciosa e sem cor atingiram-no como um olhar de desprezo cortês. Encarou com uma expressão irritada o salão de iluminação suave, onde imaginou a vida confortável dos patrícios da Irlanda alojados naquela tranquilidade. Pensavam em comissões do exército e em capatazes: os camponeses os cumprimentavam pelas estradas do campo: sabiam o nome de certos pratos franceses e davam ordens para cocheiros com vozes provincianas e estridentes que atravessavam os sotaques agarrados à pele.

Como acertar aquela consciência e como projetar uma sombra sobre a imaginação das filhas antes que os pretendentes as fecundassem para assim engendrar uma raça menos ignóbil do que a própria? E no entardecer escuro ele sentiu os pensamentos e os desejos da raça a que pertencia esvoaçando como morcegos pelas ruelas escuras do campo, sob as árvores na beira dos córregos e próximos aos pântanos malhados. Uma mulher estava à espera na soleira da porta quando Davin passou à noite e, depois de oferecer-lhe uma xícara de leite, cortejou-o e quase o levou para a cama; afinal, Davin tinha o olhar pacato dos que sabem guardar segredos. Mas a ele nenhum olhar feminino havia cortejado.

Stephen sentiu o braço ser agarrado por uma mão forte e a voz de Cranly disse:

– Então nos vamos nós também.

Os dois caminharam em silêncio rumo ao sul. Então Cranly disse:

– Aquele cretino irremediável do Temple! Eu juro por Moisés, sabe, que ainda vou acabar matando aquele sujeito um dia desses.

Porém não havia mais raiva naquela voz e Stephen se perguntou se estaria pensando no cumprimento dela sob a varanda.

Os dois fizeram uma curva à esquerda e continuaram andando como antes. Depois de caminharem assim por algum tempo Stephen disse:

– Cranly, eu tive uma discussão bem desagradável hoje mesmo.

– Com os seus pais?, quis saber Cranly.

– Com a minha mãe.

– Sobre religião?

– É, respondeu Stephen.

Após uma pausa Cranly perguntou:

– Que idade tem a sua mãe?

– Ela não é muito velha, respondeu Stephen. Ela quer que eu cumpra o meu dever de Páscoa.

– E você vai?

– Não, disse Stephen.

– Por que não?, perguntou Cranly.

– Não vou servir, respondeu Stephen.

– Esse comentário já foi feito antes, disse Cranly de maneira contida.

– Mas foi feito antes de agora, retrucou Stephen, irritado.

Cranly apertou o braço de Stephen, dizendo:

– Vá com calma, meu bom homem. Você é muito irascível, sabe?

Ele ria nervoso enquanto falava e, fixando o rosto de Stephen com um olhar comovido e amistoso, disse:

– Você sabia que é um sujeito muito irascível?

– Acho que sou mesmo, disse Stephen, também rindo.

Aquelas duas mentes, tão afastadas nos últimos tempos, pareciam ter se aproximado de repente.

– Você acredita na eucaristia?, perguntou Cranly.

– Não, disse Stephen.

– Então você desacredita?

– Não acredito nem desacredito, respondeu Stephen.

– Muitas pessoas têm dúvidas, inclusive pessoas religiosas, porém mesmo assim as superam ou deixam-nas de lado, disse Cranly. E as suas dúvidas em relação a isso são muito fortes?

– Eu não quero superar coisa nenhuma, respondeu Stephen.

Cranly, envergonhado por um instante, pegou mais um figo do bolso e estava prestes a comê-lo quando Stephen disse:

– Não, por favor. Não dá para você discutir essa questão com a boca cheia de figo mastigado.

Cranly examinou o figo à luz da lâmpada sob a qual havia se detido. A seguir cheirou-o com as duas narinas, mordiscou um pequeno pedaço, cuspiu-o fora e atirou o figo com desprezo na sarjeta. Dirigindo-se ao figo, disse:

– Apartai-vos de mim, malditos, para o fogo eterno!

Então tomou o braço de Stephen e, voltando a caminhar, disse:

– Você não tem medo de que essas palavras sejam proferidas no dia do julgamento?

– O que me seria oferecido na outra mão?, perguntou Stephen. Uma eternidade de júbilo na companhia do decano de estudos?

– Lembre-se, disse Cranly, de que ele seria glorificado.

– Ah, disse Stephen com um certo travo de amargura, genial, ágil, impassível e, acima de tudo, sutil.

– É curioso, sabe, constatou Cranly de maneira desapaixonada, ver que os seus pensamentos estão saturados de uma religião que você desacredita. Você acreditava quando estava na escola? Aposto que acreditava.

– Eu acreditava, respondeu Stephen.

– E você era mais feliz naquela época?, indagou Cranly com todo cuidado. Mais feliz do que agora, por exemplo?

– Muitas vezes eu era feliz, disse Stephen, muitas vezes eu era infeliz. Eu era outra pessoa naquela época.

– Como assim outra pessoa? O que você pretende dizer com essa declaração?

– Pretendo dizer, explicou Stephen, que eu não era como sou hoje, não era como eu havia de me tornar.

– Não era como você é hoje, não era como você havia de se tornar, repetiu Cranly. Me deixe fazer uma pergunta. Você ama a sua mãe?

Stephen balançou a cabeça devagar.

– Eu não sei o que essas palavras significam, respondeu sem dar mais explicações.

– Você nunca amou ninguém?, perguntou Cranly.

– Você se refere às mulheres?

– Não estou falando disso, respondeu Cranly em um tom mais frio; estou perguntando se você já sentiu amor em relação a alguém ou a alguma coisa.

Stephen continuou caminhando ao lado do amigo, olhando com uma expressão melancólica para o caminho.

– Eu tentei amar a Deus, disse por fim. Mas agora parece que eu fracassei. É muito difícil. Eu tentei unir a minha vontade à vontade de Deus a cada instante. Nem sempre fracassei. Talvez eu ainda conseguisse...

Cranly o interrompeu perguntando:

– A sua mãe teve uma vida feliz?

– Como vou saber?, retrucou Stephen.

– Quantos filhos ela tem?

– Nove ou dez, respondeu Stephen. Alguns já morreram.

– E o seu pai... Cranly se interrompeu por um instante: e então disse: Eu não quero me intrometer em assuntos de família. Mas o seu pai era o que se costuma chamar de abastado? Quer dizer, quando você estava crescendo?

– Era, disse Stephen.

– O que ele fazia? perguntou Cranly após um breve silêncio.

Stephen começou a enumerar com notável desenvoltura os atributos do pai.

– Foi estudante de medicina, remador, tenor, ator principiante, político gritão, pequeno proprietário de terras, pequeno investidor, beberrão, bom sujeito, contador de histórias, secretário de alguém, alguma coisa em uma destilaria, coletor de impostos, falido e nesse exato instante é um grande exaltador do próprio passado.

Cranly riu, apertando os dedos que seguravam o braço de Stephen, e disse:

– A destilaria é sensacional.

– Mais alguma coisa que você queira saber?, indagou Stephen.

– Você está em uma boa situação nesse momento?

– Eu por acaso pareço estar?, disparou Stephen.

– Então, prosseguiu Cranly em tom de devaneio, você nasceu em berço de ouro.

Usou a frase em alto e bom som como usava expressões técnicas, dando a impressão de que o interlocutor deveria entender que eram usadas com pouca convicção.

– A sua mãe deve ter sofrido um bocado, disse. Você não tentaria salvá-la mais uma vez nem se... ou tentaria?

– Se eu pudesse, respondeu Stephen. Não me custaria quase nada.

– Então salve-a, disse Cranly. Faça o que ela espera de você. O que vai lhe custar? Mas não, você desacredita. É uma formalidade: nada mais. E você pode deixar a sua mãe tranquila.

Ele parou de falar e, como Stephen não respondesse, permaneceu também em silêncio. Então, como se estivesse a dar voz aos próprios pensamentos, disse:

– Muita coisa pode ser incerta nesse monte de bosta fedida que é o mundo, mas amor de mãe não é. As mães nos põem no mundo, nos carregam no ventre. O que podemos saber a respeito de como se sentem? O que quer que elas sintam, deve ser ao menos real. Tem que ser. Quais são as nossas ideias ou ambições? Brincadeiras. Ideias! Ora, até o bode infernal do Temple tem ideias. MacCann também. Qualquer cretino que esteja andando pela estrada tem ideias.

Stephen, que vinha escutando o discurso tácito por trás das palavras, disse com desleixo calculado:

– Pascal, se não estou enganado, não permitia que a própria mãe o beijasse, pois temia o contato com o sexo feminino.

– Pascal era um porco, disse Cranly.

– Santo Aloísio Gonzaga, eu acho, pensava a mesma coisa, disse Stephen.

– Então ele foi outro porco, disse Cranly.

– A igreja o chama de santo, discordou Stephen.

– Estou me lixando para como os outros o chamam, disse Cranly de maneira direta e grosseira. Para mim ele foi um porco.

Stephen, preparando as palavras com cuidado em pensamento, continuou:

– Jesus também parece ter tratado a mãe com pouca cortesia em público, mas Suarez, um teólogo jesuíta e um cavalheiro espanhol, pediu desculpas em nome dele.

– Já ocorreu a você, perguntou Cranly, que talvez Jesus não tenha sido quem fingia ser?

– A primeira pessoa a quem ocorreu essa ideia foi o próprio Jesus, respondeu Stephen.

– Então, disse Cranly, endurecendo o discurso, já ocorreu a você que Jesus possa ter sido um hipócrita consciente, aquilo de que chamou os judeus da época, um sepulcro caiado? Ou, para falar de maneira mais clara, que tenha sido um degenerado?

– Nunca me ocorreu, respondeu Stephen. Mas afinal você está tentando fazer com que eu pareça um devoto ou com que você mesmo pareça um pervertido?

Então se virou para encarar o rosto do amigo e deparou-se com um sorriso cru que a força da vontade lutava para revestir de significado.

Cranly de repente falou em um tom sincero e sensato:

– Me diga a verdade. Você ficou chocado com o que eu disse?

– Um pouco, disse Stephen.

– E por que ficou chocado, insistiu Cranly no mesmo tom, se você tem certeza de que a nossa religião é falsa e de que Jesus não foi o filho de Deus?

– Eu não tenho certeza, defendeu-se Stephen. Jesus parece ser mais filho de Deus do que filho de Maria.

– E é por isso que você não comunga, perguntou Cranly, porque você também não tem certeza disso, porque você sente que a hóstia também pode ser o corpo e o sangue do filho de Deus e não apenas um pedacinho de pão? E por que você tem medo de que possa ser?

– É, disse Stephen a meia-voz. Eu me sinto assim e tenho medo.

– Entendo, disse Cranly.

Stephen, impressionado pelo tom dessa última frase, retomou a discussão dizendo:

– Eu tenho medo de muitas coisas: de cachorros, de cavalos, de armas, do mar, das tempestades elétricas, das máquinas, das estradas no campo à noite.

– Mas por que você tem medo de um pedacinho de pão?

– Imagino, disse Stephen, que possa haver uma realidade malévola por trás das coisas que me fazem sentir medo.

– Então, perguntou Cranly, você tem medo de que o Deus dos católicos romanos faça você cair morto e o condene à danação eterna se você fizer uma comunhão sacrílega?

– O Deus dos católicos romanos poderia fazer isso agora mesmo, disse Stephen. Mas acima de tudo eu temo a reação química que atingiria a minha alma como resultado de uma falsa homenagem a um símbolo por trás do qual se escondem vinte séculos de autoridade e veneração.

– E no caso de um perigo extremo, perguntou Cranly, você estaria disposto a cometer esse sacrilégio em particular? Se você vivesse na época da Lei Penal, por exemplo?

– Não posso responder em relação ao passado, respondeu Stephen. Possivelmente não.

– Então, disse Cranly, você não tem a intenção de virar protestante?

– Eu disse que tinha perdido a fé, respondeu Stephen, não que perdi o respeito próprio. Que tipo de liberação seria capaz de abandonar um absurdo que é lógico e coerente para abraçar um outro absurdo ilógico e incoerente?

Os dois haviam caminhado em direção ao vilarejo de Pembroke e naquele instante, enquanto avançavam devagar pelas avenidas, as árvores e as luzes espalhadas pelas casas acalmavam-lhes os pensamentos. A atmosfera de opulência e de repouso que os envolvia dava a impressão de reconfortá-los na necessidade. Por trás de um arbusto de louros uma luz cintilava na janela de uma cozinha e a voz de uma criada se erguia em meio ao som das facas que eram afiadas. Em compassos interrompidos, ela cantarolava *Rosie O'Grady*.

Cranly deteve-se para escutar, dizendo:

– *Mulier cantat.*

A beleza suave da palavra latina tocou-o com o toque encantador do entardecer, com um toque mais discreto e mais persuasivo do que o toque da música ou de suaves dedos femininos. A batalha de intelectos esmoreceu. A figura da mulher tal como aparece na liturgia da igreja passou em silêncio pela escuridão: uma figura de manto branco, pequena e esbelta como um menino e com um cinturão frouxo. A voz, frágil e aguda como a de um menino, entoou em um coral distante as primeiras palavras de uma mulher que atravessa a escuridão e o clamor do primeiro cântico da paixão:

– *Et tu cum Jesu Galilæo eras.*

E todos os corações se enterneceram e viraram-se em direção à voz, brilhando como estrelas jovens, brilhando mais forte quando a voz entoava a proparoxítona e mais suave quando a cadência morria.

O canto cessou. Os dois continuaram juntos, enquanto Cranly repetia em um ritmo fortemente cadenciado o final do refrão:

And when we are married,
O, how happy we'll be
For I love sweet Rosie O'Grady
*And Rosie O'Grady loves me.**

– Isso é poesia de verdade para você, disse ele. É amor de verdade.

Então olhou de soslaio para Stephen com um estranho sorriso e disse:

– Você considera isso poesia? Ou você sabe o que as palavras significam?

– Quero ver Rosie primeiro, disse Stephen.

– Não é difícil encontrá-la, disse Cranly.

O chapéu tinha escorregado até a testa. Ele o empurrou para trás: e na sombra das árvores Stephen viu o rosto pálido, emoldurado pela escuridão, e os olhos grandes e escuros. Sim. Aquele rosto era belo: e o corpo era forte e rijo. Cranly tinha falado sobre o amor de mãe. Naquele instante sentiu os sofrimentos das mulheres, as fraquezas dos corpos e das almas femininas: e haveria de protegê-las com um braço forte e resoluto e curvar a mente perante elas.

Adiante, então: era hora de ir. Uma voz falou de mansinho ao coração solitário de Stephen, pedindo que

* E quando estivermos casados, / Ah, como vamos ser felizes, / Porque eu amo a doce Rosie O'Grady / E Rosie O'Grady me ama. (N.E.)

seguisse adiante e afiançando-lhe que aquela amizade estava chegando ao fim. Sim; ele iria. Não podia lutar contra um outro. Conhecia bem o papel que lhe cabia.

– Acho que provavelmente eu vou embora, disse.

– Para onde?, perguntou Cranly.

– Para onde eu puder, respondeu Stephen.

– Sei, disse Cranly. Agora pode ser difícil para você continuar morando aqui. Mas o que leva você a ir embora?

– Eu tenho que ir, respondeu Stephen.

– Afinal, prosseguiu Cranly, você não precisa sentir-se mandado embora se não quiser ir, nem como um herege ou um fora da lei. Existem muitos bons fiéis que pensam como você. Você ficaria surpreso ao saber? A igreja não é a construção de pedra e nem mesmo os eclesiásticos ou os dogmas. A igreja é toda a massa daqueles que nascem no seio dela. Eu não sei o que você quer fazer da vida. É o que você me disse na noite em que estávamos de pé no lado de fora da estação da Harcourt Street?

– É, respondeu Stephen, sorrindo apesar de si mesmo ao perceber a maneira que Cranly tinha de relembrar pensamentos em função de lugares. Na noite em que você passou meia hora discutindo com Doherty sobre o caminho mais curto entre Sallygap e Larras.

– Que imbecil!, disse Cranly com um desprezo calmo. O que Doherty entende a respeito do caminho entre Sallygap e Larras? Ou o que sabe a respeito do que quer que seja, já que tocamos no assunto? E aquela cabeçorra babona de penico!

Então deu uma longa e sonora risada.

– E então?, disse Stephen. Você se lembra do resto?

– Do que você disse?, perguntou Cranly. Lembro. Lembro sim. Descobrir o modo de vida ou de arte em que o seu espírito pudesse se expressar com liberdade absoluta.

Stephen ergueu o chapéu como sinal de reconhecimento.

– Liberdade!, repetiu Cranly. Mas você ainda não é livre o bastante para cometer um sacrilégio. Me diga, você estaria disposto a roubar?

– Eu mendigaria primeiro, disse Stephen.

– E se não conseguisse nada, você roubaria?

– Você está querendo que eu diga que os direitos de propriedade são provisórios e que em certas circunstâncias não é ilícito roubar, respondeu Stephen. Todo mundo agiria movido por essa crença. Mas eu não vou dar essa resposta. Consulte o teólogo jesuíta Juan Mariana de Talavera, que pode explicar a você em que circunstâncias seria lícito matar o rei e também se o melhor seria oferecer veneno em uma taça ou aplicá-lo no manto real ou no cabeçote da sela. Em vez disso, me pergunte se eu aceitaria que outra pessoa me roubasse ou, caso já tivesse me roubado, se eu faria cair sobre ela o que se costuma chamar de castigo do braço secular?

– E você agiria dessa forma?

– Acho que me doeria tanto agir dessa forma quanto ser roubado.

– Entendo, disse Cranly.

A seguir pegou um fósforo e começou a limpar a fenda entre dois dentes. Então disse meio de qualquer jeito:

– Me diga, por exemplo, se você defloraria uma virgem?

– Por favor, disse Stephen de maneira educada, não é essa a grande ambição da maioria dos jovens cavalheiros?

– Mas e qual é o seu ponto de vista?, perguntou Cranly.

Essa última frase, azeda como a fumaça do carvão e desencorajadora, atiçou os pensamentos de Stephen, sobre os quais a fumaça dava a impressão de pairar.

– Veja bem, Cranly, disse. Você me perguntou o que eu faria e o que eu não faria. Eu vou dizer o que eu vou fazer e o que eu não vou fazer. Não vou servir aquilo em que não mais acredito, nem mesmo que receba o nome de lar, pátria ou igreja: e vou tentar me expressar em alguma forma de vida ou de arte da maneira mais livre e mais completa possível, usando para me defender as únicas armas que me permito usar – o silêncio, o exílio e a astúcia.

Cranly agarrou-lhe o braço e fez com que desse meia-volta, de maneira a conduzi-lo mais uma vez em direção ao Leeson Park. Ele deu uma risada quase sagaz e apertou o braço de Stephen com a afeição de um velho.

– Astúcia, de fato!, exclamou. Será mesmo você? Você, seu pobre poeta, você!

– E você me obrigou a confessar, disse Stephen, emocionado com aquele toque, da mesma forma como fiz tantas outras confissões a você, não é verdade?

– É, meu filho, disse Cranly, ainda em tom alegre.

– Você me fez confessar os temores que tenho. Mas eu também vou lhe contar o que eu não temo. Eu não temo ficar sozinho nem ser espezinhado pelos outros nem ter de deixar para trás o que quer que eu tenha que deixar para trás. E não tenho medo de cometer um erro, nem mesmo um grande erro, um erro que dure para a vida inteira e talvez por toda a eternidade.

Cranly, tornando a adotar uma postura mais grave, desacelerou o passo e disse:

– Sozinho, bastante sozinho. Você não tem medo. E você sabe o que essa palavra significa? Não apenas estar separado dos outros mas não ter um amigo sequer.

– Eu assumo o risco, disse Stephen.

– E não ter ninguém, disse Cranly, que pudesse ser mais do que um amigo, mais até do que o amigo mais nobre e sincero que você já teve.

Aquelas palavras deram a impressão de fazer soar um acorde profundo na natureza do próprio Cranly. Teria falado de si mesmo, de si mesmo como era ou como gostaria de ser? Stephen observou aquele rosto por alguns instantes em silêncio. Era uma tristeza fria. Tinha falado de si mesmo, da própria solidão que temia.

– De quem você está falando?, perguntou Stephen após um momento de silêncio.

Cranly não respondeu.

***

20 de março: Longa conversa com Cranly sobre a minha revolta. Tratou do assunto com a maneira grandiosa de sempre. Eu fui flexível e moderado. Me atacou no que dizia respeito ao amor pela mãe. Tentei imaginar a mãe dele: não consegui. Uma vez me disse, em um momento de distração, que o pai tinha sessenta e um anos quando ele nasceu. Posso vê-lo. Um tipo forte do campo. Terno *mouliné.* Pés quadrados. Barba desgrenhada e grisalha. Provavelmente frequentador de corridas de cães. Paga o dízimo com regularidade mas sem muita abundância ao padre Dwyer de Larras. Às vezes fala com as moças após o cair da noite. Mas e a mãe? Muito jovem ou muito velha? Dificilmente a primeira opção. Se assim fosse, Cranly não teria falado da maneira como falou. Então velha. Provavelmente, e também desleixada. Por isso o desespero na alma de Cranly: o filho de ventres exaustos.

21 de março, manhã: Tive essa ideia noite passada na cama mas estava com muita preguiça e me sinto livre demais para anotá-la. Livre, sim. Os ventres exaustos são os de Isabel e de Zacarias. Nesse caso ele é o precursor. Ademais: Cranly come principalmente toucinho de barriga e figos secos. Leia-se gafanhotos e mel selvagem. Como se não bastasse, sempre ao pensar nele eu vejo uma cabeça degolada e austera ou uma máscara mortuária como que delineada em uma cortina ou em um sudário cinza. O rebanho chama de decapitação. Nesse instante me encontro intrigado por São João no portão latino. O que vejo? Um precursor decapitado tentando forçar o cadeado.

21 de março, noite: Livre. Livre na alma e livre nos devaneios. Que os mortos enterrem os mortos. Sim. E que os mortos desposem os mortos.

22 de março: Na companhia de Lynch segui uma enfermeira de tamanho considerável. A ideia foi do Lynch. Não gostei. Dois galgos magros e famintos caminhando atrás de uma bezerra.

23 de março: Não a vejo desde aquela noite. Será que está mal? Sentada ao pé do fogo talvez com o xale da mãe nos ombros. Mas não irritada. Uma bela tigela de mingau? Por que não?

24 de março: Tive uma discussão com a minha mãe. Assunto: V. M. Aleijado pelo meu sexo e pela minha juventude. Para escapar comparei as relações entre Jesus e Papai com as relações entre Maria e o filho. Disse que a religião não era uma maternidade. A mãe foi indulgente. Disse que eu tenho pensamentos estranhos e leio demais. Não é verdade. Li pouco e entendi ainda menos. Então ela disse que eu devia retornar à fé porque eu tinha uma mente incansável. Isso significa sair da igreja pela porta dos fundos do pecado e readentrá-la pela claraboia do arrependimento. Não posso me arrepender. Expliquei e pedi seis *pence.* Ganhei três *pence.*

Depois fui para a universidade. Tive mais uma discussão com o pequeno Ghezzi de cabecinha redonda e olhar traiçoeiro. Dessa vez sobre Bruno Nolano. Começamos em italiano e terminamos em vernáculo. Ghezzi disse que Bruno foi um herege terrível. Eu disse que ele foi queimado de maneira terrível. Ele concordou com certa tristeza. A seguir me deu a receita de um *risotto alla bergamasca.* Quando pronuncia o *o* brando ele protrai os lábios carnudos como se beijasse a vogal. Será? E será que pode se arrepender? Pode, sim: e também pode chorar duas lágrimas traiçoeiras, uma de cada olho.

Ao cruzar o meu parque, ou seja, o Stephen's Green, me lembrei de que os compatriotas dele e não os meus inventaram aquilo que na outra noite Cranly chamou de nossa religião. Um quarteto de soldados do nonagésimo sétimo regimento de infantaria estava sentado ao pé da cruz disputando nos dados a túnica do crucificado.

Fui à biblioteca. Tentei ler três periódicos. Inútil. Ela ainda não saiu. Se estou alarmado? Em relação a quê? A que ela possa nunca mais sair.

Blake escreveu:

Será que William Bond vai morrer?
Pois o certo é que está muito mal.

Ah, pobre William!

Uma vez estive em um diorama na Rotunda. Em um canto havia quadros de figurões importantes. Entre os quadros havia um de William Ewart Gladstone, recém-falecido na época. A orquestra tocou *O, Willie, we have missed you.*

Uma raça de sapatos grandes e pesados!

25 de março, manhã: Uma noite de sonhos agitados. Quero tirá-los do meu peito.

Uma longa galeria em curva. Do teto sobem pilastras de vapores negros. Povoado pelas imagens de reis fabulosos, entalhados em pedra. As mãos aparecem enlaçadas em cima do colo em sinal de exaustão e os olhos se obscurecem enquanto os erros dos homens sobem eternamente perante os reis sob a forma de vapores negros.

Estranhas figuras emergem de uma caverna. Não são como homens altos. Um não parece se distinguir muito dos outros. Os rostos são fosforescentes, com listras mais escuras. Eles me olham e os olhos parecem querer me perguntar alguma coisa. Eles não falam.

30 de março: Hoje à noite Cranly estava na varanda da biblioteca, propondo um problema para Dixon e o irmão dela. Uma mãe deixa o filho cair no Nilo. Ainda tagarelando sobre a mãe. Um crocodilo pega o filho. A mãe pede o filho de volta. O crocodilo diz que o devolve se a mãe disser o que ele havia de fazer com a criança, se haveria de comê-la ou não.

Essa mentalidade, como diria Lépido, de fato nasce do seu barro graças à ação do seu sol.

E a minha? Por acaso também não? Então que vá para o barro do Nilo!

Primeiro de abril: Desaprovo esta última frase.

2 de abril: Eu a vi bebendo chá e comendo bolo no Johnston, Mooney e O'Brien's. Lynch dos olhos de lince a viu enquanto passávamos. Me disse que Cranly foi convidado para ir até lá pelo irmão. Será que levou junto o crocodilo? Será ele a luz brilhante agora? Bem, eu o descobri. Declaro que o descobri. Brilhando em silêncio por trás de um alqueire de cereais de Wicklow.

3 de abril: Encontrei Davin na charutaria em frente à Findlater's Church. Estava vestindo um blusão preto e trazia um taco de *hurling*. Me perguntou se era verdade que eu estava indo embora e por quê. Respondi que o caminho mais curto até Tara era por Holyhead. Bem nessa hora o meu pai apareceu. Apresentações. O pai, educado e observador. Perguntou a Davin se gostaria de comer ou beber alguma coisa. Davin agradeceu, estava de saída para um encontro. Quando nos afastamos o pai me disse que Davin tinha um olho bom de gente honesta. Me perguntou por que eu não entrava para um clube de remo. Fingi que pensaria a respeito. Então me contou como havia partido o coração de Pennyfeather. Quer que eu estude Direito. Disse que fui talhado para isso. Mais barro, mais crocodilos.

5 de abril: Primavera exuberante. Nuvens ligeiras. Ah, a vida! Um fluxo escuro de água revoluteante do pântano onde as macieiras atiraram as flores delicadas. Os olhos das garotas em meio à folhagem. As garotas tímidas e brincalhonas. Todas loiras ou ruivas: nenhuma morena. Elas coram melhor. Houp-la!

6 de abril: Com certeza ela se lembra do passado. Lynch disse que todas as mulheres lembram. Então ela se lembra da época da infância – e também da minha se um dia eu tive infância. O passado é consumido no presente e o presente vive apenas porque traz o futuro. Estátuas de mulheres, se Lynch estiver certo, sempre deviam estar completamente vestidas e ter uma mão apalpando com remorso a parte traseira.

6 de abril, mais tarde: Michael Robartes relembra a beleza esquecida e, quando a traz para junto de si, tem nos braços toda a graça que há tanto tempo desapareceu do mundo. Mas não é isso. Não mesmo. Quero ter nos braços a graça que ainda não apareceu no mundo.

10 de abril: Família, sob o peso da noite, através do silêncio da cidade que abandonou os sonhos em favor do sono escuro como o amante enfarado que não se deixa mais comover por carícias, pelo som dos cascos na estrada. Não tão discreto quando se aproximam da ponte: e no momento em que deixam para trás as janelas escurecidas o silêncio é partido por um alarme como que por uma flecha. São ouvidos não muito longe, cascos que brilham em meio à noite pesada como joias, apressando-se para além dos campos adormecidos rumo a que jornada – que coração – levando que notícias?

11 de abril: Li o que escrevi na noite passada. Palavras vagas para uma emoção vaga. Será que ela apreciaria? Acho que sim. Nesse caso eu também haveria de apreciar.

13 de abril: O trasvasador tem estado nos meus pensamentos há um bom tempo. Procurei a palavra no dicionário e descobri que é vernáculo e além disso um vernáculo grosseiro e antigo. Que se dane o decano de estudos e o funil! Para que ele veio até aqui para nos ensinar a língua dele ou para aprendê-la conosco? Que se dane de um jeito ou de outro!

14 de abril: John Alphonsus Mulrennan acaba de voltar do oeste da Irlanda. (Jornais europeus e asiáticos por favor copiem.) Me disse que encontrou um velho que morava em uma cabana no alto de uma montanha. O velho tinha olhos vermelhos e um cachimbo curto. O velho falou irlandês, Mulrennan falou irlandês. Depois o velho e Mulrennan falaram inglês. Mulrennan falou a respeito do universo e das estrelas. O velho permaneceu sentado, ouvindo, fumando, cuspindo. No fim disse:

– Ah, deve haver criaturas terríveis e estranhas no ponto extremo do mundo.

Tenho medo do velho. Tenho medo daqueles olhos vermelhos e familiares. É com ele que preciso me digladiar por toda essa noite até que o dia chegue, até que um de nós caia morto ao chão, depois de agarrá-lo pela garganta com tendões saltados até que... Até que o quê? Até que se renda a mim? Não. Não desejo mal nenhum a ele.

15 de abril: Hoje dei de cara com ela na Grafton Street. A multidão nos aproximou. Nós dois paramos. Ela me perguntou por que eu nunca aparecia, disse que tinha ouvido toda sorte de histórias a meu respeito. Foi apenas para ganhar tempo. Me perguntou se eu ainda escrevia poemas. Para quem?, perguntei. Ela ficou ainda mais confusa e me senti arrependido e mau. Fechei a válvula no mesmo instante e abri o aparato espiritual-heroico de refrigeração, inventado e patenteado em todas as nações por Dante Alighieri. Falei rapidamente sobre mim e sobre os meus planos. No meio de tudo por azar fiz um gesto súbito de caráter revolucionário. Devo ter parecido um sujeito que de repente atira um punhado de ervilhas para o alto. As pessoas começaram a olhar para nós. Ela apertou a minha mão logo em seguida e, enquanto se afastava, disse que esperava que eu levasse adiante a minha ideia.

Me parece um gesto amistoso, não?

Sim, eu gostei dela hoje. Muito ou pouco? Não sei. Eu gostei dela e a mim esse parece um sentimento novo. Então, nesse caso, todo o resto, tudo que eu achava que achava e tudo que eu sentia que sentia, tudo que veio antes, na verdade... Ah, desista, meu velho! Vá dormir!

16 de abril: Adiante! Adiante!

O feitiço de armas e vozes: os braços brancos das estradas, a promessa de abraços fortes e os braços pretos dos navios a vela com histórias de nações distantes que se delineiam tendo a lua ao fundo. Encontram-se abertos como que para dizer: Estamos sozinhos. Venha. E as vozes dizem com eles: Somos os seus semelhantes. E o ar fica denso com aquela companhia enquanto me chamam, como a um semelhante, fazendo os preparativos para ir embora, sacudindo as asas daquela juventude exultante e terrível.

26 de abril: A mãe está colocando as minhas roupas novas de segunda mão em ordem. Agora, segundo me confessou, ela reza para que eu possa aprender na minha vida e longe de casa e dos amigos o que é o coração e como ele sente. Amém. Que assim seja. Bem-vinda, ó vida! Saio para encontrar pela milionésima vez a realidade da experiência e para criar na forja da alma a consciência ainda não criada da minha raça.

27 de abril: Velho pai, velho artífice, mantém-me agora e sempre em bom lugar.

Dublin 1904
Trieste 1914

Coleção L&PM POCKET (LANÇAMENTOS MAIS RECENTES)

483.**O melhor do Recruta Zero (1)** – Mort Walker
484.**Aline: TPM – tensão pré-monstrual (2)** – Adão Iturrusgarai
485.**Sermões do Padre Antonio Vieira**
486.**Garfield numa boa (4)** – Jim Davis
487.**Mensagem** – Fernando Pessoa
488.**Vendeta** *seguido de* **A paz conjugal** – Balzac
489.**Poemas de Alberto Caeiro** – Fernando Pessoa
490.**Ferragus** – Honoré de Balzac
491.**A duquesa de Langeais** – Honoré de Balzac
492.**A menina dos olhos de ouro** – Honoré de Balzac
493.**O lírio do vale** – Honoré de Balzac
494(17).**A barcaça da morte** – Simenon
495(18).**As testemunhas rebeldes** – Simenon
496(19).**Um engano de Maigret** – Simenon
497(1).**A noite das bruxas** – Agatha Christie
498(2).**Um passe de mágica** – Agatha Christie
499(3).**Nêmesis** – Agatha Christie
500.**Esboço para uma teoria das emoções** – Sartre
501.**Renda básica de cidadania** – Eduardo Suplicy
502(1).**Pílulas para viver melhor** – Dr. Lucchese
503(2).**Pílulas para prolongar a juventude** – Dr. Lucchese
504(3).**Desembarcando o diabetes** – Dr. Lucchese
505(4).**Desembarcando o sedentarismo** – Dr. Fernando Lucchese e Cláudio Castro
506(5).**Desembarcando a hipertensão** – Dr. Lucchese
507(6).**Desembarcando o colesterol** – Dr. Fernando Lucchese e Fernanda Lucchese
508.**Estudos de mulher** – Balzac
509.**O terceiro tira** – Flann O'Brien
510.**100 receitas de aves e ovos** – J. A. P. Machado
511.**Garfield em toneladas de diversão** (5) – Jim Davis
512.**Trem-bala** – Martha Medeiros
513.**Os cães ladram** – Truman Capote
514.**O Kama Sutra de Vatsyayana**
515.**O crime do Padre Amaro** – Eça de Queiroz
516.**Odes de Ricardo Reis** – Fernando Pessoa
517.**O inverno da nossa desesperança** – Steinbeck
518.**Piratas do Tietê (1)** – Laerte
519.**Rê Bordosa: do começo ao fim** – Angeli
520.**O Harlem é escuro** – Chester Himes
521.**Café-da-manhã dos campeões** – Kurt Vonnegut
522.**Eugénie Grandet** – Balzac
523.**O último magnata** – F. Scott Fitzgerald
524.**Carol** – Patricia Highsmith
525.**100 receitas de patisseria** – Sílvio Lancellotti
526.**O fator humano** – Graham Greene
527.**Tristessa** – Jack Kerouac
528.**O diamante do tamanho do Ritz** – F. Scott Fitzgerald
529.**As melhores histórias de Sherlock Holmes** – Arthur Conan Doyle
530.**Cartas a um jovem poeta** – Rilke
531(20).**Memórias de Maigret** – Simenon
532(4).**O misterioso sr. Quin** – Agatha Christie
533.**Os analectos** – Confúcio
534(21).**Maigret e os homens de bem** – Simenon
535(22).**O medo de Maigret** – Simenon
536.**Ascensão e queda de César Birotteau** – Balzac
537.**Sexta-feira negra** – David Goodis
538.**Ora bolas – O humor de Mario Quintana** – Juarez Fonseca
539.**Longe daqui aqui mesmo** – Antonio Bivar
540(5).**É fácil matar** – Agatha Christie
541.**O pai Goriot** – Balzac
542.**Brasil, um país do futuro** – Stefan Zweig
543.**O processo** – Kafka
544.**O melhor de Hagar 4** – Dik Browne
545(6).**Por que não pediram a Evans?** – Agatha Christie
546.**Fanny Hill** – John Cleland
547.**O gato por dentro** – William S. Burroughs
548.**Sobre a brevidade da vida** – Sêneca
549.**Geraldão (1)** – Glauco
550.**Piratas do Tietê (2)** – Laerte
551.**Pagando o pato** – Ciça
552.**Garfield de bom humor (6)** – Jim Davis
553.**Conhece o Mário?** vol.1 – Santiago
554.**Radicci 6** – Iotti
555.**Os subterrâneos** – Jack Kerouac
556(1).**Balzac** – François Taillandier
557(2).**Modigliani** – Christian Parisot
558(3).**Kafka** – Gérard-Georges Lemaire
559(4).**Júlio César** – Joël Schmidt
560.**Receitas da família** – J. A. Pinheiro Machado
561.**Boas maneiras à mesa** – Celia Ribeiro
562(9).**Filhos sadios, pais felizes** – R. Pagnoncelli
563(10).**Fatos & mitos** – Dr. Fernando Lucchese
564.**Ménage à trois** – Paula Taitelbaum
565.**Mulheres!** – David Coimbra
566.**Poemas de Álvaro de Campos** – Fernando Pessoa
567.**Medo e outras histórias** – Stefan Zweig
568.**Snoopy e sua turma (1)** – Schulz
569.**Piadas para sempre (1)** – Visconde da Casa Verde
570.**O alvo móvel** – Ross Macdonald
571.**O melhor do Recruta Zero (2)** – Mort Walker
572.**Um sonho americano** – Norman Mailer
573.**Os broncos também amam** – Angeli
574.**Crônica de um amor louco** – Bukowski
575(5).**Freud** – René Major e Chantal Talagrand
576(6).**Picasso** – Gilles Plazy
577(7).**Gandhi** – Christine Jordis
578.**A tumba** – H. P. Lovecraft
579.**O príncipe e o mendigo** – Mark Twain
580.**Garfield, um charme de gato (7)** – Jim Davis
581.**Ilusões perdidas** – Balzac
582.**Esplendores e misérias das cortesãs** – Balzac
583.**Walter Ego** – Angeli
584.**Striptiras (1)** – Laerte
585.**Fagundes: um puxa-saco de mão cheia** – Laerte
586.**Depois do último trem** – Josué Guimarães
587.**Ricardo III** – Shakespeare
588.**Dona Anja** – Josué Guimarães
589.**24 horas na vida de uma mulher** – Stefan Zweig
590.**O terceiro homem** – Graham Greene

591.**Mulher no escuro** – Dashiell Hammett
592.**No que acredito** – Bertrand Russell
593.**Odisséia (1): Telemaquia** – Homero
594.**O cavalo cego** – Josué Guimarães
595.**Henrique V** – Shakespeare
596.**Fabulário geral do delírio cotidiano** – Bukowski
597.**Tiros na noite 1: A mulher do bandido** – Dashiell Hammett
598.**Snoopy em Feliz Dia dos Namorados! (2)** – Schulz
599.**Mas não se matam cavalos?** – Horace McCoy
600.**Crime e castigo** – Dostoiévski
601(7).**Mistério no Caribe** – Agatha Christie
602.**Odisséia (2): Regresso** – Homero
603.**Piadas para sempre (2)** – Visconde da Casa Verde
604.**À sombra do vulcão** – Malcolm Lowry
605(8).**Kerouac** – Yves Buin
606.**E agora são cinzas** – Angeli
607.**As mil e uma noites** – Paulo Caruso
608.**Um assassino entre nós** – Ruth Rendell
609.**Crack-up** – F. Scott Fitzgerald
610.**Do amor** – Stendhal
611.**Cartas do Yage** – William Burroughs e Allen Ginsberg
612.**Striptiras (2)** – Laerte
613.**Henry & June** – Anaïs Nin
614.**A piscina mortal** – Ross Macdonald
615.**Geraldão (2)** – Glauco
616.**Tempo de delicadeza** – A. R. de Sant'Anna
617.**Tiros na noite 2: Medo de tiro** – Dashiell Hammett
618.**Snoopy em Assim é a vida, Charlie Brown! (3)** – Schulz
619.**1954 – Um tiro no coração** – Hélio Silva
620.**Sobre a inspiração poética (Íon)** e ... – Platão
621.**Garfield e seus amigos (8)** – Jim Davis
622.**Odisséia (3): Ítaca** – Homero
623.**A louca matança** – Chester Himes
624.**Factótum** – Bukowski
625.**Guerra e Paz: volume 1** – Tolstói
626.**Guerra e Paz: volume 2** – Tolstói
627.**Guerra e Paz: volume 3** – Tolstói
628.**Guerra e Paz: volume 4** – Tolstói
629(9).**Shakespeare** – Claude Mourthé
630.**Bem está o que bem acaba** – Shakespeare
631.**O contrato social** – Rousseau
632.**Geração Beat** – Jack Kerouac
633.**Snoopy: É Natal! (4)** – Charles Schulz
634(8).**Testemunha da acusação** – Agatha Christie
635.**Um elefante no caos** – Millôr Fernandes
636.**Guia de leitura (100 autores que você precisa ler)** – Organização de Léa Masina
637.**Pistoleiros também mandam flores** – David Coimbra
638.**O prazer das palavras** – vol. 1 – Cláudio Moreno
639.**O prazer das palavras** – vol. 2 – Cláudio Moreno
640.**Novíssimo testamento: com Deus e o diabo, a dupla da criação** – Iotti
641.**Literatura Brasileira: modos de usar** – Luís Augusto Fischer
642.**Dicionário de Porto-Alegrês** – Luís A. Fischer
643.**Clô Dias & Noites** – Sérgio Jockymann
644.**Memorial de Isla Negra** – Pablo Neruda
645.**Um homem extraordinário e outras histórias** – Tchékhov
646.**Ana sem terra** – Alcy Cheuiche
647.**Adultérios** – Woody Allen
648.**Para sempre ou nunca mais** – R. Chandler
649.**Nosso homem em Havana** – Graham Greene
650.**Dicionário Caldas Aulete de Bolso**
651.**Snoopy: Posso fazer uma pergunta, professora? (5)** – Charles Schulz
652(10).**Luís XVI** – Bernard Vincent
653.**O mercador de Veneza** – Shakespeare
654.**Cancioneiro** – Fernando Pessoa
655.**Non-Stop** – Martha Medeiros
656.**Carpinteiros, levantem bem alto a cumeeira & Seymour, uma apresentação** – J.D.Salinger
657.**Ensaios céticos** – Bertrand Russell
658.**O melhor de Hagar 5** – Dik e Chris Browne
659.**Primeiro amor** – Ivan Turguêniev
660.**A trégua** – Mario Benedetti
661.**Um parque de diversões da cabeça** – Lawrence Ferlinghetti
662.**Aprendendo a viver** – Sêneca
663.**Garfield, um gato em apuros (9)** – Jim Davis
664.**Dilbert (1)** – Scott Adams
665.**Dicionário de dificuldades** – Domingos Paschoal Cegalla
666.**A imaginação** – Jean-Paul Sartre
667.**O ladrão e os cães** – Naguib Mahfuz
668.**Gramática do português contemporâneo** – Celso Cunha
669.**A volta do parafuso** *seguido de* **Daisy Miller** – Henry James
670.**Notas do subsolo** – Dostoiévski
671.**Abobrinhas da Brasilônia** – Glauco
672.**Geraldão (3)** – Glauco
673.**Piadas para sempre (3)** – Visconde da Casa Verde
674.**Duas viagens ao Brasil** – Hans Staden
675.**Bandeira de bolso** – Manuel Bandeira
676.**A arte da guerra** – Maquiavel
677.**Além do bem e do mal** – Nietzsche
678.**O coronel Chabert** *seguido de* **A mulher abandonada** – Balzac
679.**O sorriso de marfim** – Ross Macdonald
680.**100 receitas de pescados** – Sílvio Lancellotti
681.**O juiz e seu carrasco** – Friedrich Dürrenmatt
682.**Noites brancas** – Dostoiévski
683.**Quadras ao gosto popular** – Fernando Pessoa
684.**Romanceiro da Inconfidência** – Cecília Meireles
685.**Kaos** – Millôr Fernandes
686.**A pele de onagro** – Balzac
687.**As ligações perigosas** – Choderlos de Laclos
688.**Dicionário de matemática** – Luiz Fernandes Cardoso
689.**Os Lusíadas** – Luís Vaz de Camões
690(11).**Átila** – Éric Deschodt
691.**Um jeito tranqüilo de matar** – Chester Himes
692.**A felicidade conjugal** *seguido de* **O diabo** – Tolstói
693.**Viagem de um naturalista ao redor do mundo** – vol. 1 – Charles Darwin
694.**Viagem de um naturalista ao redor do mundo** – vol. 2 – Charles Darwin
695.**Memórias da casa dos mortos** – Dostoiévski
696.**A Celestina** – Fernando de Rojas
697.**Snoopy: Como você é azarado, Charlie Brown! (6)** – Charles Schulz

698.**Dez (quase) amores** – Claudia Tajes
699(9).**Poirot sempre espera** – Agatha Christie
700.**Cecília de bolso** – Cecília Meireles
701.**Apologia de Sócrates** *precedido de* **Êutifron** e *seguido de* **Críton** – Platão
702.**Wood & Stock** – Angeli
703.**Striptiras (3)** – Laerte
704.**Discurso sobre a origem e os fundamentos da desigualdade entre os homens** – Rousseau
705.**Os duelistas** – Joseph Conrad
706.**Dilbert (2)** – Scott Adams
707.**Viver e escrever** (vol. 1) – Edla van Steen
708.**Viver e escrever** (vol. 2) – Edla van Steen
709.**Viver e escrever** (vol. 3) – Edla van Steen
710(10).**A teia da aranha** – Agatha Christie
711.**O banquete** – Platão
712.**Os belos e malditos** – F. Scott Fitzgerald
713.**Libelo contra a arte moderna** – Salvador Dalí
714.**Akropolis** – Valerio Massimo Manfredi
715.**Devoradores de mortos** – Michael Crichton
716.**Sob o sol da Toscana** – Frances Mayes
717.**Batom na cueca** – Nani
718.**Vida dura** – Claudia Tajes
719.**Carne trêmula** – Ruth Rendell
720.**Cris, a fera** – David Coimbra
721.**O anticristo** – Nietzsche
722.**Como um romance** – Daniel Pennac
723.**Emboscada no Forte Bragg** – Tom Wolfe
724.**Assédio sexual** – Michael Crichton
725.**O espírito do Zen** – Alan W. Watts
726.**Um bonde chamado desejo** – Tennessee Williams
727.**Como gostais** *seguido de* **Conto de inverno** – Shakespeare
728.**Tratado sobre a tolerância** – Voltaire
729.**Snoopy: Doces ou travessuras? (7)** – Charles Schulz
730.**Cardápios do Anonymus Gourmet** – J.A. Pinheiro Machado
731.**100 receitas com lata** – J.A. Pinheiro Machado
732.**Conhece o Mário?** vol.2 – Santiago
733.**Dilbert (3)** – Scott Adams
734.**História de um louco amor** *seguido de* **Passado amor** – Horacio Quiroga
735(11).**Sexo: muito prazer** – Laura Meyer da Silva
736(12).**Para entender o adolescente** – Dr. Ronald Pagnoncelli
737(13).**Desembarcando a tristeza** – Dr. Fernando Lucchese
738.**Poirot e o mistério da arca espanhola & outras histórias** – Agatha Christie
739.**A última legião** – Valerio Massimo Manfredi
740.**As virgens suicidas** – Jeffrey Eugenides
741.**Sol nascente** – Michael Crichton
742.**Duzentos ladrões** – Dalton Trevisan
743.**Os devaneios do caminhante solitário** – Rousseau
744.**Garfield, o rei da preguiça (10)** – Jim Davis
745.**Os magnatas** – Charles R. Morris
746.**Pulp** – Charles Bukowski
747.**Enquanto agonizo** – William Faulkner
748.**Aline: viciada em sexo (3)** – Adão Iturrusgarai
749.**A dama do cachorrinho** – Anton Tchékhov
750.**Tito Andrônico** – Shakespeare
751.**Antologia poética** – Anna Akhmátova
752.**O melhor de Hagar 6** – Dik e Chris Browne
753(12).**Michelangelo** – Nadine Sautel
754.**Dilbert (4)** – Scott Adams
755.**O jardim das cerejeiras** *seguido de* **Tio Vânia** – Tchékhov
756.**Geração Beat** – Claudio Willer
757.**Santos Dumont** – Alcy Cheuiche
758.**Budismo** – Claude B. Levenson
759.**Cleópatra** – Christian-Georges Schwentzel
760.**Revolução Francesa** – Frédéric Bluche, Stéphane Rials e Jean Tulard
761.**A crise de 1929** – Bernard Gazier
762.**Sigmund Freud** – Edson Sousa e Paulo Endo
763.**Império Romano** – Patrick Le Roux
764.**Cruzadas** – Cécile Morrisson
765.**O mistério do Trem Azul** – Agatha Christie
766.**Os escrúpulos de Maigret** – Simenon
767.**Maigret se diverte** – Simenon
768.**Senso comum** – Thomas Paine
769.**O parque dos dinossauros** – Michael Crichton
770.**Trilogia da paixão** – Goethe
771.**A simples arte de matar** (vol.1) – R. Chandler
772.**A simples arte de matar** (vol.2) – R. Chandler
773.**Snoopy: No mundo da lua! (8)** – Charles Schulz
774.**Os Quatro Grandes** – Agatha Christie
775.**Um brinde de cianureto** – Agatha Christie
776.**Súplicas atendidas** – Truman Capote
777.**Ainda restam aveleiras** – Simenon
778.**Maigret e o ladrão preguiçoso** – Simenon
779.**A viúva imortal** – Millôr Fernandes
780.**Cabala** – Roland Goetschel
781.**Capitalismo** – Claude Jessua
782.**Mitologia grega** – Pierre Grimal
783.**Economia: 100 palavras-chave** – Jean-Paul Betbèze
784.**Marxismo** – Henri Lefebvre
785.**Punição para a inocência** – Agatha Christie
786.**A extravagância do morto** – Agatha Christie
787(13).**Cézanne** – Bernard Fauconnier
788.**A identidade Bourne** – Robert Ludlum
789.**Da tranquilidade da alma** – Sêneca
790.**Um artista da fome** *seguido de* **Na colônia penal e outras histórias** – Kafka
791.**Histórias de fantasmas** – Charles Dickens
792.**A louca de Maigret** – Simenon
793.**O amigo de infância de Maigret** – Simenon
794.**O revólver de Maigret** – Simenon
795.**A fuga do sr. Monde** – Simenon
796.**O Uraguai** – Basílio da Gama
797.**A mão misteriosa** – Agatha Christie
798.**Testemunha ocular do crime** – Agatha Christie
799.**Crepúsculo dos ídolos** – Friedrich Nietzsche
800.**Maigret e o negociante de vinhos** – Simemon
801.**Maigret e o mendigo** – Simenon
802.**O grande golpe** – Dashiell Hammett
803.**Humor barra pesada** – Nani
804.**Vinho** – Jean-François Gautier
805.**Egito Antigo** – Sophie Desplancques
806(14).**Baudelaire** – Jean-Baptiste Baronian
807.**Caminho da sabedoria, caminho da paz** – Dalai Lama e Felizitas von Schönborn
808.**Senhor e servo e outras histórias** – Tolstói
809.**Os cadernos de Malte Laurids Brigge** – Rilke
810.**Dilbert (5)** – Scott Adams
811.**Big Sur** – Jack Kerouac
812.**Seguindo a correnteza** – Agatha Christie

813.**O álibi** – Sandra Brown
814.**Montanha-russa** – Martha Medeiros
815.**Coisas da vida** – Martha Medeiros
816.**A cantada infalível** *seguido de* **A mulher do centroavante** – David Coimbra
817.**Maigret e os crimes do cais** – Simenon
818.**Sinal vermelho** – Simenon
819.**Snoopy: Pausa para a soneca (9)** – Charles Schulz
820.**De pernas pro ar** – Eduardo Galeano
821.**Tragédias gregas** – Pascal Thiercy
822.**Existencialismo** – Jacques Colette
823.**Nietzsche** – Jean Granier
824.**Amar ou depender?** – Walter Riso
825.**Darmapada: A doutrina budista em versos**
826.**J'Accuse...! – a verdade em marcha** – Zola
827.**Os crimes ABC** – Agatha Christie
828.**Um gato entre os pombos** – Agatha Christie
829.**Maigret e o sumiço do sr. Charles** – Simenon
830.**Maigret e a morte do jogador** – Simenon
831.**Dicionário de teatro** – Luiz Paulo Vasconcellos
832.**Cartas extraviadas** – Martha Medeiros
833.**A longa viagem de prazer** – J. J. Morosoli
834.**Receitas fáceis** – J. A. Pinheiro Machado
835.(14).**Mais fatos & mitos** – Dr. Fernando Lucchese
836.(15).**Boa viagem!** – Dr. Fernando Lucchese
837.**Aline: Finalmente nua!!!** (4) – Adão Iturrusgarai
838.**Mônica tem uma novidade!** – Mauricio de Sousa
839.**Cebolinha em apuros!** – Mauricio de Sousa
840.**Sócios no crime** – Agatha Christie
841.**Bocas do tempo** – Eduardo Galeano
842.**Orgulho e preconceito** – Jane Austen
843.**Impressionismo** – Dominique Lobstein
844.**Escrita chinesa** – Viviane Alleton
845.**Paris: uma história** – Yvan Combeau
846(15).**Van Gogh** – David Haziot
847.**Maigret e o corpo sem cabeça** – Simenon
848.**Portal do destino** – Agatha Christie
849.**O futuro de uma ilusão** – Freud
850.**O mal-estar na cultura** – Freud
851.**Maigret e o matador** – Simenon
852.**Maigret e o fantasma** – Simenon
853.**Um crime adormecido** – Agatha Christie
854.**Satori em Paris** – Jack Kerouac
855.**Medo e delírio em Las Vegas** – Hunter Thompson
856.**Um negócio fracassado e outros contos de humor** – Tchékhov
857.**Mônica está de férias!** – Mauricio de Sousa
858.**De quem é esse coelho?** – Mauricio de Sousa
859.**O burgomestre de Furnes** – Simenon
860.**O mistério Sittaford** – Agatha Christie
861.**Manhã transfigurada** – L. A. de Assis Brasil
862.**Alexandre, o Grande** – Pierre Briant
863.**Jesus** – Charles Perrot
864.**Islã** – Paul Balta
865.**Guerra da Secessão** – Farid Ameur
866.**Um rio que vem da Grécia** – Cláudio Moreno
867.**Maigret e os colegas americanos** – Simenon
868.**Assassinato na casa do pastor** – Agatha Christie
869.**Manual do líder** – Napoleão Bonaparte
870(16).**Billie Holiday** – Sylvia Fol
871.**Bidu arrasando!** – Mauricio de Sousa
872.**Desventuras em família** – Mauricio de Sousa
873.**Liberty Bar** – Simenon
874.**E no final a morte** – Agatha Christie
875.**Guia prático do Português correto – vol. 4** – Cláudio Moreno
876.**Dilbert (6)** – Scott Adams
877(17).**Leonardo da Vinci** – Sophie Chauveau
878.**Bella Toscana** – Frances Mayes
879.**A arte da ficção** – David Lodge
880.**Striptiras (4)** – Laerte
881.**Skrotinhos** – Angeli
882.**Depois do funeral** – Agatha Christie
883.**Radicci 7** – Iotti
884.**Walden** – H. D. Thoreau
885.**Lincoln** – Allen C. Guelzo
886.**Primeira Guerra Mundial** – Michael Howard
887.**A linha de sombra** – Joseph Conrad
888.**O amor é um cão dos diabos** – Bukowski
889.**Maigret sai em viagem** – Simenon
890.**Despertar: uma vida de Buda** – Jack Kerouac
891(18).**Albert Einstein** – Laurent Seksik
892.**Hell's Angels** – Hunter Thompson
893.**Ausência na primavera** – Agatha Christie
894.**Dilbert (7)** – Scott Adams
895.**Ao sul de lugar nenhum** – Bukowski
896.**Maquiavel** – Quentin Skinner
897.**Sócrates** – C.C.W. Taylor
898.**A casa do canal** – Simenon
899.**O Natal de Poirot** – Agatha Christie
900.**As veias abertas da América Latina** – Eduardo Galeano
901.**Snoopy: Sempre alerta! (10)** – Charles Schulz
902.**Chico Bento: Plantando confusão** – Mauricio de Sousa
903.**Penadinho: Quem é morto sempre aparece** – Mauricio de Sousa
904.**A vida sexual da mulher feia** – Claudia Tajes
905.**100 segredos de liquidificador** – José Antonio Pinheiro Machado
906.**Sexo muito prazer 2** – Laura Meyer da Silva
907.**Os nascimentos** – Eduardo Galeano
908.**As caras e as máscaras** – Eduardo Galeano
909.**O século do vento** – Eduardo Galeano
910.**Poirot perde uma cliente** – Agatha Christie
911.**Cérebro** – Michael O'Shea
912.**O escaravelho de ouro e outras histórias** – Edgar Allan Poe
913.**Piadas para sempre (4)** – Visconde da Casa Verde
914.**100 receitas de massas light** – Helena Tonetto
915(19).**Oscar Wilde** – Daniel Salvatore Schiffer
916.**Uma breve história do mundo** – H. G. Wells
917.**A Casa do Penhasco** – Agatha Christie
918.**Maigret e o finado sr. Gallet** – Simenon
919.**John M. Keynes** – Bernard Gazier
920(20).**Virginia Woolf** – Alexandra Lemasson
921.**Peter e Wendy** *seguido de* **Peter Pan em Kensington Gardens** – J. M. Barrie
922.**Aline: numas de colegial (5)** – Adão Iturrusgarai
923.**Uma dose mortal** – Agatha Christie
924.**Os trabalhos de Hércules** – Agatha Christie
925.**Maigret na escola** – Simenon
926.**Kant** – Roger Scruton
927.**A inocência do Padre Brown** – G.K. Chesterton
928.**Casa Velha** – Machado de Assis
929.**Marcas de nascença** – Nancy Huston
930.**Aulete de bolso**
931.**Hora Zero** – Agatha Christie

932.**Morte na Mesopotâmia** – Agatha Christie
933.**Um crime na Holanda** – Simenon
934.**Nem te conto, João** – Dalton Trevisan
935.**As aventuras de Huckleberry Finn** – Mark Twain
936(21).**Marilyn Monroe** – Anne Plantagenet
937.**China moderna** – Rana Mitter
938.**Dinossauros** – David Norman
939.**Louca por homem** – Claudia Tajes
940.**Amores de alto risco** – Walter Riso
941.**Jogo de damas** – David Coimbra
942.**Filha é filha** – Agatha Christie
943.**M ou N?** – Agatha Christie
944.**Maigret se defende** – Simenon
945.**Bidu: diversão em dobro!** – Mauricio de Sousa
946.**Fogo** – Anaïs Nin
947.**Rum: diário de um jornalista bêbado** – Hunter Thompson
948.**Persuasão** – Jane Austen
949.**Lágrimas na chuva** – Sergio Faraco
950.**Mulheres** – Bukowski
951.**Um pressentimento funesto** – Agatha Christie
952.**Cartas na mesa** – Agatha Christie
953.**Maigret em Vichy** – Simenon
954.**O lobo do mar** – Jack London
955.**Os gatos** – Patricia Highsmith
956(22).**Jesus** – Christiane Rancé
957.**História da medicina** – William Bynum
958.**O Morro dos Ventos Uivantes** – Emily Brontë
959.**A filosofia na era trágica dos gregos** – Nietzsche
960.**Os treze problemas** – Agatha Christie
961.**A massagista japonesa** – Moacyr Scliar
962.**A taberna dos dois tostões** – Simenon
963.**Humor do miserê** – Nani
964.**Todo o mundo tem dúvida, inclusive você** – Édison de Oliveira
965.**A dama do Bar Nevada** – Sergio Faraco
966.**O Smurf Repórter** – Peyo
967.**O Bebê Smurf** – Peyo
968.**Maigret e os flamengos** – Simenon
969.**O psicopata americano** – Bret Easton Ellis
970.**Ensaios de amor** – Alain de Botton
971.**O grande Gatsby** – F. Scott Fitzgerald
972.**Por que não sou cristão** – Bertrand Russell
973.**A Casa Torta** – Agatha Christie
974.**Encontro com a morte** – Agatha Christie
975(23).**Rimbaud** – Jean-Baptiste Baronian
976.**Cartas na rua** – Bukowski
977.**Memória** – Jonathan K. Foster
978.**A abadia de Northanger** – Jane Austen
979.**As pernas de Úrsula** – Claudia Tajes
980.**Retrato inacabado** – Agatha Christie
981.**Solanin (1)** – Inio Asano
982.**Solanin (2)** – Inio Asano
983.**Aventuras de menino** – Mitsuru Adachi
984(16).**Fatos & mitos sobre sua alimentação** – Dr. Fernando Lucchese
985.**Teoria quântica** – John Polkinghorne
986.**O eterno marido** – Fiódor Dostoiévski
987.**Um safado em Dublin** – J. P. Donleavy
988.**Mirinha** – Dalton Trevisan
989.**Akhenaton e Nefertiti** – Carmen Seganfredo e A. S. Franchini
990.**On the Road – o manuscrito original** – Jack Kerouac
991.**Relatividade** – Russell Stannard
992.**Abaixo de zero** – Bret Easton Ellis
993(24).**Andy Warhol** – Mériam Korichi
994.**Maigret** – Simenon
995.**Os últimos casos de Miss Marple** – Agatha Christie
996.**Nico Demo** – Mauricio de Sousa
997.**Maigret e a mulher do ladrão** – Simenon
998.**Rousseau** – Robert Wokler
999.**Noite sem fim** – Agatha Christie
1000.**Diários de Andy Warhol (1)** – Editado por Pat Hackett
1001.**Diários de Andy Warhol (2)** – Editado por Pat Hackett
1002.**Cartier-Bresson: o olhar do século** – Pierre Assouline
1003.**As melhores histórias da mitologia: vol. 1** – A.S. Franchini e Carmen Seganfredo
1004.**As melhores histórias da mitologia: vol. 2** – A.S. Franchini e Carmen Seganfredo
1005.**Assassinato no beco** – Agatha Christie
1006.**Convite para um homicídio** – Agatha Christie
1007.**Um fracasso de Maigret** – Simenon
1008.**História da vida** – Michael J. Benton
1009.**Jung** – Anthony Stevens
1010.**Arsène Lupin, ladrão de casaca** – Maurice Leblanc
1011.**Dublinenses** – James Joyce
1012.**120 tirinhas da Turma da Mônica** – Mauricio de Sousa
1013.**Antologia poética** – Fernando Pessoa
1014.**A aventura de um cliente ilustre** ***seguido de*** **O último adeus de Sherlock Holmes** – Sir Arthur Conan Doyle
1015.**Cenas de Nova York** – Jack Kerouac
1016.**A corista** – Anton Tchékhov
1017.**O diabo** – Leon Tolstói
1018.**Fábulas chinesas** – Sérgio Capparelli e Márcia Schmaltz
1019.**O gato do Brasil** – Sir Arthur Conan Doyle
1020.**Missa do Galo** – Machado de Assis
1021.**O mistério de Marie Rogêt** – Edgar Allan Poe
1022.**A mulher mais linda da cidade** – Bukowski
1023.**O retrato** – Nicolai Gogol
1024.**O conflito** – Agatha Christie
1025.**Os primeiros casos de Poirot** – Agatha Christie
1026.**Maigret e o cliente de sábado** – Simenon
1027(25).**Beethoven** – Bernard Fauconnier
1028.**Platão** – Julia Annas
1029.**Cleo e Daniel** – Roberto Freire
1030.**Til** – José de Alencar
1031.**Viagens na minha terra** – Almeida Garrett
1032.**Profissões para mulheres e outros artigos feministas** – Virginia Woolf
1033.**Mrs. Dalloway** – Virginia Woolf
1034.**O cão da morte** – Agatha Christie
1035.**Tragédia em três atos** – Agatha Christie
1036.**Maigret hesita** – Simenon
1037.**O fantasma da Ópera** – Gaston Leroux
1038.**Evolução** – Brian e Deborah Charlesworth
1039.**Medida por medida** – Shakespeare
1040.**Razão e sentimento** – Jane Austen
1041.**A obra-prima ignorada** ***seguido de*** **Um episódio durante o Terror** – Balzac
1042.**A fugitiva** – Anaïs Nin

1043.**As grandes histórias da mitologia greco--romana** – A. S. Franchini
1044.**O corno de si mesmo & outras historietas** – Marquês de Sade
1045.**Da felicidade** ***seguido de*** **Da vida retirada** – Sêneca
1046.**O horror em Red Hook e outras histórias** – H. P. Lovecraft
1047.**Noite em claro** – Martha Medeiros
1048.**Poemas clássicos chineses** – Li Bai, Du Fu e Wang Wei
1049.**A terceira moça** – Agatha Christie
1050.**Um destino ignorado** – Agatha Christie
1051(26).**Buda** – Sophie Royer
1052.**Guerra Fria** – Robert J. McMahon
1053.**Simons's Cat: as aventuras de um gato travesso e comilão – vol. 1** – Simon Tofield
1054.**Simons's Cat: as aventuras de um gato travesso e comilão – vol. 2** – Simon Tofield
1055.**Só as mulheres e as baratas sobreviverão** – Claudia Tajes
1056.**Maigret e o ministro** – Simenon
1057.**Pré-história** – Chris Gosden
1058.**Pintou sujeira!** – Mauricio de Sousa
1059.**Contos de Mamãe Gansa** – Charles Perrault
1060.**A interpretação dos sonhos: vol. 1** – Freud
1061.**A interpretação dos sonhos: vol. 2** – Freud
1062.**Frufru Rataplã Dolores** – Dalton Trevisan
1063.**As melhores histórias da mitologia egípcia** – Carmem Seganfredo e A.S. Franchini
1064.**Infância. Adolescência. Juventude** – Tolstói
1065.**As consolações da filosofia** – Alain de Botton
1066.**Diários de Jack Kerouac – 1947-1954**
1067.**Revolução Francesa – vol. 1** – Max Gallo
1068.**Revolução Francesa – vol. 2** – Max Gallo
1069.**O detetive Parker Pyne** – Agatha Christie
1070.**Memórias do esquecimento** – Flávio Tavares
1071.**Drogas** – Leslie Iversen
1072.**Manual de ecologia (vol.2)** – J. Lutzenberger
1073.**Como andar no labirinto** – Affonso Romano de Sant'Anna
1074.**A orquídea e o serial killer** – Juremir Machado da Silva
1075.**Amor nos tempos de fúria** – Lawrence Ferlinghetti
1076.**A aventura do pudim de Natal** – Agatha Christie
1077.**Maigret no Picratt's** – Simenon
1078.**Amores que matam** – Patricia Faur
1079.**Histórias de pescador** – Mauricio de Sousa
1080.**Pedaços de um caderno manchado de vinho** – Bukowski
1081.**A ferro e fogo: tempo de solidão (vol.1)** – Josué Guimarães
1082.**A ferro e fogo: tempo de guerra (vol.2)** – Josué Guimarães
1083.**Carta a meu juiz** – Simenon
1084(17).**Desembarcando o Alzheimer** – Dr. Fernando Lucchese e Dra. Ana Hartmann
1085.**A maldição do espelho** – Agatha Christie
1086.**Uma breve história da filosofia** – Nigel Warburton
1087.**Uma confidência de Maigret** – Simenon
1088.**Heróis da História** – Will Durant
1089.**Concerto campestre** – L. A. de Assis Brasil
1090.**Morte nas nuvens** – Agatha Christie
1091.**Maigret no tribunal** – Simenon
1092.**Aventura em Bagdá** – Agatha Christie
1093.**O cavalo amarelo** – Agatha Christie
1094.**O método de interpretação dos sonhos** – Freud
1095.**Sonetos de amor e desamor** – Vários
1096.**120 tirinhas do Dilbert** – Scott Adams
1097.**124 fábulas de Esopo**
1098.**O curioso caso de Benjamin Button** – F. Scott Fitzgerald
1099.**Piadas para sempre: uma antologia para morrer de rir** – Visconde da Casa Verde
1100.**Hamlet (Mangá)** – Shakespeare
1101.**A arte da guerra (Mangá)** – Sun Tzu
1102.**Maigret na pensão** – Simenon
1103.**Meu amigo Maigret** – Simenon
1104.**As melhores histórias da Bíblia (vol.1)** – A. S. Franchini e Carmen Seganfredo
1105.**As melhores histórias da Bíblia (vol.2)** – A. S. Franchini e Carmen Seganfredo
1106.**Psicologia das massas e análise do eu** – Freud
1107.**Guerra Civil Espanhola** – Helen Graham
1108.**A autoestrada do sul e outras histórias** – Julio Cortázar
1109.**O mistério dos sete relógios** – Agatha Christie
1110.**Peanuts: Ninguém gosta de mim... (amor)** – Charles Schulz
1111.**Cadê o bolo?** – Mauricio de Sousa
1112.**O filósofo ignorante** – Voltaire
1113.**Totem e tabu** – Freud
1114.**Filosofia pré-socrática** – Catherine Osborne
1115.**Desejo de status** – Alain de Botton
1116.**Maigret e o informante** – Simenon
1117.**Peanuts: 120 tirinhas** – Charles Schulz
1118.**Passageiro para Frankfurt** – Agatha Christie
1119.**Maigret se irrita** – Simenon
1120.**Kill All Enemies** – Melvin Burgess
1121.**A morte da sra. McGinty** – Agatha Christie
1122.**Revolução Russa** – S. A. Smith
1123.**Até você, Capitu?** – Dalton Trevisan
1124.**O grande Gatsby (Mangá)** – F. S. Fitzgerald
1125.**Assim falou Zaratustra (Mangá)** – Nietzsche
1126. **Peanuts: É para isso que servem os amigos (amizade)** – Charles Schulz
1127(27).**Nietzsche** – Dorian Astor
1128.**Bidu: Hora do banho** – Mauricio de Sousa
1129.**O melhor do Macanudo Taurino** – Santiago
1130.**Radicci 30 anos** – Iotti
1131.**Show de sabores** – J.A. Pinheiro Machado
1132.**O prazer das palavras** – vol. 3 – Cláudio Moreno
1133.**Morte na praia** – Agatha Christie
1134.**O fardo** – Agatha Christie
1135.**Manifesto do Partido Comunista (Mangá)** – Marx & Engels
1136.**A metamorfose (Mangá)** – Franz Kafka
1137.**Por que você não se casou... ainda** – Tracy McMillan
1138.**Textos autobiográficos** – Bukowski
1139.**A importância de ser prudente** – Oscar Wilde
1140.**Sobre a vontade na natureza** – Arthur Schopenhauer
1141.**Dilbert (8)** – Scott Adams
1142.**Entre dois amores** – Agatha Christie
1143.**Cipreste triste** – Agatha Christie

IMPRESSÃO:

GRÁFICA EDITORA
Pallotti
IMAGEM DE QUALIDADE

Santa Maria - RS - Fone/Fax: (55) 3220.4500
www.pallotti.com.br